LEMBRANÇAS
QUE O TEMPO NÃO APAGA

2ª edição - Dezembro de 2024

Coordenação editorial
Ronaldo A. Sperdutti

Projeto gráfico e editoração
Juliana Mollinari

Capa
Juliana Mollinari

Imagens da capa
Shutterstock

Assistente editorial
Ana Maria Rael Gambarini

Revisão
Érica Alvim
Alessandra Miranda de Sá
Ana Maria Rael Gambarini

Impressão
Gráfica Santa Marta

Direitos autorais reservados. É proibida a reprodução total ou parcial, de qualquer forma ou por qualquer meio, salvo com autorização da Editora. (Lei nº 9.610, de 19 de fevereiro de 1998)

Traduções somente com autorização por escrito da Editora.

© 2022-2024 by Boa Nova Editora.

Av. Porto Ferreira, 1031 | Parque Iracema
CEP 15809-020 | Catanduva-SP
17 3531.4444

www.**petit**.com.br | petit@petit.com.br
www.**boanova**.net | boanova@boanova.net

Dados Internacionais de Catalogação na Publicação (CIP)
(Câmara Brasileira do Livro, SP, Brasil)

Carlos, Antônio (Espírito)
    Lembranças que o tempo não apaga / ditado pelo espírito Antônio Carlos ; [psicografia de] Vera Lúcia Marinzeck de Carvalho. -- 1. ed. -- Catanduva, SP : Petit Editora, 2022.

    ISBN 978-65-5806-035-2

    1. Espiritismo 2. Psicografia 3. Romance espírita I. Carvalho, Vera Lúcia Marinzeck de. II. Título.

22-132529

CDD-133.93

Índices para catálogo sistemático:

1. Romances espíritas psicografados : Espiritismo
    133.93

Cibele Maria Dias - Bibliotecária - CRB-8/9427

Impresso no Brasil – Printed in Brazil
2-12-24-1.000-11.000

Prezado(a) leitor(a),

Caso encontre neste livro alguma parte que acredita que vai interessar ou mesmo ajudar outras pessoas e decida distribuí-la por meio da internet ou outro meio, nunca deixe de mencionar a fonte, pois assim estará preservando os direitos do autor e, consequentemente, contribuindo para uma ótima divulgação do livro.

VERA LÚCIA MARINZECK DE CARVALHO
Ditado pelo Espírito
ANTÔNIO CARLOS

LEMBRANÇAS
QUE O TEMPO NÃO APAGA

SUMÁRIO

Capítulo 1 – A casinha na floresta 7

Capítulo 2 – O convento 25

Capítulo 3 – O encontro 45

Capítulo 4 – De volta à cabana 63

Capítulo 5 – Explicações 81

Capítulo 6 – Ana e Tobias 89

Capítulo 7 – Maria 103

Capítulo 8 – Emiliano........................... 121

Capítulo 9 – Lauricéa 137

Capítulo 10 – Novamente juntos........... 151

Capítulo 11 – Decisões 167

Capítulo 12 – Aprendendo a servir........ 179

Capítulo 13 – O tempo 193

Capítulo 14 – Um trabalho diferente..... 211

Capítulo 15 – O retorno........................ 237

CAPÍTULO 1

A CASINHA NA FLORESTA

Lauricéa acordou e olhou bem a casa em que estava, o seu lar. No dia anterior fora seu aniversário, completara dezesseis anos; há treze anos residia ali, não se lembrava de ter morado em outro lugar e nem de sua mãe. Morava com os avós maternos, Tobias e Ana, numa cabana de madeira no meio da floresta. A construção era robusta, bem fechada, havia somente uma porta de abertura, nenhuma janela. Ao entrar, defrontava-se com um cômodo maior de casa, onde havia uma mesa e seis cadeiras, uma de balanço, o fogão a lenha e outra mesa menor, onde, com bacias, panelas de madeira, lavavam-se os utensílios domésticos. Havia dois quartos, não tinham portas, somente o vão. A habitação era segura, a porta era pesada, forte e com duas trancas. Lauricéa estava deitada em seu leito, naquele quarto havia duas camas e uma cômoda; no outro quarto, ocupado pelos avós, havia uma cama maior, outra cômoda e um móvel pequeno. Acostumada ali e por não conhecer, lembrar de como era viver em outro lugar, não fazia comparações, gostava e estava sempre contente.

Escutando os avós mexerem no fogão, Lauricéa se levantou; ali, dormiam com a roupa que estavam usando no dia anterior. Embora limpassem todos os dias a casa, esta não permanecia muito limpa, pois não lavavam o chão, somente o varriam com vassoura de folhas; não lavavam porque não era recomendável molhar a madeira, umedecê-la, também não havia panos para limpá-la; e o fogão, por mais que o limpassem, fazia fumaça e cinzas. Era costume o fogo ficar aceso à noite, isto tanto clareava todos os cômodos como aquecia a cabana. Faziam isso também para que ninguém visse a fumaça. Os alimentos eram cozidos à noite. Ficavam somente brasas no fogão e, logo à noitinha, acendiam o fogo novamente.

A mocinha se levantou, espreguiçou-se e foi ao comodozinho. No final da área maior, onde estavam a mesa pequena e o fogão, no fundo do lado direito, havia uma porta, de onde se passava para um corredor estreito de noventa centímetros de largura por dois metros de comprimento e, no final, estava a latrina; ali também era o local de tomar banho, banhavam-se uma vez por semana ou se ficassem muito sujos, a água escorria pelo buraco.

Depois, Lauricéa se reuniu aos avós, foi para perto do avô. Gostava de ambos, mas tinha mais afinidades com o avô.

— Fumaça — explicava sempre Tobias — demonstra que aqui tem alguma moradia.

— Por que, vovô, ninguém pode saber que moramos aqui? — Lauricéa quis saber. — As pessoas são más?

— Não, minha netinha, pessoas divergem muito, umas são más, outras boas. Penso que a maioria é boa. Já contei isto a você.

Tobias já havia repetido muitas vezes aquelas explicações, mas a garota continuava perguntando. Fazia isso porque gostava de conversar e de ouvir.

— É que queria entender — Lauricéa sorriu.

— Minha neta — a avó resolveu interferir —, viemos para cá porque sua mãe, nossa filha, não estava bem.

— Não estava bem porque era doente? — a mocinha perguntou.

— Não sei — Ana suspirou. — Se o que ela sentia for doença, ainda não existe cura e parece não haver remédios. Para muitas pessoas, é o demônio que se apodera da pessoa. Ficamos com medo e viemos para cá.

— Aí ela foi embora... — lamentou Lauricéa.

— Aqui os problemas continuaram e concluímos que, se era o demônio que estava com ela, o melhor lugar para ela ficar e se defender era uma casa de Deus, então ela foi para o convento — esclareceu a avó.

— Ela nunca deu notícia... — a mocinha se entristeceu.

— Lá é assim mesmo: entrou lá é para viver para Deus, tem de esquecer a família; depois, não tem como ela nos dar notícias. Não se entristeça por isto, não é por não conseguir nos dar notícias que ela não nos ama — Tobias tentou consolá-la.

— Os senhores também sentem saudades! — a garota ainda estava triste.

— Claro, nós os amamos — Ana contou. — Tivemos sete filhos, quatro morreram, dois nenezinhos, outro com seis anos, e o último que morreu tinha dez anos. Depois que nossos dois filhos nos ajudaram a aumentar e consertar esta casa, mudaram-se para longe, eles estavam cansados, têm filhos, foram para outro lugar, onde a Inquisição não manda tanto.

— O que é mesmo a Inquisição? — isto era algo que a mocinha não entendia.

— Lauricéa, pare de perguntar — pediu a avó.

— Se não pergunto, ficamos calados o tempo todo. É bom conversar. Enquanto comemos a primeira refeição do dia, podemos falar.

— Nós — Tobias tentou explicar, responder à neta — também não entendemos o que seja a Inquisição. Sabemos que aqueles que fazem parte dela mandam, são pessoas importantes, possuem muitas riquezas e que não gostam, aceitam pessoas que pensam ou agem diferente deles. Penso que eles devem temer estas pessoas diferentes, por isto as torturam e matam. Eles devem temer os demônios, mas acredito que eles agem pior que estes seres das trevas. Se Deus nos ensina amar a todos, era para eles amarem. E, como eles são os fortes no momento, os fracos, nós, os tememos, e a prudência alerta para se esconder deles. Vamos agora ao riacho para ver se tem peixes na armadilha.

Tobias se levantou e, como sempre fazia antes de abrir a porta e sair, olhava as espias. Havia quatro na casa: "espia" era um buraco na madeira pelo qual passava somente um dedo e que era cuidadosamente fechado com folhas. Uma estava perto da porta, outra no fundo e as outras duas nas laterais. Por elas, viam o lado de fora, certificavam-se se tudo estava certo, se não havia animais rodando a casa. Quando Tobias tinha alguma dúvida, pedia para a neta olhar, ela enxergava bem. Os três saíram.

— Eu irei aguar as plantas — determinou Ana.

Para isto usavam água de um poço que ficava a uns cinco metros à frente da cabana. Tobias falava sempre que o poço fora cavado quando levaram o pai dele para a floresta. O buraco não era muito fundo e em volta havia pedras, uma mureta de uns oitenta centímetros, e, quando não estavam pegando água, o cobriam com tábuas de madeira. Por um cipó e um balde de madeira, pegavam água e era para tudo: aguar as plantas, cozinhar, lavar roupas, objetos e tomar banho. A água era limpa e boa.

Tobias e a neta sentaram-se num tronco à frente da moradia e continuaram conversando:

— Vovô, como era a mamãe? Sou parecida com ela?

— Estranha... — Tobias tentou descrever a filha. — Maria não era bonita, era magra, às vezes ficava com os olhos parados, passava muito as mãos na cabeça quando estava tranquila, era um amor, meiga, educada, trabalhadeira, porém, nas crises, se transformava, e estas ficaram frequentes. Você não é parecida com sua mãe, mas com seu pai.

— Conte de novo, vovô, de quando ela voava — pediu Lauricéa.

— Maria, sua mãe, não voava, já expliquei isto — Tobias a corrigiu.

— Então o que ela fazia?

— Levantava e ficava flutuando. Era assim — Tobias levantou e mostrou com a mão. — Ela ficava suspensa, metros do chão. Às vezes ficava parada, outras ia de um lado a outro. Isso ocorreu algumas vezes, não era todos os dias. Quando acontecia dentro de casa, não ligávamos, a vigiávamos para não ir perto do fogão se o fogo estivesse aceso; quando fazia aqui fora, corríamos e a segurávamos pelo pé. Uma vez ela ficou mais alto, não alcançamos os pés de Maria, apavoramo-nos, sua avó sentiu medo de que ela sumisse. Não adiantou chamá-la, parece que não ouvia. Então Ana pegou uma pedra e jogou nela, acertou sua testa. Maria se assustou e caiu, nós dois corremos, sua avó e eu, para ampará-la e caímos os três. Machucamo-nos pouco, somente alguns arranhões, mas minha filha se feriu com a pedra, sua testa sangrou e ficou uma cicatriz.

Acabaram de colocar, como costume, folhas nas solas dos pés, amarravam com cipó fino. Os cipós duravam muito, mas as folhas eram sempre renovadas. Embora escutasse sempre a mesma resposta, a mocinha perguntou se de fato precisava fazer mesmo aquilo para irem ao riacho.

— Sim — o avô nunca se impacientava com ela. — No riacho as pessoas podem ir mais fácil, embora, nestes anos todos, tenha visto somente por duas vezes rastros de gente lá. Temos três caminhos para ir ao riacho e usamos cada vez um diferente. Na terra molhada que margeia o riacho, ficam marcas, pegadas, não quero que alguém as veja, conclua que há pessoas por perto e nos procure. Com folhas assim nos pés, não deixamos pegadas.

Acabaram de colocar as folhas, mas continuaram sentados conversando.

— Mamãe falava o que sentia quando ela se suspendia do chão? — Lauricéa quis saber.

Era a primeira vez que perguntava isso. Seu avô pensou e respondeu:

— Sim, ela gostava, não temia, porque aqui não tinha de se esconder, não havia pessoas para vê-la. Ela afirmava que gostava porque sentia sensação de liberdade.

— Deve ser mesmo. Vovô, o senhor sabe o porquê de ela fazer isso?

— Não sei. É estranhíssimo, uma das coisas esquisitas que acontecia com Maria — o avô respondeu em tom de lástima.

Andando devagar, foram ao riacho, uma caminhada de trinta minutos. O local era bonito, a floresta tinha muitas árvores, algumas altíssimas; o riacho, cuja nascente era um local mais alto, suas águas desciam entre pedras, e era entre três pedras maiores que Tobias colocara sua armadilha. Encontraram dois peixes, um de vinte centímetros e outro de trinta. Tobias os pegou, os golpeou na cabeça com um tronco que ali estava para isso e, os vendo mortos, os limpou, jogou o que não servia para comerem na armadilha e também colocou umas sementes. Onde a armadilha ficava, era difícil alguém encontrá-la e, se a vissem, não pensariam que fora feita por uma pessoa, julgariam ser algo natural. A mocinha ficou olhando o avô e a paisagem. Aquele trecho do riacho era realmente de difícil acesso. Quando o avô terminou, voltaram, mas antes Tobias pegou um galho, o passou pelo chão e apagou qualquer vestígio que ficara.

— Cante para mim, vovô — Lauricéa pediu no meio do caminho.

O avô o fez, cantou uma canção que a garota sabia por tanto escutar. Tobias cantou em tom baixo. Explicou:

— É bonito, agradável aos ouvidos, escutar uma pessoa com voz bonita cantar; são os cantores, mulheres também cantam, e há instrumentos que fazem suaves acordes. É maravilhoso! Sinto saudades de escutá-los.

Chegaram e deram os peixes a Ana, que passou ervas neles e os colocou na brasa.

A avó chamou a mocinha para ir pegar ervas com ela. Lauricéa sabia bem onde estavam as ervas. Ana as plantara, não em volta da casa, mas no meio das árvores.

Ana as pegava e sempre explicava o que era e para que servia.

— Estas são boas para tempero; como não temos sal, esta aqui o substitui bem. Estas são aromáticas, devemos trocar as que colocamos no comodozinho (latrina) toda semana para não deixar mau cheiro. Esta é para espantar animais ferozes. Hoje é dia de trocá-las.

Quando chegaram, Tobias havia urinado numa vasilha que era usada somente para isto. A neta foi com a avó ao redor da casa; em certas árvores, jogavam a urina, na altura de um metro e vinte centímetros, esmagavam as folhas e oravam. Faziam isto em redor da cabana.

— Por que, vovó, tem de ser urina do vovô? — a garota quis saber.

— Ele é macho, homem. Os animais machos marcam seus territórios com a urina. Fazem xixi cercando seus espaços. Nós fazemos isso, eles sentem o cheiro da urina e, ao sentirem que está alto, concluem que deve ser um animal grande e forte, então respeitam, não querem enfrentar animais maiores que eles; os animais fêmeas também temem, então não entram no território; e estas ervas, para eles, cheiram mal, aí se afastam.

— Não pode ser com nossa urina?

— Somos mulheres, fêmeas — explicou Ana. — Não sei por que os animais machos sabem, pode ser perigoso para nós se eles sentirem urina de fêmea. Se assim deu certo, é assim que temos que fazer.

Ana também orava ao fazer isto. Pedia para a natureza fechar aquele espaço e não deixar feras passarem por ali. Depois agradecia.

— A natureza gosta de pessoas gratas — explicava Ana.

Fazia isso em dez pontos.

Tobias chegou com um animal que pegara numa armadilha. Tudo o que os avós faziam, pediam para a neta ficar perto para aprender. O avô limpou o animal numa gamela e o deu limpo para Ana, que o levou para a mesa perto do fogão e o temperou com ervas para ser cozido à noite. Tobias, desta vez, voltou sozinho ao riacho, para levar o que tirara do animalzinho e jogar na armadilha.

Foi e voltou com outro peixe. Fizeram todas suas tarefas no período da manhã e foram comer o peixe.

Perto da cabana, havia dois enxames de abelhas, dos quais eles pegavam o mel. Um era numa árvore, numa bifurcação de galhos; o que estava entre as pedras era mais fácil de animais pegarem o mel. Por isso, Ana esmagava ervas perto delas. Todos os três gostavam de mel, tomavam chás de ervas adoçados com mel. Ana plantava plantas que floriam entre as árvores para as abelhas tirarem seu alimento e fabricar o mel.

O avô, sempre à tardinha, às vezes Ana e Lauricéa o acompanhavam, adentrava na floresta para pegar lenha: eram árvores mortas e galhos secos para o fogo no fogão. Tobias, quando ia longe, marcava os lugares por que passava para não se perder.

— Vovô, o que é neve mesmo? — Lauricéa perguntou.

— Hoje você está muito perguntadeira. É difícil de explicar. Aqui, neste lugar na floresta, somos privilegiados, o clima é bom, úmido pelas árvores, mas bom. O calor não é muito e nem é muito frio. Neve é quando faz muito frio, e a chuva vira gotinha de gelo, ela é branca e, se cai muito, os telhados das casas e o chão ficam brancos, e a gente sente bastante frio.

— Conte de novo como é a aldeia — pediu a mocinha.

— É uma casa perto da outra e, em cada uma, mora uma família; as casas são diferentes, umas maiores, outras com espaço em volta. Normalmente os moradores têm amizade, conversam e todos trabalham muito.

Os avós se afastaram e Lauricéa viu que cochichavam, ela não conseguiu ouvi-los.

— Menina — chamou Tobias —, vamos entrar, sua avó e eu resolvemos contar tudo a você.

Os três entraram, sentaram-se nas cadeiras. Era costume deixar sempre a porta fechada com eles dentro ou fora da cabana. O avô contou:

— Desde que eu era pequeno que me recordo do meu pai doente, esta doença estranha, maldita... Minha mãe sofreu muito, mas cuidava dele e o escondia. Éramos oito irmãos, todos homens. Quando ficamos sabendo que um padre vinha à aldeia verificar se tinha alguém com o demônio, sentimos muito medo, porque, quando sabiam de alguém, às vezes prendiam a família toda. Para tirar o demônio da pessoa, o processo era doloroso. Um dos meus irmãos, que gostava de entrar na floresta, encontrou este lugar e julgamos ser perfeito. Para vir aqui, é preciso conhecer o caminho. Quando se chega nas pedras, já levei você, minha neta, lá, olha-se e não se vê nada, parece um paredão de difícil acesso. Pode-se dar uma volta pela mata para estar aqui, mas para isto tem de se conhecer o caminho, é muito perigoso se perder, e é um dia de caminhada. Tomamos toda a precaução com o riacho, por lá é o modo mais fácil de encontrar a cabana, porém as águas do riacho descem uma encosta, mais abaixo tem uma correnteza e acima logo se encontra a nascente. Nós oito, meus irmãos e eu, pegamos papai e o trouxemos para cá, o deixamos amarrado com cordas e fizemos rápido um abrigo. Foi feito na época somente um cômodo e acomodamos papai nele. Sempre, duas vezes por semana, um de nós vinha aqui trazer alimentos. Meu pai ficou aqui por três anos, até que meu irmão o encontrou morto, então o enterrou e esquecemos a cabana. Dois meses após termos trazido papai para cá, o padre inquisidor chegou à aldeia. Dissemos a todos que papai morrera e até fizemos o enterro, colocamos pedras no caixão. Todos temiam a Inquisição, e demos, todos os habitantes da aldeia, presentes para esse sacerdote. Ele perguntou muito, ninguém disse nada, então ele deu por encerrada sua visita e duas semanas depois foi embora, mas tivemos medo de trazer papai de volta, pois, para todos, ele estava morto e enterrado. Mamãe pediu, implorou para deixá-lo aqui, ela temia por todos nós, porém minha mãe logo casou de novo, dizia que sofrera muito com papai. Quatro dos meus irmãos se mudaram, dois morreram, e a vida continuou. E aí...

— Vovô — interrompeu Lauricéa —, o que seu pai fazia? Voava também, ou melhor, levantava do chão?

— Essa doença — foi Ana quem respondeu — não é igual para todos. Conte, Tobias, o que seu pai fazia.

— Era triste de se ver — Tobias suspirou ao se recordar. — No começo, ele somente dizia conversar com as pessoas que morreram, não com o demônio, dava recados, dizia coisas que ninguém sabia. Depois passou a falar demais, mudava a voz, às vezes xingava, outras rezava. O fato é que incomodava, foram muitas as noites em que ele nos acordava, ora cantando, ora falando coisas que ninguém entendia, pensamos que era em outra língua. Não trabalhou mais e dava gargalhadas sinistras, sentíamos medo quando o escutávamos . Ainda bem que ninguém contou para o inquisidor esse fato, talvez porque pensavam que ele morrera. Eu tinha medo dele, todos nós tínhamos. Talvez seja por isso que minha mãe se casou com outro, ela sofreu muito com a situação. Se é doença, ela se agravou, e meu pai ficou completamente louco, não tinha mais momentos de lucidez. Casei-me com Ana, tudo estava bem e aí... Maria era pequena e, quando ela começou a falar, ficamos preocupados. Ela mostrava, apontava o dedinho para um lado ou canto e falava: "O homem ali"; "aquela mulher falou"... Não víamos nada nem escutávamos. Rezávamos muito, mas ela piorava. Proibi meus outros filhos de comentarem esse fato, e eles obedeceram. Maria, na adolescência, piorou e, a conselho, porque nos disseram que era falta de sexo, deixamos que o namoradinho dela viesse morar conosco. De fato, Maria melhorou um pouco.

Tobias fez uma pausa, e Lauricéa pensou:

"Vó Ana me mostrou animais, me fez entender as diferenças entre homens e mulheres e como se faz para ter filhos. Nunca quero ter filhos nem me relacionar com homens como macho e fêmea."

— Maria ficou grávida — continuou Tobias a contar —, estava com catorze anos e a teve; quando você estava com dois meses, seu pai morreu. Foi um acidente. Ele estava trabalhando com uma carroça, transportava trigo quando os cavalos se assustaram, a carroça virou, ele caiu, bateu a cabeça e faleceu.

— Vovô, quantos anos tinha meu pai? — a garota quis saber.

— Dezessete anos — Tobias foi lacônico.

Lauricéa já havia escutado este episódio da desencarnação de seu pai muitas vezes, mas não sabia quantos anos ele tinha quando ocorreu o acidente.

— Vovô, conte os fatos estranhos, por favor — rogou Lauricéa.

— Maria, sua mãe sofreu muito quando seu pai faleceu, ela piorou sua doença. Nossa filha se erguia do chão, por isso a deixávamos presa dentro de casa; quando saía, Ana a pegava pelo braço e a segurava forte. Um dia, uma mulher que morava na aldeia xingou sua mãe e Ana; quando as duas chegaram em casa, Maria foi ao quintal e fez gestos de que jogava algo, e com força. Ana a conteve e a colocou para dentro de casa. A moradia dessa senhora, naquele horário, foi atingida por pedradas. Sentimos medo, porque essa mulher falou a todos que ia nos denunciar para a Inquisição, que escrevera uma carta para um padre inquisidor. Reunimo-nos com meus dois filhos em nossa casa e resolvemos vir para a cabana, arrumá-la e ficarmos nela escondidos. Sabíamos, e bem, o que a Inquisição fazia com as pessoas com essa doença estranha, as tachavam de bruxas, as torturavam e eram queimadas em fogueiras.

— Se são doentes, não era para serem tratadas? — Lauricéa queria entender.

— É que, para algumas pessoas, é doença; para outras, é feitiçaria — Tobias respondeu tentando esclarecer a neta. — A Inquisição afirma que pessoas assim o são por causa do demônio, então elas merecem morrer e de forma dolorosa, para o demônio ser vencido.

— Que horror! — exclamou a mocinha indignada.

— De fato é um horror — Ana concordou. — Eu garanto que ninguém de nós, da nossa família, mexeu com o coisa-ruim, ou seja, o diabo, demônio ou que nome tenham os moradores do inferno. Resta ser doença, então era para essa Inquisição procurar tratá-la e ajudar os doentes.

— Vou continuar a contar o que aconteceu — falou o avô. — Na reunião resolvemos, e logo, vir para a cabana na floresta, para cá. Arrumamos tudo e, dois dias depois, carregamos duas carroças com todo alimento que conseguimos e roupas, pegamos tudo o que pensamos ser necessário. Viemos à noite, saímos da aldeia à uma hora da manhã, quando todos os moradores estavam dormindo. Viemos andando e um dos meus filhos ficou atrás e tentou apagar as pegadas, passando galhos. Na pedra, subimos e meus dois filhos esconderam as carroças entre folhas e galhos, deixaram os dois cavalos amarrados num local onde poderiam pastar e tomar água. Acomodamo-nos como conseguimos na cabana e, no outro dia, começamos a aumentá-la, fizemos a latrina. Todos nós, os adultos, trabalhamos bastante e em dois meses ficou como está hoje. Mas...

O casal de idosos suspiraram.

— Por favor, vovô, continue! — pediu a neta.

— Não dava — Tobias atendeu a neta — para meus filhos ficarem aqui; pescávamos, caçávamos, mas eles vieram mesmo somente para nos instalar e ir embora. De dois em dois dias, um dos meus filhos ia onde ficaram os cavalos para ver se tudo estava bem. Quando vieram para cá, os dois decidiram que, com suas famílias, mulheres e filhos, iriam para longe, para outro país, para onde a família de uma das minhas noras fora e, pelas notícias, lá se vivia melhor e a Inquisição não perseguia tanto as pessoas.

— Conte, Tobias, o que nosso filho José ouviu — pediu Ana.

— Meu filho — Tobias a atendeu — desceu as pedras, encontrou tudo certo, as carroças escondidas, os cavalos bem e subiu numa árvore alta para ver se tinha alguém por perto. Viu dois conhecidos, moradores da aldeia pegando lenha, não estavam perto, mas ele resolveu, escondido, aproximar-se deles. Foi, ficou atrás de uma pedra e escutou o que conversavam. Os dois falaram que ainda estavam com medo, mas aliviados, comentavam os últimos acontecimentos ocorridos na aldeia, que um padre inquisidor e guardas haviam ido lá pela denúncia da mulher cuja casa fora apedrejada e vasculharam tudo; concluíram que era a denunciante a bruxa, bateram muito nela e a deixaram presa, pegaram também uma mocinha e a prenderam.

Meu filho também escutou que eles chegaram e procuraram por nós, e os moradores disseram o que sabiam, que havíamos partido para longe. O inquisidor ficou vinte e oito dias e foram embora levando as duas; os moradores daquela pequena localidade entenderam que elas iriam morrer. A mocinha tinha treze anos, e era muito bonita. Todos os moradores estavam muito tristes.

— Eu quero falar — Ana interrompeu o marido — que o padre da aldeia naquela época era uma boa pessoa, tentava evitar os inquisidores, ele implorava para ninguém denunciar, para todos resolverem os problemas que tinham. A mulher que denunciou foi a castigada e não era estranha. Pelo que escutamos, a tortura é cruel, terrível.

— Não consigo entender como uma pessoa pode fazer isso com outra — Lauricéa indignou-se.

— Meu filho voltou assustado — o avô continuou a contar. — Resolveram ir embora. Arrumaram tudo, iriam levar ervas secas, peixes defumados, carne de caça. Antes de o sol nascer, desceram a pedra. Ana e eu fomos com eles para ajudá-los. Arrumaram tudo nas carroças, e meus filhos, puxando os animais, saíram da floresta e foram pela estrada. Eu os acompanhei até a estrada e voltei com galhos apagando os rastros.

— Ainda bem que duas horas depois choveu, parece que foi somente na floresta e deve ter mesmo apagado as pegadas — Ana interrompeu. — Senti muito em vê-los partir, chorei, sofri e tive a certeza de que não mais os veria neste corpo, porque sei que os verei quando eu morrer, quando este meu corpo de carne e ossos deixar de existir.

— Precisava mesmo eles irem embora? Meus tios não poderiam voltar à aldeia? — Lauricéa quis saber.

— Temiam uma denúncia — Tobias continuou a esclarecer a neta —; sabíamos que, se um deles fosse preso, iria ser torturado para contar onde estávamos. Ana e Maria foram acusadas de bruxas. A tortura é terrível, e é difícil não contar o que se sabe, há até os que inventam.

— Tinha a menina — Ana novamente interrompeu —, a segunda filha de José, meu filho, que é estranha também. Ela, com quatro anos, via coisas, pessoas mortas e falava com elas; às vezes a menina parava, ficava sem se mexer, com os olhos arregalados, depois chorava de medo. Na aldeia não era seguro para eles; onde moram agora, estão bem.

— Como a senhora sabe? — a mocinha quis saber.

— Sinto — Ana deu um longo suspiro. — Às vezes fico quieta, oro e os vejo na minha mente. Nossos netos estão moços e bem; onde estão a Inquisição não persegue como aqui. Sinto tantas saudades deles!

— Por que então que, depois que mamãe foi embora, os senhores não voltaram para a aldeia?

— Por causa da Ana — Tobias olhou para a esposa com carinho. — Ana também era estranha.

— Como? — a garota se surpreendeu e olhou para a avó.

— Bem... — Ana contou —, eu também tinha essas manifestações que, para mim, são malditas. Não me lembro de ter ocorrido nada comigo quando era pequena. Foi depois de adulta, bastava olhar para uma pessoa para saber o que ela estava pensando ou o que ela fizera de errado. Uma vez falei para o padre: "O senhor está pegando dinheiro da igreja para dar a uma moça, sua amante, e está bebendo muito vinho". Ele abaixou a cabeça e me aconselhou: "Dona Ana, evite falar o que vem à mente, isto é perigoso. O que me disse é uma advertência, vou terminar esse romance e beber menos". Esse padre era de fato uma pessoa boa. Às vezes, pessoas me procuravam, vinham em nossa casa, principalmente mulheres, para eu ler a sorte delas; pegava nas mãos das pessoas e falava do seu passado, presente e futuro. Com medo, evitava fazer isso e, quando fazia, era bem escondido. Nunca recebi nada ao ler a sorte.

— Na briga, na discussão com aquela mulher, a que nos denunciou — foi a vez de Tobias interromper —, foi porque Ana, ao vê-la, falou alto que o marido dela a estava traindo.

— Ela não gostou de ouvir e eu falei alto e perto de pessoas — lembrou Ana. — Ela nos xingou, e Maria e eu revidamos. Eu me esforçava para não dizer o que vinha à minha cabeça, mente, mas às vezes não conseguia e falava. Aqui, como não vejo pessoas, esse fenômeno se encerrou. Graças a Deus! Oro em volta do nosso lar para afastar animais, faço isso e ninguém me ensinou; de fato, até hoje não fomos atacados por animais e ninguém encontrou a cabana. Sabemos que pessoas caçam na floresta, pegam lenha e não nos encontram. Ninguém me ensinou a usar as ervas. Sei somente.

— Gostaria de saber o que é isto, doença ou manifestação do demônio. O que é, vovó?

— Não sei responder; não faz muito tempo, eu estava rezando e vi, senti, que este período passará e que um homem organizará tudo isso, ensinando por escrito o que são esses fenômenos; e me disseram, ouvi, que não é doença nem coisa dos demônios. Deve ser isso mesmo, quem tem essas esquisitices diz que vê pessoas que já morreram, veem mesmo. Por que isso não pode ocorrer? Não se acaba quando o corpo de carne morre, o espírito continua vivo. Demônio é só um espírito que ainda é mau e que um dia poderá ser bom.

— Também ficamos aqui com medo de você ser estranha — comentou Tobias —, mas você não é, graças a Deus!

— Graças a Deus! — Ana e Lauricéa exclamaram juntas.

A mocinha passou as mãos na cabeça. Os avós a olharam preocupados, Maria fazia muito esse gesto e, quando ocorria, ela entrava em transe, mas a garota perguntou:

— Por que cortamos os cabelos, vovó e eu, os deixando curtos? Na aldeia as mulheres os têm longos.

Os avós suspiraram aliviados, e Ana respondeu:

— Aqui na floresta o clima é muito úmido; cabelos longos demoram a secar e, se não lavarmos, eles empastam e ficam com odor desagradável; depois, é difícil de penteá-los. Aqui os cortamos para ficar mais fácil.

— O que vamos fazer agora? — perguntou Lauricéa.

— Vamos pegar mel — Ana se levantou.

As duas foram e Tobias pensou:

"Foi mais fácil do que eu pensava, devíamos ter contado antes."

Ana, cantando baixinho e com um galho de uma determinada planta, ia às colmeias e, com cuidado e delicadeza, pegava um favo de mel e colocava numa gamela. Na colmeia das pedras, Ana o pegava; na que estava na árvore, era a mocinha quem subia e pegava; e as duas cantavam. Na casa, espremiam os favos e colocavam o mel em um recipiente. À noite, fechados na cabana, acendiam o fogo; naquela noite, assaram a caça, jantaram e foram se deitar.

Foi então que Lauricéa pensou no que ouvira dos avós.

CAPÍTULO 2

O CONVENTO

Lauricéa demorou para dormir aquela noite, ficou pensando no que ouvira dos avós, do ocorrido com seu bisavô, com a mãe, avó Ana e a prima, era algo inexplicável, uns diziam ser uma coisa, outros algo diferente e nada era satisfatório ou bom.

"Tomara que venha logo essa pessoa, o grupo para explicar esses fatos e que essa Inquisição pare de torturar ou matar essas pessoas diferentes", rogou a garota.

No outro dia, a mocinha permaneceu calada, a avó admirou-se.

— O que aconteceu, Lauricéa? Você ainda não falou nada.

— Vovó, hoje não estou com vontade de conversar.

À tarde, o avô foi às covas, a neta foi junto; ela não perguntou nada, mas Tobias voltou a explicar:

— A morte do corpo, este que usamos falece; digo que usamos porque ele é a vestimenta deste corpo que temos, para viver neste mundo. Quando ele para de funcionar, a alma vai embora, não para outro mundo, mas para este mesmo, porém para viver de outro modo, como espírito. Quando isso acontece, o coração para de bater, a gente coloca o ouvido no peito da pessoa e não o escuta mais. Também não respira, podemos colocar a mão na frente do nariz e não a sentimos respirar. Devemos então esticá-la deitada, porque o corpo esfria e endurece; aí devemos enterrá-lo, porque a carne apodrece e cheira mal. É como os animais.

— Isso acontece com todos? — Lauricéa perguntou.

— Sim, acontece.

— Será que esses inquisidores, essas pessoas que se julgam importantes até para matar e ficar impunes, não pensam nisso?

— Pode ser que pensem, mas pode ser também que se iludam. Existem pessoas que pensam sempre que as coisas ruins são para os outros. Talvez esses inquisidores julguem estar fazendo algo de bom para Deus e que irão, quando seus corpos de carne morrerem, para o céu.

— Engraçado! Não! É triste! Como podem pensar assim? Se Deus quisesse que alguém morresse, Ele mesmo o tiraria do corpo físico.

Tobias olhou as covas, eram fundas, um metro e vinte centímetros de profundidade, um metro e setenta centímetros de comprimento e setenta centímetros de largura. A terra que tirou dos buracos deixara de lado e também algumas pedras.

— Por que duas covas se somos três? — indagou a moça.

— O último de nós não terá como ser enterrado. Um de nós morrendo, os outros dois trazem o corpo aqui, colocam no buraco, jogam a terra e depois põem as pedras em cima. Ficarão então dois e, depois que um deles morrer, o que ficou vivo no corpo de carne pode fazer isso com o que morreu. O último é melhor ficar na cabana, e fechada. Fiz as covas fundas para que animais não desenterrem e comam os corpos e, com as pedras em cima, não tem como feras os desenterrarem. E como temos poucas roupas, devemos ser enterrados somente com o camisolão. É desperdício enterrar com roupas.

Os dois tiraram os matos e limparam o local. Com tudo limpo, voltaram à cabana.

Havia dias que tinham poucas coisas para comer, não havia peixes ou caça, então tomavam chás com mel, comiam algumas sementes e alguns frutos que encontravam.

Depois que conversaram com a neta, vinte dias depois, Tobias queixou-se de dores no peito e no abdômen. Lauricéa passou a ir sozinha ao riacho, nas armadilhas e a fazer o que o avô fazia. Ana ficava com ele, fazia chás e ficou preocupada. Tobias ficou acamado por quinze dias e faleceu, desencarnou.

As duas o colocaram deitado, esticado no chão. Ana fez os procedimentos, tentou escutar o coração, ver se respirava, depois o despiu, deixando-o somente com as vestimentas íntimas.

— Quando o sol estiver nesse ponto — Ana levantou a mão e mostrou o alto — iremos à cova enterrá-lo.

Ana sentou-se ao lado do corpo e chorou baixinho. A neta a abraçou.

— Todos nós que nascemos um dia iremos morrer — lamentou Ana. — Isto é fato, mas não tem como não sentir. Tobias e eu nos amamos, parece que sempre sentimos este amor. Deve ser afeto de outras vidas e, no futuro, penso que iremos nos encontrar e voltar a nos amar. Tobias se sacrificou por mim, preocupava-se com minha estranheza, sempre me defendeu, passou frio para me agasalhar, ficava com fome para eu comer, sempre quis o melhor para mim. Adeus, companheiro de anos! Até logo! Se Deus é justo, estaremos no céu juntos e por todo o sempre.

Comeram um pouco de peixe e Lauricéa percebeu que o corpo do seu avô ficara gelado e endurecia. Com o sol no local marcado, doze horas, meio-dia, as duas pegaram o corpo de Tobias, Ana pelos ombros e a mocinha pelos pés, e saíram da cabana.

Quando isso ocorria, de eles saírem de casa, deixavam sempre a porta fechada para não entrarem bichos. Foram andando devagar e trocando de lado. Lauricéa tinha ido lá antes e limpado o local. Foi realmente com dificuldade que chegaram às covas. Colocaram o corpo sem vida de Tobias no chão. Ana, chorando baixinho, passou as mãos no rosto dele e o beijou.

— Vamos jogá-lo! — determinou Ana.

Pegaram-no novamente e o jogaram no buraco; depois jogaram a terra em cima e colocaram as pedras. Cansaram-se e voltaram caladas. Na cabana, se lavaram; escureceu, acenderam o fogo, esquentaram o resto do peixe, comeram e nenhuma das duas falou. Até que Ana quebrou o silêncio:

— Vamos sentir falta de Tobias, porém a vida continua. O melhor é irmos descansar, amanhã dividiremos as tarefas, desde que seu avô ficou doente, você fez tudo o que ele fazia.

— Não teremos mais a urina dele para marcar o território — lembrou Lauricéa.

— Mas temos as ervas e podemos fazer as orações. Vamos orar para seu avô: que meu Tobias esteja em paz e que não se preocupe conosco.

Ana realmente sentiu a separação física do companheiro de muitos anos. Foram dormir e, no outro dia cedo, dividiram as tarefas, e coube à mocinha olhar pelas espias para ver a parte externa da cabana; passou a ir sozinha ao riacho e, se tinha peixes, limpava-os e depois ia às armadilhas; acompanhava a avó quando era dia de pegar mel, fazer orações e macerar as ervas em volta da casa; as duas aguavam as plantas, lavavam as roupas, limpavam a casa, cozinhavam. O que foi mais difícil foi pegar lenha: Lauricéa tentava pegá-las mais perto; quando ia mais longe, marcava as árvores com carvão e, às vezes, a avó ia junto. As duas não conversavam muito, Lauricéa sentiu mais ainda a rotina. Ana se esforçava, quando perto dela, para estar mais alegre, mas a mocinha percebia que a avó chorava e que sentia muito a falta do marido.

Passaram-se seis meses. Numa manhã, Lauricéa acordou e não escutou o barulho que a avó todos os dias fazia. Levantou-se e a viu deitada. Aproximou-se e a chamou:

— Vovó! Vó Ana!

Nada. Com aperto no peito, tentou escutar se o coração dela batia, nada escutou, passou a mão pelo nariz, entendeu que ela não respirava e que estava fria.

"Deve ter morrido à noite", concluiu a garota. "Preciso tirar essas roupas e depressa; senão, não consigo mais."

Tirou as roupas da avó, depois foi ao fogão, apagou o fogo e fez rápido o que a avó fazia. Sentindo-se atordoada, sentou-se, alimentou-se, olhou pelas espias, não viu nada de diferente, saiu, foi ver as covas e encontrou tudo limpo, a avó estava fazendo isso.

"Sozinha, a tarefa não será fácil; com certeza será difícil trazer vovó até as covas. Devo fazer isso, e agora."

Foi com muitas dificuldades que levou o corpo da avó, teve de parar várias vezes para descansar. Na cova, beijou a avó, chorou.

"Estou agora sozinha; se achava ruim, ficará pior. Descanse em paz, vovó! Estará bem com vovô!"

Com cuidado, a empurrou para o buraco, queria que o corpo dela ficasse virado para cima. Vendo que tudo estava certo, jogou a terra. Lauricéa sofreu muito. Trabalhando sem parar, socou a terra, colocou as pedras e quando terminou voltou chorando para a cabana. Limpou-se, comeu o que tinha e resolveu ficar trancada o resto do dia.

"O último", lembrou o que ouvira do avô, "quando morrer, deve ficar dentro da casa."

Anoiteceu, foi dormir, estava cansada e adormeceu logo. Acordou cedo e entendeu que sua rotina mudara, agora estava sozinha. Então pensou em ir embora dali, ir para o convento e tentar encontrar sua mãe. Pensou, repensou e resolveu ir. Planejou desarmar as armadilhas e o que iria levar, faria com um pano maior uma amarração e a levaria nas costas; nela colocaria suas roupas, eram poucas, mel, ervas, peixes defumados e um recipiente com água. Organizou a casa, dobrou todas as roupas dos avós, de cama e as colocou nas gavetas.

Fez o que planejara e, no outro dia cedo, levantou, apagou bem o fogo, colocou o pano amarrado às costas, fechou bem a porta.

"Lá vou eu rumo ao desconhecido. Que Deus me proteja! Aqui foi meu lar, fui amada e sou agradecida, mas seria muito difícil viver sozinha. Adeus, meu lar! Talvez eu volte."

Partiu, sabia bem ir até as pedras; depois de quase duas horas de caminhada, chegou, desceu com cuidado. Agora não conhecia o caminho, mas, de tanto ouvir os avós comentarem, sabia bem por onde ir e passou a andar com cuidado, atenta e tentando não fazer nenhum barulho. Parou para comer, tomar água e continuou; chegou na estrada e, minutos depois, viu as casas; escondida atrás de uma árvore, ficou observando as moradias, as chaminés esfumaçadas.

"A aldeia é como imaginei. Gostei, é bonito."

Viu a trilha, sabia que por ela ia ao convento; como se continuasse pela estrada, atravessaria a aldeia e chegaria lá também. Andando rápido, afastou-se da aldeia e, após trinta minutos, viu o convento.

"Que construção enorme! Grande mesmo!"

Da trilha, passou à estrada, pois esta passava bem em frente à construção. Parou no portão e observou.

"Ouvir a descrição é uma coisa, ver é outra. É grande demais!"

Viu uma mulher varrendo a frente, Lauricéa aproximou-se, a cumprimentou e indagou:

— A senhora trabalha aqui? Será que consigo emprego? Poderei trabalhar no convento?

A mulher a olhou de cima a baixo.

"Meu Deus, o que faço se ela negar e não me deixar entrar? Para onde irei? Terei de voltar à floresta? Dormirei ao relento? Não pensei nessa possibilidade. Agora vejo que não tenho como entrar nessa casa". — Lauricéa sentiu medo.

— Estamos mesmo precisando... Ficaria em troca de um lugar para dormir, um quarto e comida?

— Sim, aceito — respondeu Lauricéa, se sentindo aliviada.

— Sendo assim, vou abrir o portão para você e a levarei para os fundos, para o quarto que ocupará, amanhã começa a trabalhar. Você tem família?

— Sou órfã, meus pais morreram e fiquei com medo de morar sozinha. É a senhora quem contrata empregados?

— Não, mas posso fazê-lo. Venha, me acompanhe.

Passaram pelo portão, dirigiram-se para o lado direito do prédio e foram para o fundo. Lauricéa foi observando tudo, estava admirada. Chegaram ao quintal, pátio onde havia muitos varais para secar roupas, e estes estavam cheios de diversos tipos de vestimentas. Do pátio, via um galinheiro enorme com muitas aves, estábulo, curral, uma horta e pomar. Vendo a recém-chegada observando o local, a mulher explicou:

— O convento tenta ser autossuficiente, aqui temos aves, gados, cavalos, a horta e o pomar. Eu me chamo Ambrozia. E você?

— Lauricéa.

— Bonito nome. Serei eu quem levarei o jantar a você e amanhã cedo a levarei à ala onde as empregadas tomam o desjejum, depois mostrarei o que irá fazer.

— Aqui tem somente mulheres de empregadas? — a mocinha quis saber.

— Temos somente três empregados, um para tratar dos cavalos e vacas, outro dirige a carruagem quando preciso e está sempre consertando cercas, fazendo serviços pesados, e o outro é lenhador. Este é o seu quarto, limpe-o e se instale.

Lauricéa viu algumas empregadas que a olharam, ela também as olhou, cumprimentaram-se. Percebeu que poucas delas usavam toucas, Ambrozia não usava e viu que todas tinham os cabelos longos; as que estavam de touca, notava que estavam com coque ou com os cabelos amarrados. Ela teria de usar toucas porque seus cabelos estavam curtos. Em frente a uma construção comprida, tinha doze portas, Ambrozia abriu uma.

— Este é o seu quarto, oito estão ocupados no momento por empregadas, o meu é o primeiro. A latrina é ali — mostrou duas casinhas, cômodos separados da construção comprida, ao fundo. — Hoje você fica aqui descansando. Logo trarei o jantar para você.

Ambrozia saiu e fechou a porta; no quarto, havia uma janela, a recém-chegada a abriu e viu a área do fundo, era enorme, viu as latrinas; gostou do quarto, principalmente porque ia ficar sozinha, colocou suas roupas na cômoda e ficou sentada na cama. Estava de fato cansada, não só porque andara muito, mas também pela tensão pela qual passara. Cochilou, acordou com batidas na porta, levantou-se e abriu, era Ambrozia com uma bandeja.

— Aqui está seu jantar. Deixe a bandeja aqui. Amanhã cedo, ao buscá-la para o desjejum, a levaremos à cozinha. Você ouviu os badalos? Ele é tocado de hora em hora. É um sino que as freiras se revezam para bater as horas: uma para uma hora, dez para dez horas... Busco você amanhã cedo quando escutar as seis badaladas. Entendeu?

— Sim, senhora.

— Não me chame de "senhora", entre empregados nos tratamos por "você". Mas as freiras sim, quando elas se dirigirem a você, abaixe a cabeça e responda "sim, senhora". Logo escurecerá; no corredor, uma lamparina fica acesa a noite toda. Quando badalam seis horas da tarde, no inverno, e, no verão, que é a estação em que estamos, às sete horas, uma empregada a acende, então você, depois, vai lá e acende a sua; quando for dormir, a apague e, se precisar de óleo, abasteça na cozinha ou pode pedir para mim que faço isso para você. Vi que trouxe poucas roupas, trarei algumas para você. Para trabalhar, usamos este avental, o que estou usando. Boa noite!

Enquanto Ambrozia falava, Lauricéa observou o avental: era marrom-escuro, passava pelos braços, a frente ia até os pés e, atrás, as alças trançavam as costas.

Lauricéa trancou a porta novamente, sentou-se, colocou a bandeja na cômoda que lhe serviria de mesa, tirou o pano, guardanapo de cima e lá estava uma tigela de sopa de legumes com um pão. Deliciou-se com a refeição.

"Que delícia, que sabor bom fica o tempero com sal! O pão é um alimento gostoso!"

Prestou atenção, escutou as badaladas e, após ouvir sete, escurecia; ela pegou a lamparina, que estava na cômoda, foi ao corredor e a acendeu; depois, com ela, foi à latrina. Ficou no quarto trancada escutando barulhos, estes eram poucos, ouviu conversas ao longe, pessoas passando pelo corredor e depois não ouviu nada; orou, apagou a chama da lamparina, acomodou-se e dormiu. Acordou com os cincos badalos, que, como Ambrozia informara, às cinco e às seis eram mais fortes. Esperou um pouco, levantou-se, foi à latrina, arrumou o quarto e esperou. Bateram na porta, Lauricéa se assustou, mas abriu rápido.

— Bom dia! — cumprimentou Ambrozia. — Vamos tomar o desjejum. Antes, coloque este avental e aqui, como prometi, tem umas roupas. Deixe-as na cômoda e as veja depois.

Lauricéa a seguiu e, no meio do pátio, entraram por uma porta; Ambrozia informou a todos que encontraram quem era Lauricéa, que ocupava o quarto número oito e que trabalharia ali. Entraram numa sala em frente à cozinha, onde as empregadas se alimentavam; sentaram-se, e a recém-chegada tomou leite e comeu pão, alimento de que gostou demais. Depois acompanhou Ambrozia, que lhe deu uma vassoura e explicou o que ela teria de fazer.

— Você varrerá o pátio aqui no fundo; coloque a sujeira, a maioria são folhas, neste saco e, quando cheio, leve-o para aquele buraco; quando ele se enche, Manoel, um empregado, coloca fogo. Você varre esta parte primeiro, porque agora pela manhã tem sombra, então vá acompanhando a sombra, isto para não ficar muito ao sol; depois do almoço, como há pouca sombra, você varre a área em frente aos quartos. É este seu trabalho. Entendeu?

— Sim, senho... Entendi!

— Pode começar. Um conselho: não precisa varrer depressa, há muito trabalho, faço assim — Ambrozia pegou a vassoura e varreu para ela ver. — Venho buscá-la para almoçar.

Lauricéa foi varrendo como Ambrozia ensinara, de forma cadenciada e na sombra. Almoçou, deliciando-se com os alimentos. Varreu o dia todo, parou às dezessete horas, nas cinco badaladas, e estava muito cansada, com as mãos doendo. Viu na horta uma erva, a pegou, macerou e colocou nas suas mãos. Ambrozia foi ver seu trabalho.

— Você se cansou? Está com aparência cansada. Amanhã será mais fácil o seu trabalho; o pátio, fazia dias que não era varrido. Irei dividir sua tarefa, você colocará nas mãos um pano e trabalhará menos.

— Onde posso tomar banho?

— Naquele cômodo no fundo — mostrou Ambrozia. — Você leva água num balde e se banha.

— Tem água quente?

— Pode pedir na cozinha e receber um balde de água quente.

— Será que posso fazer isso antes do jantar? — perguntou Lauricéa.

— Pode, sim, o jantar começa a ser servido às dezessete e trinta minutos e você pode jantar até as vinte horas Não precisa mais ir comigo, poderá ir sozinha.

Lauricéa foi à cozinha, pediu e recebeu um balde de água bem quente; foi ao cômodo, tomou banho, colocou uma roupa limpa e se sentiu melhor. Depois lavou as suas roupas, foi jantar, voltou ao quarto e se deitou, demorou para dormir por estar cansada demais. De fato, no outro dia, foi mais fácil, e Ambrozia dividiu sua tarefa: segunda, quarta e sexta-feira varreria uma parte; terça, quinta e sábado outra; porém a frente dos quartos e da cozinha deveriam ser varridas todos os dias e também aos domingos.

Foi no sábado que uma moça chamou por Lauricéa.

— Pare um pouco, converse comigo, sou sua vizinha de quarto. Chamo-me Edviges.

Conversaram sobre trabalho, e Lauricéa comentou:

— Estou curiosa para ver o convento por dentro.

— Amanhã é domingo, levo você para ver as partes a que podemos ir.

Poucas freiras iam ao pátio, na área de trás, e, quando ela via uma, prestava atenção, queria encontrar sua mãe. Nada perguntou, porque tinha medo, freiras não podiam ter filhos. No domingo, começou rápido seu trabalho e esperou por Edviges, que prometera levá-la para dentro do convento. E ela foi.

— Vamos, garota! Eu conheço bem o convento, porque arrumo os quartos das freiras — comentou Edviges.

Entraram pela cozinha, Lauricéa se admirou com o tamanho dos fogões, eram quatro, e também com a despensa, onde eram guardados os alimentos. Passaram para o refeitório das freiras, lá havia uma mesa enorme e seis pequenas, com quatro cadeiras. Lauricéa achou que havia muitos corredores e portas.

— Aqui — Edviges foi mostrando as portas — é a enfermaria, onde tem remédios; esta porta é da sala onde a Madre

Superiora atende pessoas; ali é a biblioteca, tem muitos livros; estas três portas são de salas onde algumas freiras trabalham e também podem, qualquer uma delas, atender ou receber visitas. Pela escada chega-se aos dormitórios, normalmente cada freira tem seu quarto; noviças, aquelas que estão se preparando para ser freiras, dormem juntas, três a quatro moças num aposento. O pior trabalho que tem aqui é limpar os penicos, as freiras não usam as latrinas. Os penicos são retirados e despejados nas latrinas, não nas que usamos, em outras que estão do lado esquerdo do prédio; depois são lavados e colocados no lugar. Quem faz isso é uma freira que está fazendo sacrifício de humildade.

"Ainda bem que estou varrendo", pensou Lauricéa.

Foram à capela e ficaram num canto, porque, como Edviges explicou, o padre celebrava a missa. Havia muitas pessoas na capela, eram vizinhos, pessoas da região que costumavam ir para assistir à missa, as freiras e algumas empregadas, estas ficavam no canto ao fundo. Lauricéa emocionou-se ao escutar o órgão e as pessoas cantarem. Lembrou-se do avô e concordou, era de fato maravilhoso.

— A missa está para acabar, vamos sair daqui. Irei agora à casa dos meus pais.

Edviges a despertou do torpor, voltaram ao pátio, e as duas se separaram.

Depois do almoço, Lauricéa voltou à capela, não havia ninguém naquele horário; andando devagar, a mocinha observava tudo.

"Como é lindo, que trabalho caprichoso!"

Dormiu tranquila aquela noite.

Todos os dias conversava com Edviges; à tarde, uma ia ao quarto da outra. Lauricéa gostava de conversar. Soube que sua nova amiga recebia um ordenado e que ela estava fazendo o trabalho de Ambrozia. Não se importou, fora ali por um motivo.

Queria que Edviges confiasse nela, então soube que ela tinha um namorado, que planejavam se casar, que ambos estavam juntando dinheiro para montar uma casa; enquanto isso, saía do convento escondido para se encontrar com ele e, se ela não engravidasse, os dois esperariam estar com a casa arrumada para casar, então ela não trabalharia mais no convento.

Edviges suspirou e contou:

— Gostei demais de outra pessoa. Conhecemo-nos desde crianças, dizíamos namorar e nos amávamos. Porém a mãe dele fez uma promessa de que ele iria para o convento e ser padre. Ele não queria, mas acabou convencido e tentou me explicar que era a melhor opção ele ser padre, porque saberia ler e escrever e que lá poderia estudar mais, que moraria em boas casas e se alimentaria com as melhores comidas; tentou me convencer de que, quando ele estivesse estabelecido, me buscaria para ser sua amante. Afirmei que não queria ser amante, mas esposa e que queria ter filhos, e, se ele fosse para o convento, era para me esquecer. Ele foi e eu sofri. Agora namoro outra pessoa e pensamos em nos casar.

— Você ainda ama o seu primeiro namorado? — Lauricéa, curiosa, quis saber.

— Às vezes penso que sim, porque, se ele sair do convento e me procurar, volto para ele, porém tenho a certeza de que não quero ser amante de padre. Quero casar e ter filhos. Numa cidade, não longe daqui, um padre tinha uma amante e três filhos com ela; descobriram, e ele, para não ser punido, a acusou de bruxa e disse que o enfeitiçara; ela foi levada presa e não se soube mais dela, os filhos pequenos ficaram com os avós.

— E a Ambrozia, ela é casada? — perguntou Lauricéa, aproveitando que a colega estava, naquela tarde, com vontade de conversar.

— Não, ela é solteira. Ela gosta de varrer a frente do convento, por isso arrumou para você fazer o serviço dela aqui no fundo. Na frente, ela vê e sabe quem entra ou sai do convento, tanto pela porta da frente quanto se alguém sair daqui do fundo e passar pela área dos jardins. Ela gosta de ficar na frente também porque é apaixonada por um fazendeiro que costuma passar de carruagem na estrada, ele faz esse trajeto para ir à aldeia. Quando ele passa, Ambrozia fica olhando e suspirando. Ele é um homem bonito, mas casado, e sua esposa é linda e eles têm filhos. Penso que esse homem nunca reparou nela.

— Como pode gostar de alguém assim? — Lauricéa não entendeu.

— É a vida! Mistérios! Com certeza ela sabe ser impossível qualquer envolvimento com ele, mas não consegue deixar de pensar nele. Ambrozia tem vinte e dois anos e é considerada solteirona. Ainda bem que ela tem um emprego.

— O que acontecerá quando ela ficar velha e não conseguir trabalhar mais?

— Se aqui — respondeu Edviges — ainda estiver esta Madre Superiora, ela a deixará ficar morando aqui no convento, recebendo alimentos e tendo um local para dormir; aqui tem três empregadas assim, elas estão juntas no aposento número seis. Mas tudo é incerto, antes desta superiora, tinha uma outra, que mandava as funcionárias antigas embora. Isto acontece com as que moram aqui; as que trabalham e têm família, as que vêm para o trabalho cedo e voltam à tarde para suas casas, quando dispensadas, não recebem mais nada, mas têm filhos, família. As que não têm parentes para as receber, vão esmolar. Empregados, neste país, penso que em muitos lugares, são úteis somente quando trabalham.

Lauricéa não comentou, mas pensou:

"Vó Ana tinha razão, conviver com pessoas não é fácil. Seria justo para a pessoa que trabalhou, ao ficar velha, continuar tendo seu sustento. Esta Madre Superiora deve ser justa."

— Edviges, por que a freira que limpa os penicos fez esse voto de humildade? Você sabe? — Lauricéa mudou de assunto.

— Penso que todos no convento sabem, porém não comentam. As freiras fofoqueiras são punidas, recebem castigos, às vezes de ficar horas ajoelhadas orando, ou semanas sem o jantar ou ficar um mês sem falar, os castigos são parecidos, nada muito ruim. As empregadas são demitidas. Estou confiando em você, não comente com ninguém.

— Pode confiar. Aqui tenho conversado somente com você.

— A história dela é triste! Ela é de família rica, eles moram distante daqui; pelo que sei, ela nunca recebeu uma visita. O pai dela tinha uma casa na cidade e outra na sua propriedade rural e foi na fazenda que ela se envolveu com um empregado e, como pensava que o pai não iria deixar que se casassem por ele ser um empregado e porque também ela estava prometida a outra pessoa, os dois resolveram fugir para longe. O pai, temendo um escândalo, disse a todos que a filha fugira para ser freira, que estava no convento. Mas a procurou, contratou pessoas que fazem isso, e eles, oito meses depois, foram encontrados; eles os acharam, voltaram, contaram onde eles estavam, e o pai dela foi até eles. Quando este senhor encontrou a filha, esta freira havia tido uma criança, que era muito deficiente, comentam que parecia um monstro. O casal estava sofrendo pela filhinha e com falta até de alimentos. Assustaram-se quando viram o pai dela, porém ele conversou com eles, confessou que os dois eram irmãos, que o moço era filho dele, que tivera um envolvimento com a mãe do rapaz, ele nasceu e, de forma discreta, cuidou dele. O casal chorou muito. Agora o que eu vou lhe contar não sei se é verdade. Ela ficou desesperada, sabia que o pai não iria levar sua filhinha, a sufocou, e a criança morreu. O pai deles deu uma boa quantia de dinheiro para o moço ir embora para longe e trouxe a filha de volta. Ela resolveu vir para o convento. Ela acredita que pecou por desobedecer seus pais, por se envolver escondido com uma pessoa sem ser casada e esta pessoa ser seu irmão. Penso que quer fazer penitência.

— Eles não sabiam que eram irmãos — Lauricéa ficou impressionada com a história.

— Como um erro puxa outro! O pai dela era casado, com filhos, se envolveu com uma empregada e teve um filho. Os dois não sabiam que eram irmãos, tiveram um relacionamento e sofreram muito. Se ela tivesse tido a coragem de falar em vez de fugir, nada disso teria acontecido. Penso que ela não aceita o fato de ter se envolvido com o irmão. Mas ela deve ter mesmo sufocado a filha, por isto se sente tão culpada. Cada um age de um modo diferente diante das dificuldades. Eu que não quero me envolver com padre. Se me envolver, estarei errando, pecando, e Deus me livre de limpar penicos!

A empregada riu, e Lauricéa acabou rindo, porém sentiu pena dessa freira.

Edviges a levou a uma sala onde estavam roupas que o convento ganhava e empregadas pegavam escondido.

— Ninguém presta atenção nestas roupas, penso que a Madre Superiora as deixa para que peguemos. Eu pego escondido para mim, para meu noivo, meus pais, para minha família, um pouco de cada vez. Escolha umas para você.

Edviges ajudou Lauricéa a escolher, e ela pegou algumas roupas. Fazia vinte dias que estava ali, conhecera poucas freiras, as vira de longe, não conversava com nenhuma. No momento, tinha setenta e seis religiosas no convento e não sabia de sua mãe. Perguntou a Edviges quando as duas estavam conversando no quarto:

— Amiga, tenho uma prima, não a conheço, que veio para o convento, ela se chama Maria. Tem alguma freira com nome de Maria?

— Conheço todas as religiosas deste convento, são três Marias: a Madre Superiora, que é velha, deve estar com quarenta anos; a outra é loura de olhos azuis.

— Minha prima deve ter trinta anos e não é loura. E a terceira Maria?

— Será que é a louca? A estranha? Ela deve ter trinta anos, é morena, tem os olhos e cabelos castanhos.

Lauricéa esforçou-se para aparentar calma.

"Estranha? Louca? Se minha mãe não sarou, deve ser ela", concluiu.

— Onde esta Maria fica? — perguntou Lauricéa.

— Na ala esquerda do andar de cima, num canto isolado, fica presa.

— Coitada! — foi o que Lauricéa conseguiu dizer.

— Ela se levanta muito, ou seja, fica metros suspensa do chão, seus pés balançam no ar.

— Você já viu?

— Não, escuto comentários. Este assunto é proibido aqui. Não comente com ninguém, entendeu? — Edviges a aconselhou.

— Não comentarei. Estou somente curiosa. Gostaria de vê-la. Você não me leva a esta parte?

— Você não tem medo? O convento é um local diferente, escutam-se barulhos, parecem ouvir vozes, sussurros e bater portas. A Madre Superiora explica que isso ocorre porque o prédio é grande, que é o vento. Eu não sei, nunca escutei nada, mas vou lá dentro somente durante o dia. Amanhã é domingo, levo você lá no horário da missa, todas as freiras vão à capela, é fácil de ir.

E as duas foram: Lauricéa sentiu o coração bater forte e acompanhou Edviges, prestando atenção por onde ia. Era fácil: subia-se as escadas, passava-se pelos corredores dos dormitórios das religiosas e, no final, virava-se à esquerda, para o fundo do prédio, nesse corredor havia quatro portas.

— Amiga — mostrou Edviges falando baixinho —, aqui são quatro celas que têm janelas com grades, são quartos trancados, prisões mesmo. No momento, um somente está ocupado, é este.

A porta era robusta, estava trancada com uma trava segura. Edviges abriu um dispositivo de madeira no meio da porta, na altura de um metro e cinquenta centímetros, e apareceu um buraco redondo, pequeno. Lauricéa lembrou das espias da cabana.

— Olhe! — Edviges a convidou a olhar.

Lauricéa o fez, viu um quarto grande e, sentada numa cadeira em frente à janela, uma mulher. Seu coração disparou, ela se sentava como sua avó Ana, ereta com as mãos nos joelhos, e era parecida com seu avô Tobias.

— Não vejo nada de estranho — foi o que Lauricéa conseguiu falar.

— De fato, quando ela está normal, fica normal, é nas crises que fica estranha.

— Ela se alimenta? — Lauricéa quis saber.

— Claro! Três refeições por dia, como todos aqui, tem o penico removido, mas é ela quem limpa o quarto, comentam que lê muito. Ela é a sua prima? — Edviges lembrou porque haviam ido e quis saber.

— Não, infelizmente não!

— Vamos embora. Se a missa acaba, as freiras estarão por todo o convento.

Voltaram para os fundos, Edviges foi para a casa de seus pais, e Lauricéa foi terminar seu trabalho. Preferiu ficar no quarto, pensou muito e resolveu ir à noite ver a mulher presa naquele quarto e se certificar se era ou não sua mãe. Planejou:

"Espero badalar doze vezes, é meia-noite, todos deverão estar dormindo ou em seus aposentos, porque sentem medo de fantasma, porque, como comentam, é à meia-noite o horário que eles mais assombram. Irei com cuidado e atenção, passo pela entrada da cozinha, que não é trancada, vou à sala da escada e subo. O perigo é atravessar a ala dos quartos; no corredor, segundo Edviges, tem três lamparinas na parede, mas o resto é escuro, então levo a minha e a deixo com a luz fraca.

Em frente à porta, bato, a chamo e abro a porta. Converso com ela, certifico-me se é realmente minha mãe e, então, a convido para ir embora comigo; na cabana, não ficará presa."

Refez seus planos muitas vezes, estava agitada e nem se deitou, ficou esperando pelos badalos. Onze, contou; seu nervosismo aumentou e, quando escutou os doze, abriu a porta, olhou por todos os lados, tudo quieto, parecia que todos realmente dormiam. Pegou a sua lamparina, fechou a porta e, com cuidado, foi para a entrada da cozinha.

CAPÍTULO 3

O ENCONTRO

Lauricéa escutava somente seu coração batendo forte. Com muito cuidado, abriu a porta da cozinha; ali havia claridade, pois um dos fogões estava aceso, e não havia ninguém. Andando devagar e prestando atenção onde pisava, rogando a Deus para não ser vista, com a lamparina numa das mãos, foi para a sala da escada e subiu devagar; sua apreensão aumentou quando passou pelo corredor dos quartos das religiosas, estes estavam silenciosos. A sensação que teve era de que o corredor não acabava, até suspirou quando terminou o trajeto; virou à esquerda, se defrontou com outro corredor e parou em frente ao quarto em que Maria estava presa. Bateu devagar três vezes na porta e chamou baixinho:

— Maria! Maria! Não se assuste, vou abrir a porta.

A porta fez barulho ao ser aberta, Lauricéa passou rápido e a fechou. Sua lamparina clareou o quarto e viu que Maria se levantou rápido e ficou de pé a olhando. A visitante explicou:

— Trabalho no convento e vim visitá-la escondido, teremos de conversar baixinho. Como está?

— Bem... — Maria não entendeu.

— Posso me sentar?

— Sim, claro, sente-se aqui — convidou Maria, apontando uma cadeira. — Veio sozinha e escondida? Não sentiu medo?

— Fiquei apreensiva de ser descoberta, mas, graças a Deus, vim fácil. Pela manhã, vim aqui com uma outra empregada, quando as freiras estavam na missa, para vê-la.

— Foram vocês que me espiaram pelo vão da porta?

— Sim. Maria, você sabe quem são seus pais? — perguntou Lauricéa.

— Claro!

— Pode me falar o nome deles?

— Por que quer saber? — Maria desconfiou da visita.

— Eu me chamo Lauricéa. É um nome diferente, incomum.

— O quê?! — Maria se assustou e respondeu: — Meus pais são Tobias e Ana.

— Mamãe! Mamãe! — exclamou a mocinha emocionada.

Abriu os braços para abraçá-la, porém Maria não saiu do lugar e a continuou olhando.

— Maria — disse a visitante —, meus avós maternos são Tobias e Ana, fui criada numa cabana na floresta, eles me contaram que minha mãe Maria veio para o convento para se curar de estranhos fenômenos; eles faleceram, e eu vim para cá, trabalho de empregada com esperança de encontrá-la. É ou não minha mãe?

— Sou! — foi o que Maria conseguiu falar.

Ficaram por alguns segundos caladas; depois, a ocupante do quarto pegou na mão de Lauricéa.

— Venha se sentar aqui, este local é o único ponto que não se consegue ver pela fenda da porta.

Ela arrumou o leito fazendo parecer que estava deitada e sentou no chão ao lado da visita.

— Tobias e Ana, meus pais, estão mortos! Sim, Lauricéa, eu sou Maria, sua mãe. Por que veio atrás de mim?

— Você é a única pessoa da família que tenho. Não gostou de me ver?

— Temo por você. Herdou minha estranheza? — Maria preocupou-se.

— Não! Não sinto nada, não vejo ou falo com mortos nem me ergo do chão. Nada!

— Graças a Deus! Lauricéa, você não pode contar a ninguém que é minha filha. A ninguém. Entendeu?

— Sim — afirmou a visita.

Maria passou a mão no rosto de Lauricéa, acariciou-a.

— Você se parece com seu pai — observou Maria.

— Era o que vovó Ana dizia.

Quando Maria levantou a mão, Lauricéa viu que nela e no braço havia muitas cicatrizes. Elas estavam sentadas no chão, em frente uma à outra, a lamparina foi deixada na cômoda. A garota pegou nas mãos da mãe.

— Mamãe, são cicatrizes?

— Conte para mim como foi viver estes anos na cabana da floresta — pediu Maria, ignorando a pergunta.

Lauricéa falou rápido e baixinho como era a vida dos três na cabana: o que faziam, do que se alimentavam, como os avós tiveram seus corpos físicos mortos, que fazia vinte e um dias que estava ali no convento e como fez para saber dela. Maria escutou com atenção, emocionou-se por saber que seus pais sempre sentiram sua falta.

— Conte, mamãe, o que aconteceu com você — pediu a filha.

— Vim para cá esperançosa para me curar. Embora não saiba ainda o que ocorre comigo, sei que é muito doloroso e traz sofrimento. Quando vim para o convento, a Madre Superiora era esta que está aqui até hoje e me recebeu, aceitou que eu me tornasse noviça; depois recebi os votos de freira. Logo que cheguei, recomeçaram as minhas esquisitices. A Madre Superiora é uma pessoa que tenta sempre manter a ordem no convento; fui conversar com ela, que me escutou, contei tudo e dela escutei: "Maria, não sei o que é isso ou como chamar, não concordo com a opinião de muitos membros da igreja, que afirmam ser o demônio. Eu também tenho alguns problemas com essas coisas, não conte a ninguém, eu vejo vultos, escuto vozes, fico me assustando com tudo isso, por isso a entendo. Não fale a mais ninguém dos seus problemas". Porém, não deu para esconder; me distraía e me erguia do chão, assustando as freiras; não saí mais para fora do prédio, tomava sol pela janela e às vezes eu me amarrava na cadeira. Um padre exorcista, ele não era inquisidor, foi chamado para me atender; no começo fiquei esperançosa, depois senti muito medo; uma freira o ajudava, eles passaram a me queimar, falavam que eu, com dores físicas, afastaria o demônio. Tenho as pernas e braços queimados, eles me queimaram com ferro quente e, para não gritar, me amordaçavam e me amarravam na cama. Sofri muito, não sarei, mas, por uns tempos, não tive, não senti esses fenômenos.

— Mamãe, a senhora tem mágoa deles? — perguntou Lauricéa, aproveitando que Maria fizera uma pausa.

— Não, filha, não sinto raiva, mágoa de ninguém. Pode ser que aquele padre acredite no que ele faz; a freira, sei que era má pessoa. Porém penso que não é certo causar dores em alguém. Então ocorreu de esta freira falecer, amanheceu morta, então a Madre Superiora afirmou para este padre que eu havia sarado e ele não voltou mais. A Madre Superiora conversou comigo, confessou que estava apreensiva com o tratamento que os dois, o padre e aquela freira, fizeram e que aquela religiosa descobriu que ela também sofria dessa doença, que afirmava ser possessão do diabo, e que ia delatá-la às autoridades da Inquisição; assim, se livraria dela e se tornaria a superiora. Ela temeu por si e por mim, então deu, no leite que esta freira tomava à noite, veneno. Não se arrependeu, não queria ser julgada pela Inquisição. Encontrou uma solução para mim: ficaria fechada, presa neste quarto, seria bem tratada e ninguém me incomodaria. Vim para cá. Um novo sacerdote veio para atender o convento, ele morava na vila, vinha aqui quando chamado e para celebrar a missa no domingo. Por alguma freira, ele ficou sabendo de mim e pediu para me ver. Afirmou não compactuar com a Inquisição, mas que tinha muito medo deles e que ia, com comunhão, com orações, me ajudar; no começo, a Madre Superiora vinha junto, ela queria também se livrar dos seus fenômenos. Não deu resultado. Depois, ele vinha sozinho e um dia me estuprou. Penso que se arrependeu e não veio mais. Porém, normalmente, após um erro vem uma dificuldade, e eu fiquei grávida. Contei para a Madre Superiora, que contou para o padre, e ambos ficaram muito preocupados. Não é um fato raro freiras engravidarem; se contam no começo da gravidez, tentam abortar, porém eu demorei a falar. Algumas moças entram no convento grávidas, normalmente são trazidas pelos pais, são obrigadas a ficar aqui, e os filhos são doados, aqui não ficam crianças. Outras fazem programas, têm envolvimentos e engravidam. Casos assim ficam somente entre elas, evitam comentários e ficam escondidas. A Madre Superiora e Clara me ajudaram a ter a criança, um menino, chama-se Emiliano e, com vinte dias, as duas o levaram para uma família que mora aqui perto, numa chácara, para o criarem. Foi o padre quem conseguiu, e ele sempre observava o garoto e fiscalizava se ele estava sendo bem tratado; faz um ano e dois meses que este padre foi transferido.

A Madre Superiora tem ajudado a família para que cuidem de Emiliano.

Maria calou-se, suspirou e abraçou a filha.

— Mamãe, vamos embora, nós três, voltemos para a floresta, para a nossa cabana, lá viveremos em paz — rogou a mocinha.

— Quero, filha, que você volte e leve seu irmão. Está muito perigoso viver aqui. A Inquisição está fiscalizando os conventos, levando religiosos, e eles somem. A Madre Superiora está preocupada. Você deve voltar logo e levar o seu irmão, porque ele herdou alguns desses fenômenos.

Maria fez uma pausa e enxugou algumas lágrimas, que escorriam pelo rosto.

— Filha, eu não a abandonei e nem a Emiliano. Quando vim para o convento, acreditava que iria sarar, se fosse doença, ou, se fosse o demônio, aqui, entre religiosos, ele seria afastado. Concluí que não é nenhuma das duas coisas, é algo que ainda não foi explicado, mas que precisa ser. Deixei você com meus pais e não poderia ficar com Emiliano. Se fosse comentado que tive o bebê e a Inquisição soubesse, ele seria tachado de filho do demônio e, após o torturarem, o colocariam na fogueira. Poderia complicar a vida do padre e nós dois sermos torturados e mortos.

— Mamãe, eles fazem isso mesmo? Um dos mandamentos não é não matar?

— É, filha, penso que alguns fazem isso por maldade mesmo, mas outros pensando ser o certo. Para nós, não importa. O ato é de quem o faz.

— Você nunca mais viu Emiliano?

— Claro que o vejo! Sempre o visito. Está vendo esta cômoda, é arrastá-la e soltar uma madeira atrás que posso descer. Foi um espírito que me mostrou, uma antiga freira me contou que aqui, neste quarto, ficou presa injustamente; ela fez o buraco na parede, cavou um pouquinho de cada vez, então podia sair e voltar. Saio fácil, à noite, normalmente depois das duas badaladas, atravesso o pátio e, por uma trilha, vou à casa em que mora e jogo pedrinhas na sua janela, ele dorme fora da casa, num cômodo no quintal; ele abre a janela, eu entro no quarto e ficamos abraçados.

— Conversando? — Lauricéa quis saber.

— Ele não fala!

— É mudo? Surdo?

— Emiliano escuta muito bem. Somente não fala — Maria suspirou, entristeceu-se. — Eu cortei as cordas vocais dele.

— O quê!? — Lauricéa se assustou.

— Não se assuste, não sou um monstro, fiz isso para o bem dele. Assim que Emiliano começou a falar, dizia coisas indevidas como: "quem é aquele homem?"; "dê o que essa mulher quer"; "não quero ir com ele"; "você não rezou"; "ele quer o martelo de volta". Ninguém via essas pessoas. Pela idade dele, dois anos e meio a três anos, Emiliano falava corretamente como se fosse alguém estudado. O padre, o pai dele, veio conversar comigo, a Madre Superiora veio junto, e eles me alertaram: "Maria, se a Inquisição pegar o nosso garoto, ele irá ser torturado e morto, não é justo, mas com certeza é o que acontecerá. Encontrei uma solução, cortaremos as cordas vocais dele, e ele ficará mudo. Se ele fosse filho do casal, com certeza os pais tentariam escondê-lo, protegê-lo, mas, adotivo, eu não sei. É perigoso, se alguém denunciar o garoto, com certeza a família falará o que sabe, e então correremos perigo. Sabemos que você, não temos conhecimento de como nem queremos saber, vai à noite ver o nosso filho. Tive, antes de me ordenar padre, no convento, aulas de anatomia, gostava muito e aprendi bastante, consultei minhas anotações e sei onde cortar para deixar uma pessoa muda. Você deve fazer isto, sedará o garoto, corte, feche bem o corte, passe remédios e o deixe dormindo. Este ato é nossa última esperança; se não der certo, teremos outras duas opções:

matá-lo envenenado ou doá-lo para os ciganos, que sabem lidar com pessoas diferentes. Porém os ciganos, no nosso país, estão sendo perseguidos, e eles não têm vindo por aqui; para fazer isto, terei de arrumar uma pessoa de confiança e será arriscado de ela ser presa junto com o menino ou de esta pessoa matá-lo e ficar com o dinheiro. Penso que é melhor deixá-lo mudo; ele, não falando, parecerá uma criança normal". Concordei. Ele me ensinou o que teria de fazer, prestei muita atenção e, naquela noite mesmo, fui ao quarto de Emiliano, que, como sempre, alegrou-se muito em me ver. Dei a ele a erva que Clara preparou, ele dormiu e, com cuidado e atenção, fiz o corte na pele, carne e nas cordas vocais, fechei o corte e coloquei a bandagem. Fiquei com ele o tempo que podia, peguei o pano que limpei o sangue, verificando se tudo estava certo, fui embora. Fui vê-lo por dias seguidos. Deu certo, Emiliano não falou mais. O corte cicatrizou, a família não percebeu o ferimento, realmente não prestavam atenção nele, estranharam somente o menino não falar, mas se sentiram aliviados. Senti muita pena do meu filho, chorei, porém foi a solução que encontramos.

— Mamãe, vamos embora nós três, por favor — rogou Lauricéa.

— Filha, se você sumir daqui, do convento, ninguém se importará, pensarão que foi embora; isto ocorrerá também com Emiliano, a família que cuida dele com certeza se sentirá aliviada, pensarão que ele fugiu. Se a Madre Superiora, que está no momento com muitos problemas, souber do sumiço do meu filho, penso que também estará se livrando de um deles, ainda mais se eu não reclamar. Porém comigo é diferente, sou considerada uma pessoa perigosa, que sabe muito. De fato, pela minha esquisitice, sei de muitos atos errados, pecados mortais que aconteceram e acontecem no convento. Se eu sumir, irão atrás de mim, com certeza para me matar e, para não haver testemunhas, matarão quem estiver comigo. Todos temem a Inquisição, ainda mais quem age errado: eles prendem, torturam e, se eu contar o que sei, muitas aqui serão julgadas. Não posso ir, porém você pode e ficarei tranquila se levar Emiliano com você. Deve ir logo. Amanhã à noite.

— Mamãe, a Madre Superiora é de fato uma pessoa boa? Ela a tem ajudado?

— Sim, tem, porém Maria, é assim que a Madre Superiora chama, às vezes não pode fazer o que quer, deseja. Ela pensa normalmente primeiro nela, e está certa. Maria é de família rica, foi estuprada pelo padrasto quando tinha treze anos e veio para o convento. É difícil uma moça casar, principalmente entre os ricos, não sendo virgem. Ela recebeu boa educação, instrução e passou a ser superiora. Ela mandou matar o padrasto.

— Como pode uma pessoa ser boa e má? — Lauricéa encabulou-se.

— Penso que ela é boa, mas, pelos erros dos outros, erra e pensa que está se defendendo. O padrasto era uma pessoa irresponsável, fez essa maldade com ela, traía a mãe e às vezes a surrava. Ela mandou envená-lo, assim ele não estupraria mais ninguém, porque fazia isso com as mulheres pobres, empregadas; penso que também foi pela mãe, para ela ter uma vida melhor e de fato a teve sem esse marido maldoso. Sei também que ela envenenou a freira maldosa que me torturou, porque ela ia denunciá-la, assim como também envenenou a antiga Madre Superiora pelo mesmo motivo. Clara, que faz esses venenos, sabe realmente fazê-los, não deixam vestígio, a pessoa, o cadáver, aparenta ter morrido de causa natural. Às vezes, filha, ao se fazer uma maldade, não se calcula que tantas outras podem vir após. Maria trata todos bem, tenta ser justa, não castiga companheiras. Para mim ela é boa, me defende. Será que esta defesa é certa ou errada? Às vezes penso ser certa, outras não, mas ela evita que muitas pessoas sofram. Prefiro ser grata e, se um dia, estando eu viva ou morta, se puder e ela precisar, eu a ajudo. Aqui há envolvimentos sexuais entre as freiras. A Madre

Superiora tem uma amante, penso que as duas se amam, e ela dá para sua amante muitas coisas, que são enviadas à família dela, e é dinheiro da congregação. Clara, que faz esses venenos, trabalha na enfermaria, tem muitos conhecimentos, trata com carinho e atenção de doentes, cuida bem de todos que a procuram e faz venenos e drogas abortivas. A Madre Superiora pede para ela alguma droga e ela faz, não quer saber para quem ou para quê. Clara também tem amantes, mas homens, ela sai do convento com roupas de mulher comum e se encontra com homens como se fosse prostituta. Uma ajuda a outra. Aqui tem muita parceria.

— Edviges me contou que existe confissão, que o padre escuta pecados, dá uma penitência, que normalmente é orar, e a pessoa é perdoada. Estas freiras que agem errado não confessam?

— Confessam, mas não contam esses pecados. Penso que elas não confiam que o padre possa perdoá-las ou não o fazem porque não se arrependeram. Quando elas confessam, inventam algo simples, como dizer que comeu demais, sentiu preguiça de se levantar... Mas quero que você saiba que aqui há muitas religiosas boas, virtuosas, são aquelas que têm vocação, vieram para o convento com intenção de seguir a Deus, e elas nem percebem as atitudes erradas de algumas. Penso que, por não errarem, pecarem, pensam não ser possível outras agirem errado. Por isso, filha, sou um perigo para essas que agem de forma contrária às normas religiosas.

— Mãe, o que sabe da freira que limpa penicos? — Lauricéa quis saber.

— A culpa dela é ter matado a filhinha. Ela me contou que a criança parecia um monstrinho. Infelizmente, quando ocorre isso, é deixada para morrer de fome. O pai dela se recusou a levar o nenê, e ela não quis abandoná-la na casinha que eles moravam, então a sufocou. Ela se culpa também por ter se envolvido com o irmão. Ela está entre as religiosas que agem certo. Agora fale de você. Do que gosta? Tem planos para o futuro?

— Gostava de viver na cabana com o vovô e a vovó. O modo de viver aqui tem me assustado. Viver entre pessoas boas e más é confuso, principalmente não sabendo quem é uma ou outra. Não fiz planos para o futuro, queria encontrá-la. Agora voltarei para a cabana em companhia de um irmão e não estarei mais sozinha.

Lauricéa estava gostando demais de ficar pertinho da mãe e ouvi-la. Perguntou:

— Mamãe, aqui tem assombração? Como vovó Ana dizia, espíritos?

— Filha, quando este corpo — Maria bateu de leve as mãos em seus braços — morre, a alma sai e, como espírito, continua vivendo; são muitos os lugares onde ela pode estar. Muitas vezes o espírito não vai para onde deveria, o local onde se agrupam espíritos, tanto aqueles que foram bons quanto os maus, claro que são lugares diferentes. Então ficam normalmente onde moraram, e muitas vezes assombram. Sim, aqui tem muitos espíritos. Essa freira que me queimou gostava de causar dores, atormentar, morreu e ficou atormentada e atormentando, ela sabe que foram Clara e a Madre Superiora que a envenenaram e quer se vingar. Ela continua má, foi maldosa aqui e continua. Tem outras como ela, foram freiras sem ter sido religiosas. Aqui tem muitas mulheres que foram obrigadas a vir, não têm vocação nem Deus no coração. Mas há também, e são a maioria, religiosas boas, que continuam sendo quando seus corpos de carne morrem e que aqui vêm para tentar alertar, ajudar a todos. Tem uma, que faleceu há sessenta anos, sempre me avisa quando haverá inspeção: eu alerto a Madre Superiora, e ela, com as que agem indevidamente, tudo fazem para que nada seja descoberto de errado. As que são boas tentam ajudar a todos. Eu já vi doze espíritos, e cinco querem vingança, chefiados por essa que me queimou.

— Ela a persegue? Essa freira que a queimou quer se vingar de você? — Lauricéa se preocupou.

— A mim não, porém não é confiável. Raramente ela vem aqui neste quarto; quando vem, somente me olha. Uma vez perguntei a ela se não ia me pedir desculpas. Ela respondeu: 'Pedir perdão é para quem se arrepende, eu ainda me divirto quando lembro de seu sofrimento' Nunca mais falei com ela. Não fique com medo, no momento não tem nenhum espírito aqui no quarto.

— O que essas almas boas fazem? Esses espíritos?

— Como disse, elas tentam alertar; digo "elas" porque aqui vejo somente as que foram freiras, elas tentam motivar as boas a serem melhores e as que não agem certo a pensar em serem boas; esses espíritos bons também se preocupam com as inspeções que são feitas periodicamente. Já me avisaram que teremos outra no mês que vem. Por isso quero vocês dois longe daqui, ficarei mais tranquila sabendo que estão a salvo.

Calaram-se por uns breves instantes; Maria ficou pensativa, depois determinou:

— Como queria parar as horas e que você ficasse aqui mais um pouco comigo, mas terá que ir. Irei descer pelo vão com você, é mais seguro do que voltar pelo caminho que veio. Vou deixá-la no seu quarto, irei bem rápido ao quarto de Emiliano, contarei para ele que irá embora com você. Contei a ele tudo, ele sabe de você, da cabana. Pedirei a ele que amanhã, após as duas badaladas, pegue tudo o que quiser, coloque num saco, se agasalhe e vá esperá-la no final da cerca. Você deve agir normalmente amanhã, não se despeça de ninguém. Eu, amanhã, irei à despensa, pegarei pão, algo pronto para comerem na viagem e roupas maiores para Emiliano, que, quando crescer, terá para vestir. Lauricéa, foi Deus que, com dó de mim, enviou você aqui. Saber que ficarão seguros na cabana me dará paz.

Maria enxugou as lágrimas do rosto e repetiu o plano.

— Agora venha, vamos descer, eu o faço no escuro, mas eu levarei a lamparina. Venha!

A ocupante do quarto afastou a cômoda e retirou a tábua. Lauricéa olhou pela abertura da parede, era alto.

— Não fique com medo, faça o que eu falo e não olhe para baixo. Ao lado do buraco da parede tem um beiral, segure aqui e coloque o pé esquerdo nele. Agora, segure aqui...

Lauricéa seguiu a orientação da mãe, que iluminava onde ela deveria segurar ou colocar os pés. Embora a mocinha estivesse com o coração disparado, conseguiu descer facilmente.

— Agora apagarei a lamparina e vamos rápidas ao seu quarto; lá, deite-se e tente dormir. Amanhã, com a primeira badalada, virei aqui e a ajudarei a arrumar tudo. Boa noite, filha! Vou ligeira comunicar nossos planos ao Emiliano.

Lauricéa ficou sozinha no quarto, não ouviu nenhum barulho, deitou-se e ficou pensando no que ouvira de sua mãe.

"Meu Deus!", rogou a mocinha. "Ajude para que dê tudo certo. Quando vim para cá não pensei em voltar tão rápido. Vi minha mãe uma vez, foi somente 'oi' e 'adeus'! Compreendo, penso que ela não sente medo por si, mas por Emiliano. Que bom seria se ela pudesse ir junto, porém a entendo, será perigoso ela fugir. Como um erro de uma pessoa atinge outras! A Inquisição não mata somente um condenado injustamente: ela separa famílias; faz pessoas, pela tortura, delatarem outras; induz algumas a sentir ódio, a pensar em vingança e a fazer maldades. Quando fazemos alguém ser mau, a responsabilidade é enorme. Como mamãe sofreu! Ela devia ter ficado conosco na cabana. Ah, se tivesse ficado, agora estaríamos nós duas em paz, ela não teria sido torturada, maltratada, estuprada e tido outro filho e nem estaria sentindo a angústia de tê-lo deixado mudo. Vou fazer o que ela me pediu, voltarei à cabana, cuidarei de meu irmão. Lá ficaremos isolados, penso que é o melhor. É realmente o que tenho de fazer. Irei cuidar de Emiliano!"

Dormiu e acordou com Edviges batendo na porta. Levantou-se rápida.

— Perdeu a hora? — Edviges sorriu ao cumprimentá-la.

— Foi, vá na frente que logo irei.

Lauricéa fez seu trabalho como sempre e evitou conversar. Depois do jantar, foi para seu quarto e ninguém a incomodou. Arrumou tudo o que ia levar, levaria as roupas doadas. Deitou-se para descansar, sabia que caminharia muito no outro dia.

Acordou com batidas na porta. Levantou-se e abriu. Era sua mãe, que entrou rápido com dois sacos.

— Acenda sua lamparina! — pediu Maria.

Lauricéa foi ao corredor, a acendeu e as duas conversaram falando baixinho. Maria explicou:

— Está tudo certo, Emiliano a espera no final da cerca. Escute! Bateu a primeira badalada. Trouxe para você dois sacos. Neste tem algumas roupas, serão para Emiliano quando crescer; neste tem farinha e sal, Emiliano se acostumou a comer sal e gosta de pão, você aprendeu a fazer, pegue ovos de ninhos; e aqui estão umas batatas, comam estas e as outras as coloque num local úmido, elas brotarão e aí plante, lembre-se que ela é raiz. Faça sempre uma plantação e terá sempre batatas. Aqui estão dois pães grandes, pedaços de carne cozida, legumes, ovos para comerem no caminho e para quando chegarem lá.

— Você pensou em tudo! — exclamou Lauricéa.

— Espero mesmo que sim!

— Mamãe, sei que encontrou a melhor solução para nós dois. Prometo que cuidarei do meu irmão.

— Sei disso e, com vocês na cabana, estarei tranquila e não me importarei com o que venha a acontecer comigo. Deixe-me vê-la novamente.

Maria pegou a lamparina e iluminou o rosto da filha. Quis fixar a fisionomia dela em sua mente.

— Mamãe, você ainda se levanta do chão?

— Sim, infelizmente — Maria suspirou.

— Gosta?

— Na cabana gostava, aqui é perigoso. Sinceramente, não é ruim. É agradável ver as coisas do alto.

Abraçaram-se.

— Agora, vá à latrina — pediu Maria à filha.

Lauricéa foi, e Maria a ajudou, quando ela voltou ao quarto, a colocar, nas costas, os sacos.

— Assim é a melhor forma de carregá-los. Peça para Emiliano segurar sua saia ou blusa. Irei com você até o final do pátio. Está na hora! Vamos!

Lauricéa seguiu a mãe e, quando chegaram no final do pátio, Maria a abraçou, abençoou e lhe deu um beijo na testa.

— Agora é somente ir por ali. Deus a abençoe!

Lauricéa foi, teria de caminhar margeando a cerca até o final, onde encontraria o irmão.

Maria, porém, não voltou; escondida, seguiu a filha, a viu chegar no local do encontro, o filho aproximar-se, Lauricéa falar com ele, os dois atravessarem a cerca e seguirem pela trilha. Maria os ficou olhando até não ver mais a tênue luz da lamparina, então voltou para o convento, escalou a parede pela pilastra, entrou no seu quarto, colocou a cômoda no lugar, deitou e orou, pedindo a Deus proteção; quando abriu os olhos, estava quase no teto, a coberta escorregara.

— Tenho de voltar! Tenho de descer! — exclamou baixinho.

Desceu de uma vez e caiu na cama. Cobriu-se, enxugou o rosto molhado de lágrimas e ficou com os olhos abertos. Sentia que, naquele corpo de carne e ossos, não iria ver mais os filhos.

"Tenho de orar assim, com os olhos abertos, pedirei a Deus para protegê-los: Meu Deus, Jesus. Tome conta dos dois para mim, por piedade. Não me importo comigo e não irei mais reclamar de nada se os dois estiverem a salvo."

Acabou dormindo e acordou com uma freira lhe trazendo seu desjejum. Ficou apreensiva o dia todo e, por duas vezes, se ergueu do chão, fazia mais isso quando estava nervosa, apreensiva e preocupada; somente se tranquilizou quando, de tarde, teve a visão dos dois filhos sãos e salvos na cabana.

Lauricéa, assim que se separou da mãe, seguiu margeando a cerca, sentiu seu coração disparar e se esforçou para ficar tranquila.

"Tenho mãe, não sou órfã, mas é como se fosse; meus avós me criaram, fiquei com mamãe poucas horas, mas levarei essa lembrança para sempre comigo. Que Deus a proteja."

Ouviu as duas badaladas, apressou-se e chegou no final da cerca, viu um vulto agachado.

— Emiliano! — chamou baixinho. — Sou eu, sua irmã Lauricéa.

O garoto se levantou, ela passou a mão nos cabelos dele.

— Oi! Vamos embora! Cuidarei de você com carinho e amor! Vamos!

Passaram pela cerca, primeiro ela passou os sacos que levava e o outro que estava com o irmão, depois eles passaram. A mocinha colocou, como a mãe a ensinara, o saco nas costas dele e os dois na dela.

— Segure aqui na minha blusa; qualquer coisa que vir de diferente, puxe. Segure-me, porque não tenho agora como pegar na sua mão, tenho de levar a lamparina com uma mão e, com a outra, segurar os sacos.

Foram caminhando pela trilha e viram a aldeia, porque havia algumas luzes que brilhavam de longe; entraram na floresta por outra trilha. Foram caminhando de forma cadenciada. Naquela estação, verão, o dia clareava mais cedo. Clareou, e os dois já estavam cansados. Por ter andado devagar e por estar atenta, prestando atenção para não se perder, sentindo-se apreensiva, Lauricéa estava realmente exausta e ainda estava longe da pedra. Apagou a lamparina.

— Vamos sair um pouquinho da trilha, sentar, comer e descansar.

O menino a seguia, por vezes ela notou que ele a observava. Sentaram-se numa pedra, colocaram os sacos numa outra e foi um alívio, os que ela carregava estavam pesados. Abriu um saco, pegou fatias grandes de pão, colocou carne no meio e comeram.

— Não deixe cair farelos — alertou a garota.

Falando em tom baixo contou a ele, que escutou atento, como era a cabana e que com certeza ele iria gostar de lá. Como ela, o menino estava cansado, mas não podiam ficar mais, tinham de continuar. Viu uma planta que, como avó Ana explicara, servia para apagar cheiro, cortou um galho e explicou ao irmão:

— Esta erva é para despistar; exala, se esmagada, um odor que despista rastros, nem cães encontram.

Esmagou três folhas e espalhou nas pedras, colocou os sacos, voltaram à trilha e andaram por uma hora.

— Aqui termina nossa caminhada pela trilha; iremos por aqui, agora você vem atrás de mim e segura minha saia com uma mão; com a outra, arraste este galho. Eu levarei o seu saco. Vou esmagar algumas folhas da erva para não deixarmos cheiro.

Foram andando com cuidado, ela prestava muita atenção, os sacos pesavam, tinha de afastar galhos, cuidar do irmão, e ele fez o recomendado, arrastava o galho. Percorreram um pedaço difícil e foi um alívio quando Lauricéa viu a pedra.

— Vou subir com um saco; de lá, tenho uma visão da redondeza; vendo que tudo está certo, volto e ajudo você a subir; lá poderá se alimentar novamente; volto para buscar os outros dois sacos; depois é somente caminhar um pouco mais que chegaremos à cabana, ao nosso lar. Não tenha medo, volto rápido.

Subiu com um saco e, lá de cima de uma árvore, teve ampla visão, tudo estava tranquilo; deixou o saco, desceu e subiu com o irmão.

— Segure aqui, coloque seu pé neste vão...

Subiram.

— Agora vou lhe dar o que comer e voltarei para pegar os outros sacos.

Deixou o garoto escolher, entre os alimentos que Maria lhe dera, o que ele queria, desceu e subiu com os dois sacos. Antes, jogou o galho que fora arrastado longe, esparramou as ervas. Comeu somente um pedacinho de pão, colocou novamente os sacos nas costas, jogou onde estiveram as últimas folhas da erva e voltaram a caminhar. Agora Lauricéa sentia-se menos apreensiva, estava mais segura. Emiliano não precisou mais segurar em sua roupa, caminhavam lado a lado.

Quando viram a cabana, respiraram aliviados. Era de tarde

CAPÍTULO 4

DE VOLTA À CABANA

Com tantas novidades, pareceu, para Lauricéa, que ela estivera ausente mais tempo do que vinte e dois dias; olhou tudo e viu que estava como deixara, somente com alguns matos entre os canteiros e algumas plantas murchas por falta d'água. Abriu a porta.

— Entre, Emiliano, venha descansar.

Se deixasse a porta fechada, mesmo durante o dia, ficava escuro, e era costume deixar sempre a porta fechada; entraram, e ela deixou a porta semiaberta. Colocou os sacos, os de roupas, na cama que fora dos avós e, o de comida, em cima da mesa. Lauricéa notara que Emiliano estava mancando, tirou o calçado dele e viu que seus pés estavam feridos. Foi à horta, pegou folhas de uma planta, as macerou e passou com delicadeza, fazendo massagem nas solas dos pés dele. O menino sorriu.

— Fique aqui sentado, tenho de colocar essas coisas nos lugares, pegar água do poço e organizar tudo para acender logo mais o fogo do fogão; esquentarei água para nós dois tomarmos banho, para descansar nossos corpos. Você terá muito tempo para conhecer o lugar.

Mesmo muito cansada, Lauricéa fez o que pensou ser mais urgente: varreu a casa, arrumou as camas, aguou as plantas na hortinha e resolveu, mesmo sem escurecer, acender o fogo. Este era acendido com o atrito de duas pedras, que soltavam faíscas, e, com elas, acendiam-se primeiro capim seco e galhos finos. As pedras usadas na região eram especiais. Colocou água para esquentar. Emiliano ficou sentado olhando a irmã. Com o fogo aceso, Lauricéa fechou a porta e, com a água quente, levou o menino para o cômodo da latrina. Para tomar banho, colocava, em cima do buraco, uma grade de madeira que o avô fizera e jogava água com a caneca no corpo, a água escorria pelo buraco. Ela explicou bem para Emiliano como fazer e, para não ficar escuro e ter claridade do fogo do fogão, não fechavam a porta. O menino tomou banho, se enxugou, usavam para isto um pano, colocou roupa limpa, e a irmã novamente passou ervas maceradas nos pés dele e o deixou sentado. Comeram a comida que Maria lhe dera. Com tudo arrumado, ajudou o irmão a se acomodar no leito, ficariam os dois no mesmo quarto, um em cada cama. Então tomou banho e foi também se deitar, estava muito cansada; adormeceu orando, estava agradecida por estar ali com o irmão.

No outro dia, entendeu que teria de voltar à rotina. Levantou-se, olhou pelos buracos, abriu a porta, colheu ervas, fez o chá, e deixou somente brasas no fogão. Adoçou o chá com mel, o que havia ficado num pote, e comeram o último pedaço de pão.

Emiliano se levantou, ainda mancava. Ele olhou por toda a cabana e, por gestos, indagou à irmã por que não havia janelas. Ele também, gesticulando, quis que a irmã soubesse que a mãe jogava pedrinhas na sua janela. Lauricéa entendeu, mas porque Maria lhe contara, e também percebeu que o menino iria sentir falta da mãe, ele convivera mais com ela. Explicou:

— Não sei ao certo por que a cabana não tem janelas. Quando aqui estava com nossos avós, eu não conhecia outras casas. Talvez não tenham feito por ser mais difícil ou para ser de fato mais segura. Acostumará e as janelas não farão falta.

Lauricéa foi falando como era a rotina ali e o que teria de fazer.

— Irei agora armar as armadilhas, vou colocar sementes no riacho. Logo seus pés não irão doer mais e irá comigo. Fique aqui e, se quiser ficar lá fora, feche a porta; costumávamos fazer isto, é para não entrarem bichos, mosquitos na cabana. E, se escutar qualquer barulho, não vá ver, entre na casa. Entendeu?

Ele balançou a cabeça e saíram para fora da cabana; pelo olhar dele, estava contente.

Lauricéa decidiu ir primeiro ao riacho, colocou as folhas amarradas nos pés e explicou o porquê. Foi atenta ao riacho porque era mais tarde do que de costume. O avô a ensinara a ir com os primeiros raios de sol.

"Tudo como sempre!", sentiu-se aliviada.

Surpreendeu-se ao encontrar um peixe na armadilha, mesmo com ela aberta. Pegou-o e fez como sempre: armou a armadilha, colocou as sementes e o que limpara do peixe. Voltou rápido, estava com o corpo, pernas e pés doloridos, não descansara o suficiente. Temperou o peixe com ervas e sal e o colocou no forno, que estava quente; foi armar a outra armadilha. Limpou a casa, colocou ervas na latrina, lavou as roupas, almoçaram o peixe, e o menino gostou muito. Emiliano arrancou o mato dos canteiros e aguou as plantas. Lauricéa separou as batatas e deixou, como a mãe recomendara, algumas num local úmido para brotar.

Lauricéa pediu para Emiliano urinar na cuia como o avô fazia, colheu as ervas e fez o ritual que a avó lhe ensinou, para afastar animais ferozes. O menino foi junto. Ela explicou e orou em voz alta. Depois foi ver as abelhas, o enxame que estava na árvore estava em ordem, mas o que estava nas pedras, algum animal danificara. Lauricéa se aborreceu, amava as abelhinhas, e Emiliano, por gesto, mostrou que poderia fazer uma caixa para elas e colocá-la numa árvore. A irmã mostrou a ele as ferramentas do avô. Decidiram começar a fazer no outro dia. Jantaram o resto de peixe e de legumes. Dormiram tranquilamente. No outro dia, ele já não mancava e foi fazer a caixa. Por três dias, os dois serraram um tronco, o alisaram, e ele fez uma caixa quadrada com uma pequena abertura, uma das laterais podia ser erguida. Ela colocou galhos e flores na caixa e, com cuidado e cantando, pegou o que sobrara do enxame e colocou lá dentro; depois a colocaram no lugar escolhido, numa árvore com espinhos, entre uma ramificação. Emiliano, no outro dia, aumentou e melhorou a outra colmeia. O menino ia com a irmã por todo o lado; para ele, era um divertimento ir ao riacho, na armadilha e aguar as plantas.

Lauricéa não notou nada de diferente no irmão, que demonstrava estar contente ali.

"Tomara que não enjoe", desejou ela.

Duas semanas depois, deviam ser doze horas, o tempo fechou, anunciando que iria ter uma tempestade; entraram e acenderam o fogo.

— Com a chuva, a fumaça não é vista, iremos ficar aqui dentro até a chuva passar.

De fato, a tempestade chegou forte, o vento uivava e, por trinta minutos, choveu torrencialmente. Cessou a chuva, os dois saíram da cabana e viram galhos caídos. Ficaram descalços, normalmente usavam tamancos, solas de madeira com tiras de couro de animais. Tobias os fazia e Lauricéa aprendeu. Arregaçaram as roupas e tiraram os galhos, colocando-os num espaço, eles serviriam de lenha. Ela olhou para o alto e observou:

— A tempestade está indo para a aldeia na direção do convento. Observe, Emiliano, as nuvens estão indo nessa direção, e a aldeia fica desse lado.

O menino observou, entrou na casa, pegou uma cadeira, a levou para fora, a colocou na direção que a irmã apontara, sentou-se com as pernas cruzadas em cima do assento e fechou os olhos. Ficou assim por uns dez minutos. Depois jogou água limpa nos pés da cadeira e a levou para dentro. Voltou à frente, olhou as colmeias e sorriu satisfeito, a tempestade não as danificara. Os dois lavaram os pés e entraram. Lauricéa quis saber o que o irmão fizera. Ele tentou responder, mas não foi entendido. No outro dia, ela resolveu ensinar o irmão a ler e escrever. Sua avó Ana a ensinara, assim como ensinara a todos os filhos. Ana aprendera com um padre que dava aulas para crianças e, à noite, para adultos. Seu avô Tobias fizera uma tábua de uma árvore grande que havia caído por um raio, unira duas partes e ficou um espaço de um metro e meio de altura por setenta centímetros de largura (uma lousa); alisou-a bem, não ficou nenhuma farpa. Escreviam nela com carvão, apagava com uma folha porosa de uma árvore e depois a lavava. A avó começou a ensiná-la fazendo bolas, cruzes, riscos, depois ensinou as letras e a uni-las.

No meio das roupas que Maria lhe dera, estava um livro, que ensinava a escrever o alfabeto e muitas palavras. A garota percebeu que ela escrevia algumas erradas.

Assim, todas as tardes, depois das tarefas feitas, ela passou a ensinar o irmão e se surpreendeu, ele aprendia rápido, com facilidade, logo escrevia o nome dele, da irmã, da mãe e passou a desenhar. Fazia desenhos bonitos de peixes, aves, do que ele via na floresta.

— Desenhe para mim o que você fez naquele dia após a tempestade — pediu Lauricéa.

Emiliano desenhou: fez um raio, uma árvore e, debaixo dela, um brinquedo, parecia um cavalo de pau. Ele mostrou com a mão que o raio caiu na árvore e que, debaixo dela, estava o brinquedo e o raio o destruíra.

— O brinquedo era do filho do casal?

Emiliano afirmou com a cabeça.

— Você não podia pegá-lo? Não deixavam você brincar? Você queria brincar?

A cada pergunta ele respondia com a cabeça que sim.

— Você conseguiu? O raio caiu na árvore? — Lauricéa quis saber.

Ele balançou o ombro; depois, por gesto, fez a irmã entender que deveria ter dado certo, porque vira o menino chorando.

— Meu irmãozinho — ela tentou orientá-lo —, devemos esquecer as maldades que recebemos. Podemos sofrer por elas, mas passa, porém, quando essas maldades nos fazem ser uma pessoa má, aí de fato nos fazem mal. Os atos que fazemos nos pertencem, bons ou não, eles ficam dentro de nós; os bons nos dão alegria, atitudes maldosas nos entristecem. Você não agiu certo ao desejar fazer isso. Reagiu, dando algo de ruim a quem lhe fez maldades. Por favor, pense e não faça mais isso. O período em que esteve com aquela família, dormindo no cômodo no quintal, passou. Você é muito importante para mim e eu o amo. Esqueça esse período.

Emiliano escutou de cabeça baixa, suspirou, olhou a irmã nos olhos dela e afirmou que entendera e que não iria fazer mais nada que resultasse em algo que fosse ruim a uma pessoa.

Abraçaram-se.

— Você quer que eu faça para você um cavalo de madeira?

Ele balançou a cabeça que não.

Lauricéa lembrava sempre dos avós, contava sempre para o irmão de como eles eram, o que faziam e falavam. Sentia saudades. Recordava-se muito dos breves momentos que estivera com a mãe. Às vezes parecia sentir as mãos dela no seu rosto, o beijo de despedida. Sabia que o irmão sentia mais a falta dela.

Uma vez ele escreveu dez vezes a palavra "mamãe" na lousa improvisada. Porém ela não percebia a tristeza no irmão, ali ele se sentia livre, gostava de fazer as tarefas.

"Será", Lauricéa sempre pensava, "que Emiliano sabe que foi mamãe quem o deixou mudo? Eu não irei falar isto a ele".

O garoto subia fácil nas árvores e pegava ovos nos ninhos. Ele pegava o ovo, o olhava contra a luz, batia neles de leve rente ao ouvido e sabia se estava choco, ou seja, se uma ave estava em formação. Nunca tirava todos os ovos de um ninho, pegava um ou dois, dependendo da quantidade que havia.

Eles, duas vezes por semana, à tardinha, pegavam lenhas, troncos de árvores caídas e velhas, galhos; depois eram rachadas por um machado, as lenhas cortadas eram levadas para o canto do fogão e as outras, deixadas ao relento. Levaram também para dentro da cabana capins secos, que deixavam secar ao sol.

Um dia, ao voltarem do riacho, choveu, e os dois irmãos se molharam; chegaram à cabana com as roupas encharcadas. Lauricéa pegou um pano que lhes servia de toalha para enxugar o menino e, quando tirou a blusa dele, viu cicatrizes de ferimentos.

— Meu Deus! Você era surrado?

Ele afirmou que sim, e de vara. Lauricéa apiedou-se, o abraçou e afirmou:

— Nunca mais ninguém irá lhe bater. Mamãe Maria sabia disso?

Ele negou com a cabeça.

Lauricéa entendeu que Emiliano não mostrava para não deixar a mãe triste, ele sabia que sua mãezinha não poderia fazer nada, que isso iria somente entristecê-la. Ela tentou saber o porquê e, pelo que entendeu, a primeira surra fora porque pegara o brinquedo do menino; as outras, por comer sem terem lhe dado ou por não ter feito direito seu trabalho.

"Com certeza ele não passava fome porque mãe Maria levava muitas coisas para ele comer. Deve ter sido por isso que ele influenciou a natureza e fez com que um raio, pois estavam caindo muitos naquele momento, destruísse o brinquedo do menino." Abraçou o irmão e sentiu muitas saudades da mãe.

Ela foi cortar os cabelos, que haviam crescido, e Emiliano quis os dele também bem curtos. Cortava-os com a faca, depois de afiá-la numa pedra.

— Aqui — explicou ela — é muito úmido, e cabelos compridos, quando lavados, demoram a secar. Curtos, ficam mais higiênicos e fáceis de secar.

Emiliano acordou triste numa manhã e, ao tentar explicar para a irmã, lágrimas escorreram pelo rosto. Como ela não conseguia entender, ele foi até a tábua que servia de lousa e escreveu: "mãe Maria". Com um gesto, apontou o céu. Lauricéa sentiu um aperto no peito.

— Mãe Maria morreu? É isto que você está me dizendo?

Ele afirmou com a cabeça.

— A Inquisição a matou? — Lauricéa temeu pela resposta.

Emiliano fez que sim e que não com um gesto de cabeça. Depois mostrou uma cuia (copo), fez que bebeu, que a mãe deitou e morreu.

"Ela foi envenenada! Não foi diretamente pela Inquisição, mas por alguém no convento que, com medo, a envenenou", pensou Lauricéa.

— Você a viu? Viu mamãe? — ela quis saber.

Balançou a cabeça que não e sim. Por sinal, explicou que a viu e que alguém lhe mostrou que ela estava morta.

— Emiliano — a irmã tentou consolá-lo —, você conviveu mais com mamãe do que eu. Quando ela foi embora daqui, com esperança de se curar, se livrar dos fenômenos que tinha, eu era pequena e não me lembro dela nesse período. Mamãe o visitava, porém ela sabia que talvez não pudesse fazê-lo por muito tempo. A Madre Superiora a protegia; se mudasse de superiora no convento, talvez a situação dela piorasse, e ela não conseguiria mais vê-lo. Quando fiquei aqui sozinha, vovô morreu, depois vovó, senti uma vontade intensa de ir procurá-la. Mamãe me afirmou que minha ida havia sido a resposta às suas orações, que Deus teve piedade e que isto ocorreu para eu trazê-lo para cá e deixá-lo em segurança. Você gosta daqui? De ficar comigo?

Embora triste, Emiliano sorriu e afirmou três vezes com a cabeça. Apontou as marcas que ele tinha das surras. Ela entendeu. Ali era tratado com carinho e estava em paz.

— Emiliano — Lauricéa, apesar de estar sofrendo, tentou alegrar o irmão —, mamãe agora está bem, não ficará mais presa, não sentirá mais medo da Inquisição, de ser torturada e queimada viva; com certeza poderá nos visitar, nos ver e ficará contente porque nós dois estamos bem aqui.

Ele afirmou com a cabeça concordando. Embora tristes, foram fazer as tarefas. À tarde, ele desenhou o céu e a mãe subindo.

— Que lindo! — elogiou a irmã.

A farinha que levara daria para fazer somente dois pãezinhos. Ela se preocupou, Emiliano gostava muito de pão e ela também, há dias que não comia para deixar para ele.

— Emiliano, a farinha que trouxemos acabou. É pena, não teremos pães, mas pelo menos logo teremos batatas, colheremos muitas e deixaremos algumas para replantá-las, assim teremos sempre batatas, que você também gosta.

Ele escutou atento, depois se sentou num tronco que estava em frente à cabana, com as pernas cruzadas e ficou imóvel, concentrado. Lauricéa o deixou; de repente, apareceu na frente dele um saco de farinha. Ele bateu palmas e assustou a irmã. Então tentou, por gestos, explicar que se concentrara e buscara a farinha.

— Você pegou na casa de alguém? Sentirão falta? Será que isso é roubo? O que faço, meu Deus?

O menino sorriu, tentou novamente explicar que, de onde tirara, tinha muito e que eles não sentiriam falta.

— Convento?

Ele afirmou com a cabeça.

"De fato", concluiu Lauricéa, "no convento há muitos sacos de farinha, muitos alimentos, somente sentiria falta se sumissem muitos. Não sentirão falta de um saco. O que será que meu irmão faz mais com as habilidades que tem? Será que ele vê espíritos? Ele não se ergue do chão como mamãe, mas busca coisas. É melhor eu não saber nem pensar nisto, pois ele não pode me contar ou não quer que eu saiba."

Sem saber se estava certo ou não, ela se alegrou, amassou muitos pães à tarde e os assou pela manhã.

Aproveitando que ele soube da morte da mãe, o levou às covas, sepulturas do bisavô e dos avós. Explicou como ficava uma pessoa que morrera e o que deveria fazer. Lauricéa lembrou do avô, que lhe disse: "O último não será enterrado, deve ficar dentro da casa com ela fechada".

— Emiliano, estamos somente nós dois aqui, vamos cavar um buraco, que será do primeiro que morrer, o que ficar vivo o enterra. Sabemos quando a pessoa morre porque ela não respira e o coração não bate mais; se você colocar a mão em frente ao nariz dela, não sentirá a respiração e, colocando o ouvido no peito, não escutará o coração; aí deve colocá-la deitada, porque esfriará, ficará gelada e endurecerá; então deve colocá-la no buraco, jogar a terra, socá-la como um pão e depois pôr as pedras em cima. Assim, evita de animais comerem o cadáver. Entendeu?

Ele afirmou que sim. Então, quando sujos por terem ido buscar lenhas, os dois iam cavar; com a cova pronta, pegaram pedras e as deixaram perto.

Lauricéa contava os meses e anos pela lua cheia; Ana a ensinara, um ano contava doze luas cheias, a próxima era o início de outro ano. Aniversário: Lauricéa nascera na terceira lua crescente do ano e no quarto dia. Não comemoravam aniversário, isto era somente para saber quantos anos tinha. Ela fez isto com o irmão, a mãe contou quantos anos ele tinha e em que lua ele nascera. Fora na lua minguante, no segundo dia da oitava lua do ano. Ela entendeu, quando estivera no convento, que lá eles seguiam um calendário, que a conta que faziam era aproximada. Mas ali contavam o tempo assim.

Emiliano quis ir às pedras. Foram um dia de manhãzinha. Ele prestou muita atenção no caminho. Não desceram as pedras, mas ele subiu numa árvore alta e olhou tudo. Voltaram.

— Você gostou? — ela quis saber.

Ele balançou os ombros.

"Meu irmão quis somente aprender o caminho. Não se interessou", concluiu ela.

A vida dos dois moradores da cabana na floresta se tornou uma rotina. Anos se passaram. Emiliano tornou-se moço, era franzino, magro e não era pálido, porque tomava muito sol. Numa tarde, a irmã perguntou a ele:

— Você quer ir embora daqui? Se quiser, poderemos ir para a aldeia.

Ele respondeu rápido, com um gesto de cabeça que não. Depois, também por gestos, a fez entender que ele não iria conseguir trabalho ou que não aguentaria um serviço pesado, como de lenhador ou de carpir. E que ela, mostrou os cabelos, que já tinha alguns fios brancos, também não conseguiria trabalho. Ir embora seria muito difícil e ali era o lar deles.

Lauricéa entendeu e gostou da resposta, ela também não queria ir embora. Lembrou-se de quando varria o pátio do convento, com certeza ela não aguentaria mais fazer aquele trabalho. Ali ela defendia o irmão e, entre muitas pessoas, não tinha certeza de conseguir.

Emiliano, às vezes, concentrava-se e aparecia algum doce, legumes, frutas, além da farinha e do sal. A farinha estava acabando, ele se concentrou e não apareceu, ele tentou explicar para a irmã o que estava acontecendo.

— Você está querendo me explicar que não tem farinha no convento? Que há poucos alimentos lá?

Ele afirmou com a cabeça, foi escrever na lousa e tentou explicar que havia lutas, pessoas matando umas às outras, fome, doenças e que elas choravam e estavam tristes.

— Com certeza foi por isso que mamãe quis tanto que viéssemos para cá. Ficaremos sem trigo, não importa. Que tristeza! Por que será que as pessoas lutam entre si? À noite, iremos orar por elas.

Os dois, à noite, antes de dormir, oravam; como Lauricéa não sabia as orações decoradas, preferiam orar de forma espontânea, agradecer e sempre pediam proteção.

Por gesto, Emiliano tentou explicar que iria buscar a farinha mais longe. Sentou-se e se concentrou: de repente, apareceu um saco de farinha, doces, frutas, legumes e dois pães grandes e prontos.

Os dois se alegraram e ele explicou que eram de longe, que, de onde pegara, eles tinham muito e que não iriam notar a falta. Era de outro convento, masculino e importante. Lá eles se alimentavam bem.

— Não faça mais isso até termos necessidade, não é bom eles sentirem falta de coisas.

O jantar foi farto e, à noite, oraram para agradecer e pedir pelos habitantes da aldeia e pelo convento. Lauricéa rogou por Ambrozia e Edviges. Se por lá estava tendo fome, as duas deviam estar sofrendo.

Por dias oraram por eles.

Outros anos se passaram. Numa manhã, Lauricéa viu sangue na roupa do irmão. Quis ver o porquê e viu que ele se cortara; tinha três cortes, deviam ter sido por faca, no braço esquerdo dele. Exigiu que ele explicasse e, pelo que ela entendeu, ele se cortou para ter alívio da dor que tinha dentro dele.

Lauricéa afastou-se e pensou no ocorrido.

"Às vezes a dor dentro da gente é tão grande que pode-se sentir aliviado quando se sente a dor no corpo. O que ele fez é errado, duas dores se acumulam. O certo é sentir a dor íntima e tentar aliviá-la, resolver o problema. Mamãe me falou disso; quando sentia a dor das queimaduras, sentia menos a dor íntima, da alma, pois sofria pela falta dos pais dela, pela sua situação por ser diferente e também pelo medo dos inquisidores. Qual será a dor de Emiliano? Será por sexo? Vovó dizia que homem sente muita falta. Será que meu irmão sente falta de pessoas? Vovó, por Deus, me ajude!", rogou Lauricéa.

Resolveu colocar Emiliano para dormir no quarto dos avós, prestou atenção nos seus atos, não se aproximou mais dele, passou a ser discreta, a tomar banho quando ele estava fora de casa. Escolheu uma planta para lhe fazer um chá. Ana falava muito das plantas para ela, das ervas, esforçou-se para lembrar e conseguiu. Uma delas, sua flor bloqueava pessoas para não pensarem tanto em sexo. Colheu e fez um chá para ele, o gosto não era muito bom, adoçou com mais mel. Duas semanas depois ele voltou a ficar tranquilo, mas ela continuou discreta, às vezes sentia vontade de abraçá-lo como antes, mas não o fez mais e continuou a lhe dar o chá.

Os dentes de todas as pessoas naquele tempo, na aldeia, no convento e também os de Emiliano e Lauricéa, estragavam e careavam; se doíam, extraíam; se moles, os puxavam com fibras finas de árvores ou com pinças. Os dentes pretos pelas cáries, às vezes, caíam sozinhos e as pessoas se tornavam banguelas. Envelheciam aos trinta e oito anos, os cabelos branqueavam, normalmente pelo ritmo de vida, trabalhando pesado desde criança; com alimentação escassa e errada, adoeciam e enrugavam.

Lauricéa se preocupava com o irmão, ele se tornou um adulto magro; era ágil, mas fraco.

Pela contagem deles, Emiliano devia estar com vinte e oito anos quando começou a tossir, tinha sempre febre, e ela fez o que sabia e podia para ele sarar, deu ervas, chás, mas ele foi piorando. Ela passou a fazer as tarefas sozinha e ficou muito preocupada com ele, que, para levantar do leito, precisava de ajuda. Ficou assim, enfermo por três luas cheias, três meses. Numa noite, quando ela o acomodou no leito, ele segurou a mão dela, e a irmã entendeu.

— Não precisa me agradecer, mas, se está fazendo, eu respondo "de nada" e que amo você.

Ele sorriu e teve uma crise de tosse e, como já havia acontecido outras vezes, saiu sangue pela boca e nariz. Ela o limpou, Emiliano se acalmou, e a irmã então foi ao fogão acender o fogo, pois anoitecia. Foi vê-lo de novo e o encontrou morto, ele não respirava e seu coração não batia. Chorou.

"Sentirei sua falta, meu irmão!"

Resolveu deixá-lo pronto para ser enterrado, não iria tirar sua roupa, que era as que guardara do seu avô, elas não teriam mais serventia. Pensou:

"Não aguentarei carregá-lo até a cova, então o arrastarei; para isto, tenho de passar uma colcha embaixo de seus braços e, com ela, o arrastarei. Farei isto amanhã cedinho. Colocarei seu corpo na cova, jogarei terra e porei as pedras. Estou lerda, sinto dores, mas é o que tenho de fazer."

Passou uma colcha pelos braços dele, fez isto antes de ele endurecer e o deixou deitado na cama. Foi se deitar, sabia que tinha de descansar porque a tarefa seria pesada no dia seguinte. Orou chorando, pedindo a Deus que o irmão estivesse bem com os avós e a mãe ; depois de muito chorar, adormeceu. Acordou, se lembrou do ocorrido, levantou, apagou o fogo, comeu o que restara do jantar, olhou pelos buracos e foi à cova; verificando que tudo estava certo, voltou, colocou outra colcha no chão, o corpo de Emiliano em cima e, pelas duas colchas, o puxou; fechou a porta e foi o arrastando. Assim ficou mais fácil transportá-lo. Emiliano não pesava muito e, com a doença, ficara mais magro. Esforçou-se e parou três vezes para descansar; ofegante, chegou à cova. Olhou o irmão, o abençoou, jogou o corpo inerte no buraco e o fez com as colchas. Jogou a terra em cima e a socou com o tronco, foi um trabalho difícil, estava cansada e o corpo doía pelo esforço. Após, colocou as pedras, entendeu que teria de colocar mais, porém deixou para outro dia, pois teria de procurá-las e pegá-las. Havia somente levado água para tomar, estava faminta e cansada. Voltou para a cabana, estava suja; havia deixado a água em cima do fogão, onde ainda havia algumas brasas. Mesmo sem a água estar quente, como gostava, tomou banho e deixou a roupa suja para ser lavada no outro dia, alimentou-se com que tinha pronto. Sentou-se na cadeira de balanço e lamentou:

"Estou mesmo é com dó de mim. Aqui vivi com meus avós, tinha com quem conversar, quem me socorrer se precisasse e tinha companhia; depois tive Emiliano, embora ele não falasse, eu o entendia. Agora estou sozinha. É muito triste ficar sozinha. Tenho que me organizar e tentar fazer tudo para não morrer de fome. A farinha e o sal irão acabar e não terei mais pão nem como salgar alimentos."

Foi dormir; no outro dia tentou fazer o que sempre fazia, porém não conseguia subir nas árvores para pegar ovos e, para afastar os animais da cabana, somente teria as ervas e as orações. Sentia-se cansada, triste e com dores.

"Como é triste não ter companhia! Como sinto falta de Emiliano! Seria, agora, consolo se eu tivesse herdado o fenômeno de ver espírito; poderia conversar com meus avós, mamãe e irmão. Neste caso, não é tão ruim ser alguém especial e conversar com os mortos."

Às vezes falava sozinha para escutar a sua voz, outras cantava. "Meu irmão gostava tanto de me ouvir cantar."

Voltou às covas, tirou algumas pedras da sepultura do seu bisavô e completou a de Emiliano. Passou a ir sempre às covas, as limpava, tirava os matos e orava.

Por dezoito luas cheias viveu sozinha, recordava-se muito do momento vivido com seus entes queridos, orava por eles. Fez da lousa, lenha. Passou a sentir seu coração bater fraco, falhar e tinha falta de ar. Desarmou a armadilha de animais, não tinha mais a esperteza para matá-los e não gostava de vê-los sofrer. A armadilha foi também para o fogo. Resolveu ir pela última vez ao riacho e, por sorte, lá estavam três peixes de tamanhos bons: os limpou com dificuldade, jogou os restos no meio do riacho e abriu a armadilha.

"Se algum peixe entrar nas pedras sairá por aqui."

Encontrou no caminho um ninho baixo com três ovos.

"São ovos frescos porque não estavam aqui três dias atrás."

Ela os levou. Colocou os peixes limpos para defumar, secar na fumaça e iria comê-los. Guardou os ovos, iria cozinhá-los. A farinha acabara e tinha pouco sal.

"Irei fazer, de agora em diante", decidiu, "uma tarefa por dia. Pegarei galhos, não consigo trazer troncos maiores nem rachá-los, não posso ficar sem fogo, tenho que cozinhar e não quero ficar no escuro à noite."

Foi com muito esforço que pegou mel.

"Ainda bem que tenho muitas batatas e sementes. Tomarei chá com mel."

Passou a sair pouco da cabana, às vezes levava uma cadeira e se sentava ao sol; aguava as plantas, pegava sementes, frutas e se cansava demais. Parou de lavar roupas, resolveu usá-las até que ficassem muito sujas para depois trocá-las. As roupas eram poucas, as usava até ficarem em farrapos, Emiliano usou as que foram do avô, e ela, as que pertenceram à avó, mas, mesmo assim, resolveu não lavar e colocou as sujas num canto do quarto dos avós.

Numa manhã, acordou sentindo muitas dores no peito e se sentou na cadeira de balanço. A dor aumentou; de repente sentiu uma dor tão forte que a impediu até de respirar. Sentiu, mais do que escutou:

— *Lauricéa, seu tempo findou, podemos levá-la.*

Sentiu-se segura e que era seu avô Tobias. Adormeceu.

Acordou num leito limpo, e ela também se sentiu limpa e confortável. Viu perto dela quatro pessoas. Olhou-as, sorriram para ela. Sorrisos bonitos, todos estavam com os dentes sadios.

— *Querida!* — exclamou Tobias.

— *Meu bem!* — a avó Ana estava emocionada.

— *Irmãzinha!* — disse Emiliano com voz harmoniosa e bonita.

— *Minha filhinha!* — foi o que Maria conseguiu expressar.

Abraçaram-se.

CAPÍTULO 5

EXPLICAÇÕES

Ressalvo a importância das obras de Allan Kardec para nós que estamos nos esforçando para aprender e para ter uma diretriz segura na caminhada rumo ao progresso. Que lições esclarecedoras podemos tirar da obra *O livro dos médiuns,* do qual iremos citar alguns trechos.

"Toda pessoa que sente a influência dos espíritos, em qualquer grau de intensidade, é médium. Essa faculdade é inerente ao homem. Por isso mesmo não constitui privilégio e são raras as pessoas que não a possuem em estado rudimentar... Usualmente, porém, essa qualificação se aplica somente aos que possuem uma faculdade mediúnica bem caracterizada", ensina-nos Kardec no capítulo catorze, "Os médiuns", item cento e cinquenta e nove.

E, no item cento e sessenta, esclarece: "Os médiuns de efeitos físicos são particularmente aptos a produzir fenômenos materiais". Maria e Emiliano o foram.

Na segunda parte, o capítulo quinze, item cento e oitenta e nove, "Médiuns de translações e suspensões", explica os que produzem translação de objetos através do espaço ou a sua suspensão, sem qualquer ponto de apoio.

Na primeira parte, fala-se também dos que podem elevar a si próprios. Sobre levitação, afirma o segundo capítulo, "O maravilhoso e o sobrenatural", item dezesseis: "Entretanto, a suspensão etérea dos corpos é um fato explicado pela lei espírita (...) Esse fenômeno, portanto, enquadra-se na ordem das coisas naturais".

No livro *O psiquismo experimental*, de Alfred Erny, sobre os estudos dos fenômenos psíquicos, no primeiro capítulo, "Os fenômenos psíquicos", da primeira parte, "O psiquismo vulgar", tem-se que "quando uma mesa se ergue no ar ou acontece o mesmo a um médium, tem-se o fenômeno da *levitação*".

Do prefácio do tradutor Pitris, na obra de Albert Rochas, *A levitação*, "Levitação é o erguimento *espontâneo* dum corpo no espaço". No primeiro capítulo, "Casos passados no Oriente, citando Bavadjée D. Natts, o autor destaca: "A levitação no ar, postergando a lei da gravitação afirmada pela ciência moderna, é unicamente explicável pela teoria da atração e da repulsão universal".

Voltando a *O livro dos médiuns*, no quinto capítulo, "Manifestações físicas espontâneas", item oitenta e dois: "Os fenômenos de que tratamos são provocados. Mas acontece, às vezes, que ocorrem de maneira espontânea. Não intervém, então, a vontade dos participantes e, longe disso, pois se tornam quase sempre muito importunos". No item noventa e dois: "Trata-se de verdadeiros médiuns que ignoram as suas faculdades e, por isso, os chamamos de *médiuns naturais*". Isto ocorreu com os personagens desta história verdadeira, principalmente com Maria e

Emiliano; por não entenderem, não sabiam como lidar com os fenômenos e, por vezes, não conseguiam controlá-los.

Sobre transporte, na segunda parte, no capítulo quinto, "Das manifestações físicas espontâneas", item noventa e seis, "consiste no trazimento espontâneo de objetos inexistentes no lugar onde estão os observadores", ou seja, a pessoa que transportou. O item noventa e oito afirma que "os fatos de transportes são múltiplos, complexos, exigem um concurso de circunstâncias especiais (...), uma combinação para isolar e tornar invisíveis o objeto, ou os objetos destinados ao transporte".

Já no item noventa e nove, Erasto, em nota, explica como os objetos são transportados: "como o seu fluido pessoal é dilatável, combina uma parte desse fluido com o fluido animalizado do médium e é nesta condição que oculta e transporta o objeto que escolheu para transportar".

Antes disso, no item noventa e quatro, São Luís é perguntado "Onde vai o Espírito buscar os projetis de que se serve?". Ao que responde: "Os diversos objetos que lhe servem de projetis são, as mais das vezes, apanhados nos próprios lugares dos fenômenos, ou nas proximidades. Uma força provinda do Espírito os lança no espaço e eles vão cair no ponto que o mesmo Espírito indica".

No item noventa e cinco, em diálogo com o Espírito perturbador da rua des Noyers, ao explicar como atirava objetos, ele responde: "Busquei auxílio na natureza elétrica daquela rapariga [uma criada do local], juntando-a à minha, que é menos material. Pudemos assim os dois transportar os diversos objetos".

Novamente no item noventa e oito, sobre médiuns de efeitos físicos de tangibilidade e transporte, Erasto afirma que: "com efeito, seu sistema nervoso, quase inteiramente desprovido de invólucro refratário que isola este sistema na maioria dos encarnados, torna-os apropriados no desenvolvimento desses diversos fenômenos".

No item noventa e nove, o espírito que é questionado responde se transportaria com a mesma facilidade um objeto mais pesado, de cinquenta quilos, por exemplo. A isso responde: "O peso nada é para nós". Desde que os objetos estejam na Terra, é possível, podendo ser de qualquer distância. Os sacos de farinha que Emiliano transportava pesavam em média dez quilos. Força ou potência é a capacidade maior ou menor para servir de instrumento aos espíritos.

Sobre desdobramento, Hermínio de Miranda, no seu livro *Sobrevivência e comunicabilidade dos espíritos*, o define citando a obra *Projeção do corpo astral*, de Sylvan J. Muldoon: "A lei fundamental do desdobramento é assim enunciada por Mr. Muldoon: 'Quando o subconsciente se torna possuído pela ideia de movimentar o corpo físico que se acha impossibilitado de fazê-lo, o corpo astral se deslocará para fora do físico'". Continua Hermínio nos esclarecendo: "O mecanismo de desdobramento [durante o sono] é simples: o perispírito eleva-se horizontalmente sobre o corpo físico, flutua mansamente na direção da cabeça para os pés e se coloca gradativamente de pé. Um fio prateado continua ligando o perispírito ao corpo físico, qualquer que seja a distância percorrida por aquele". "Alguns médiuns fazem isto conscientes e sabem bem o que fazem e onde estão e, ao voltar, podem narrar com detalhes o que fizeram. Porém ele é muito mais útil se canalizar sua mediunidade para ser útil, dando energias num passe, sendo intermediário para um espírito necessitado de receber orientação no trabalho de desobsessão, psicografando, orientando, ou seja, auxiliando o próximo."

Emiliano, às vezes, fazia isso consciente, o fez quando foi ver se o raio danificara o brinquedo do menino e o viu chorando. Quando sentiu que a mãe morrera, foi vê-la. Outra vez, ao tentar buscar farinha no convento e não conseguir, foi ver o que acontecera. Também foi ver o outro convento, o masculino, do qual levou coisas.

Allan Kardec disse que esses fenômenos sempre existiram. Pela história, e na antiga, veremos que, de fato, isso fazia parte do cotidiano dos povos. Dava-se entre os índios, os pajés. No Egito, entre as sacerdotisas e sacerdotes. Profetas, entre os judeus. Também a mediunidade sempre esteve presente entre os ciganos. Surgiam também em todas as partes os curandeiros, benzedores, pitonisas, magos, feiticeiros etc. Sempre existiram aqueles que faziam o bem e o mal por meio desses fenômenos. Se no passado distante eram considerados importantes, isto não ocorreu na Idade Média (das Trevas). Foram então perseguidos, muitos foram torturados e mortos pela Inquisição. Depois, infelizmente, considerados doentes, sofreram por tratamentos cruéis e muitos enlouqueceram. Surgiram os ensinamentos de Allan Kardec, que deram nomes aos fenômenos e foram de grande valia aos médiuns.

Antes, esses fenômenos (levitação, desdobramento, transporte) ocorriam mais, principalmente com médiuns em potencial. Por que agora são mais raros?

Novamente vamos encontrar a resposta em *O livro dos médiuns*, capítulo catorze, item cento e sessenta: "Geralmente a faculdade diminui num sentido à medida que se desenvolve em outra". A nota de J. Herculano Pires (pesquisamos a sua tradução) sobre esta frase é: "Os espíritos não dão aos fenômenos físicos a mesma importância que lhes atribuímos. Interessam-se mais pelas manifestações inteligentes, destinadas à transmissão de mensagens ou à conversação esclarecedora. Veja-se o caso de Francisco Cândido Xavier, dotado de excelentes faculdades de efeitos físicos, mas aplicando-se, por instrução de seus guias, especialmente à psicografia. Os fenômenos impressionam e servem muitas vezes para despertar o interesse pela Doutrina, mas o que realmente interessa é esta, com suas consequências morais e espirituais. Os espíritos superiores chegam a proibir manifestações físicas em grupos que podem produzir mais no sentido da orientação e do alevantamento moral".

Quem quer saber, entender, atualmente encontra alguém para ajudá-lo, até na ciência obtemos explicações. O médium, canalizando suas energias trabalhando, a gasta, e isto deveria ser somente em ajuda, mas infelizmente sabemos que muitos médiuns usam sua mediunidade para o mal. Usando a energia para fazer algo específico, não a têm na realização de outros atos.

Há pessoas que gostariam de ser médiuns videntes, como Lauricéa, para ver familiares queridos, amigos, espíritos bons, mas a vidência não é assim, somente para ver quem amamos. Médiuns videntes veem todos: bons, maus, desencarnados que vagam, obsessores etc. Se é agradável rever os que amamos, não é ver os que ainda seguem o caminho do mal. Depois, desencarnados que sabem, mudam a aparência do seu perispírito com facilidade. Conhecimento é para quem procura saber, estudar, e não é privilégio dos bons; trevosos sabem também. Então, a vivência não é confiável, precisa de muita experiência para não se deixar enganar. Devemos sempre, e é o melhor, sentir a energia do desencarnado, esta não é modificada. A energia é ele. Se a energia é boa, é um bom espírito. Entretanto, o que pode ser bom a uma pessoa pode não ser a outra. Médiuns que trabalham fazendo o mal gostam, se sentem bem com a energia de um espírito trevoso e, para eles, é desagradável a energia de um espírito bom. É afinidade.

Segundo o *Michaelis dicionário brasileiro da língua portuguesa*, "Inquisição" é: "Antigo tribunal eclesiástico criado pela Igreja católica no século XIII, também conhecido por Santo Ofício, instituído para punir os crimes contra a fé católica". Já "inquisidor" significa "juiz do tribunal da Inquisição", um arguidor severo. E "inquisitorial" é aquilo que é "relativo à Inquisição", significando, por extensão de sentido, algo que é "muito rígido e severo, desumano, terrível".

Alguns inquisidores pensavam estar certos, que deveriam afastar, acabar com os hereges, pessoas que agiam ou pensavam diferente deles. Acreditaram que estavam tendo a missão de proteger a Igreja, tornando-a pura. Porém não foram justificados por estas desculpas, porque eles tinham conhecimento dos mandamentos e deveriam focar num deles: "não matarás"! Também deveriam amar a todos, como Jesus ensinou e fazer ao outro o que queriam que lhes fizesse. De fato, muitos deles, que fizeram parte da Inquisição, acreditavam que, torturando os hereges, matando-os, os livrariam do inferno, que era muito pior e eterno. Porém outros inquisidores agiram por cobiça, inveja e tramas de vingança, estes tiveram culpas maiores.

Muitas pessoas temiam, e muito, a Inquisição, porém, para outros, era indiferente; uns julgavam que estavam certos, e outros que não, porém estes silenciavam. Alguns realmente nem opinavam sobre este assunto. A Inquisição, em alguns países, agiu com maior rigidez e, em outros, nem tanto.

Tantos anos se passaram e ainda temos conhecimentos de obsessões por esses fatos. Sabemos que há núcleos umbralinos de vítimas dos inquisidores que se tornaram carrascos e desejam se vingar. São vítimas que não perdoaram. Que responsabilidade quando se faz uma pessoa sentir ódio e querer se vingar! Socorristas, tanto encarnados como desencarnados, tentam orientá-los, mas, infelizmente, muitos persistem. Também há grupos ávidos para se vingar por perseguições de guerras, pelas políticas ou racismo e, em países que tiveram escravatura, pelos que foram escravizados. Com certeza somente terminará tanto rancor com o perdão.

Ao escutar a história, contada a mim por Emiliano, ele escolheu os nomes dos personagens, que assim serão chamados por toda ela.

Ao desencarnar e retornar à Espiritualidade, não é costume indagar o nome do que retorna, este é recebido pelas suas obras, seus atos, suas ações, o que trouxe na bagagem.

Nomes são designações que recebemos para ser edificados no mundo físico. No Plano Espiritual também usamos com a mesma finalidade. Costumamos nos chamar aqui, em colônias, postos de socorro, pelo primeiro nome, e até podemos mudá-lo se assim quisermos ou adotar outros que usamos anteriormente.

A poeira levanta ao ser movimentada, mas volta após. Nomes são assim, usamos e ficam no esquecimento, o tempo apaga. Somente ficam na história alguns que se sobressaíram, porém, para estes, a designação passou, outras reencarnações tiveram...

Não devemos cultuar nomes, já tivemos tantos e com certeza receberemos outros mais, estes passam com o tempo... Mas as lembranças ficam.

CAPÍTULO 6

ANA E TOBIAS

No Plano Espiritual, tornaram-se mais que parentes físicos, amigos que conversavam muito. Os cinco contaram suas vivências, as emoções que sentiram quando estavam encarnados. Num fato ocorrido, cada um dos envolvidos tem sua versão e interpretação. Diferem-se ao sentir alegria ou sofrimento, porque sentimentos dependem da evolução da pessoa. Contando o que sentiram, a história foi, aos poucos, se encaixando. Todos compreenderam que as vivências passaram e, quando o fizeram, entenderam que essas lembranças ficaram na memória de cada um.

Contou Tobias:

Eu vivi feliz na cabana, embora sentisse falta de conversar com outras pessoas, de escutar música, ouvir cantos e tomar uma caneca de vinho com amigos. Mas ali estava em segurança com Ana, o grande amor da minha vida, e com a neta que amava mais do que meus filhos. Pensava, mas não falava, que ia desencarnar logo, isto quando me senti idoso. Deixei tudo que pensava ser útil arrumado na cabana. Entristecia-me ao pensar em me separar de Ana e deixá-las, ela e Lauricéa, sozinhas. A neta que era da família, a que ficou conosco.

Sempre amei Ana. Conheci-a na aldeia e, desde garoto, a olhava e queria ficar perto dela. Na adolescência, namoramos. Fui correspondido e casamos. Os filhos vieram. Antes mesmo do namoro, eu sabia que Ana, às vezes, fazia coisas que nem ela sabia o que eram nem como controlá-las.

— Tobias — Ana me dizia sempre —, já nos encontramos, estivemos juntos numa floresta, em outra cidade. Você não se lembra?

— Não me lembro, mas acredito!

— Ainda bem! — Ana sorria.

Eu gostava demais de vê-la sorrindo. Para mim, ela era linda. A mulher mais linda do mundo. Nosso amor fora daqueles em que um queria o outro bem e feliz, e que não importava se, por isto, tivesse algum contratempo ou privações.

"O amor entre duas pessoas deveria ser sempre assim: ambos olharem para a mesma direção", pensava.

Tivemos muitas alegrias, dias felizes pelo simples fato de termos um ao outro. Porém tivemos muitos problemas, preocupações que nos causaram sofrimentos. Desencarnes de filhos, depois a separação deles, privações financeiras e doenças. Todos os habitantes da aldeia eram pobres, faltava trabalho, às vezes alimentos, e passávamos frio.

Mas o que sempre me preocupou foi a mediunidade de Ana, que, naquela época, naquela aldeia, chamavam de "esquisitice"; não sabíamos o que era, se doença ou o demônio. O medo da Inquisição chegava a ser um pesadelo, porque os comentários eram controversos e não se sabia ao certo o que eles faziam. Na aldeia ou por ali perto, ninguém fora queimado na fogueira ou torturado publicamente. Sabíamos que pessoas eram levadas presas e que não retornavam. Comentavam muito e não sabíamos o que era verdade ou boato.

Um homem havia ido embora da aldeia e retornara depois de doze anos para ficar com os irmãos. Ele fora procurar trabalho numa cidade maior, encontrou num convento e depois foi trabalhar na prisão da Inquisição. Ele contou as barbaridades que fora obrigado a fazer com os prisioneiros. Quando ele falava desse assunto, começava a chorar, para logo depois se desesperar, se debatia, caía no chão, passava mal. O padre pediu para ninguém mais tocar nesse assunto com ele, mas, mesmo ninguém tocando, ele falava, tendo a crise. Quando passava a crise, ele ficava parado, alimentava-se se colocassem o prato de comida à sua frente. Ele se suicidou, enforcou-se com uma corda amarrada numa árvore. O padre deu a bênção, pediu para orarmos por ele, porque aquele homem estava doente. O que ele falava deixou todos apavorados e com medo da Inquisição. O padre não desmentiu o homem; quando indagado, ele afirmou que ocorria tudo o que o homem falava, porém era com poucas pessoas. O padre lamentava e dizia:

— Coitada da pessoa que for para a prisão deles...

Foi por isso que tememos pelo nosso pai, meus irmãos e eu, com os comentários de que os inquisidores iriam para aqueles lados e sabíamos que eles costumavam inspecionar o convento, a aldeia e todos na região; fizemos então o falso enterro de nosso pai e o levamos para a cabana que construíramos.

Às vezes pensava se não era castigo deixá-lo lá preso, porém temíamos que não somente o levassem preso, mas também outros da família, e eu temia por Ana. Na cabana, embora papai ficasse dentro dela, ele tinha cama, alimentos e ninguém o maltratava. Quando um de nós ia lá, levava alimentos, acendia o fogo, esquentava água, ajudava-o a tomar banho. Levávamos o vinho que ele gostava, lhe fazíamos companhia;

com ele amarrado por uma corda na cintura, saíamos da cabana para ele andar e tomar sol.

Quando ele desencarnou, falávamos "morreu", foi um alívio.

Maria herdou a mediunidade e nos preocupou bastante; em casa, eram ela e Ana. Eu tinha de trabalhar e meus filhos também.

O padre, pessoa bondosa, tentava ajudar a todos e as duas. Aconselhava os moradores da aldeia a não delatarem ninguém, que pessoas eram diferentes e que fenômenos que não entendiam um dia seriam explicados. Ele também tinha medo da Inquisição, que não poupava religiosos que pensavam diferente.

Eu estava sempre preocupado, pedia, rogava principalmente para Ana não se envolver em atrito, discussões.

Maria se erguia do chão, levitava, e desde pequena. A primeira vez que a vi se erguer, tinha três anos. Erguia-se e gargalhava, achando bom. Não a deixava sair de casa e somente o fazia com alguém a segurando pelo braço.

Com ela na adolescência, escutei muitas opiniões de que podia ser falta de sexo, então a fizemos casar, o padre fez o casamento, e o marido dela foi morar conosco. Maria teve melhora e ficou grávida. Na gravidez, não se ergueu mais e, contentes, pensávamos que ela havia sarado. Os dois adolescentes se davam bem, gostavam um do outro. Ele desencarnou num acidente, e Maria piorou.

Não sabíamos o que fazer, principalmente eu com as duas, Ana e Maria, sendo diferentes. Eu estava preocupado e sempre com medo de sermos denunciados aos inquisidores. Eles iam, de tempos em tempos, à aldeia.

Houve a discussão, e a mulher afirmou que fizera a denúncia. O padre se chateou e pediu para irmos embora. Reunimo-nos e resolvemos ir, e logo, para a cabana na floresta. Sabíamos que, se um de nós ficasse, iria ser torturado para contar onde estavam as bruxas, Ana e Maria. Um dos meus filhos também temia pela sua filhinha, que via e conversava com espíritos.

Fomos para a floresta e, depois de semanas, eles foram embora, meus filhos com suas famílias, e ficamos.

Ana conseguiu, na cabana, controlar os fenômenos de que era portadora, mas Maria não.

Maria decidiu ir embora e ficamos nós três.

Desencarnei e entendi de imediato o que ocorrera comigo; fui socorrido por bons espíritos, mas vi a dor de Ana e as duas levarem meu corpo carnal para a cova. Minha desencarnação foi tranquila, estava sentindo muitas dores, evitava me queixar para não preocupá-las. Senti como se fosse apagando e, de repente, senti-me melhor. Ergui-me e vi meu corpo deitado, inerte; vi então espíritos bonitos, que me pediram calma e desligaram o meu perispírito do corpo físico morto.

Fui levado para um Posto de Socorro, onde me equilibrei, aprendi muitas coisas e passei a ser útil. Ana se juntou a mim meses depois e passamos a ajudar, trabalhando em enfermarias, cuidando dos desencarnados que, por muitos motivos, não conseguiram se harmonizar perispiritualmente; sentiam dores, e a maioria delas era pelo remorso.

Lembrei-me de minhas outras reencarnações; de fato, Ana e eu estivemos juntos várias vezes e, sempre que nos encontramos, nos amamos. Algo de bom foi que, por este amor, não erramos. Claro que cometemos equívocos, mas não por este amor; por isso, sempre que nos encontramos, pudemos ficar juntos.

Encontramo-nos numa cidade grande, em que eu fora um empregado de um mercado e ela trabalhava numa casa, fazia serviços gerais. Casamos e tivemos filhos.

Depois, encontramo-nos numa fazenda, éramos empregados, filhos de empregados. Foi nesta encarnação que começou a causa dos problemas futuros. Ana aprendeu, com uma serva idosa que fazia chás, a fazê-los e a conhecer plantas. Passou então a fazê-los para nós, família, e outras pessoas. Tudo bem se isso fosse feito somente para ajudar. Mas fazia também chás abortivos; pensava que, para certas mulheres, era preferível não ter filhos, como moças solteiras, as que traíam os maridos, as que tinham muitos filhos e as que sofriam muito nos partos. As duas, esta senhora e Ana, acreditavam estar resolvendo os problemas daquelas mulheres. A responsabilidade por atos errados é muito maior para quem os comete com conhecimento, mas, no íntimo de cada um de nós, sabemos quando agimos errado. Quanto a fazer veneno para matar uma pessoa que julgavam ser má, não era crime, era parecido com o que faziam os inquisidores, que matavam os que julgavam errados, os pecadores hereges.

Ana aprendeu com facilidade com essa senhora idosa e cobrava pelo que fazia. Melhoramos de vida, embora continuássemos pobres, e passamos a ter mais coisas.

Desencarnei, e eu a ajudei quando mudou de plano, porque Ana sofreu muito pelas ações que cometera. Era para ela fazer bons atos com as ervas. Retornamos à carne, reencarnamos na mesma fazenda e Ana, mocinha, relembrou como fazer chás. Casamo-nos novamente, eu até tentei impedi-la de fazer algo que não fosse bom, mas não consegui, a amava demais para ter algum atrito. Com medo da perseguição, fomos para uma floresta. Nós dois e três filhos. Fizemos uma casa boa, confortável para nós e para a época. Local para morar bom e agradável depende de cada um. Para nós o era. Eu trabalhava na horta, os filhos ajudavam, criávamos animais, eu pegava lenha e as rachava; Ana ajudava uma bruxa a atender pessoas numa cabana afastada de nossa casa, da aldeia, uns duzentos metros, ficava perto da estrada e não tinha vizinhos. A bruxa ficou conhecida, iam pessoas da região para ler a sorte e comprar ervas, tanto para doenças como filtros (assim se chamavam algumas poções) para fazer alguém amar ou parar de perseguir, para abortos e até para se livrar de alguém com venenos. Eu sabia de tudo e culpava a bruxa por ajudá-la e por ter ensinado muitas coisas a Ana. Mas, nessa parceria, quem aparecia era a bruxa, poucos sabiam que Ana a ajudava. Temi muito quando os inquisidores foram atrás da bruxa. Escondi Ana, mas nada aconteceu conosco, disseram que a bruxa morrera, mas sabíamos que não. Eu não gostava dessa mulher, achava que ela era a única culpada. Isso acontece quando queremos isentar de culpa aqueles que amamos. É fácil culpar os outros.

Os filhos foram embora e ficamos somente nós dois. Desencarnei e fiquei perturbado, me cobrei, poderia ter tentado impedir Ana de agir errado, mas nem tentei e gostei de melhorar de vida. Ana desencarnou e sofreu bastante. Depois de anos, fomos socorridos e prometemos: eu iria protegê-la, impedi-la de agir errado, de fazer mal a alguém.

Reencarnamos. Eu cumpri a promessa...

Todos ficavam atentos quando um do grupo contava o que recordara.

Tobias findou seu relato.

Ana foi convidada a contar o que recordava, sua história de vida, a dela estava muito ligada à de Tobias.

Ela relatou:

Nesta minha última passagem pelo Plano Físico, não entendi o porquê do meu interesse por ervas, plantas. Mesmo morando numa cidade, a que Tobias contou que encontramos, eu admirava as pessoas que sabiam benzer, fazer feitiços, admirava os ciganos por lerem sorte. Por três vezes juntei dinheiro escondido de Tobias para ir onde estavam os ciganos para ler a sorte, era pelas mãos, jogo de pedras ou folhas. Uma vez, ao indagar uma cigana, ela me ensinou, e eu tentei aperfeiçoar, lendo a sorte das vizinhas e amigas. Prestava atenção nas ervas e gostava de escutar de quem as vendia para que elas serviam.

Se nesta encarnação não cometi erros, tampouco fiz atos bons, trabalhava muito, era os filhos para criar, muitas tarefas para fazer... onde morava, costumavam fazer favores uns aos outros, cuidar do filho da vizinha, ajudar outra quando tinha nenê etc.

Foi reencarnada numa fazenda que despertou em mim a vontade de ser importante, de fazer algo diferente. A filha do proprietário gostava de brincar de professora e fui escolhida para ser a aluna. Quase todas as aulas, ela me batia com a régua, mas me ensinava. Queria aprender e foi assim que aprendi a ler e escrever. Queria ir às aulas todos os dias e me aborrecia quando ela não queria brincar. Não perdia uma oportunidade de aprender. Casada, passei a ajudar a parteira da região e aprendi a fazer partos. Uma mulher morava perto da fazenda, benzia, lia sorte, fazia remédios, e eu pedi, roguei a ela para me ensinar. Nessa época estava casada com Tobias, e eu o amava demais; ele também me amava e fazia tudo para eu estar bem; mesmo cansado do trabalho pesado, me ajudava no serviço de casa e ficava com nossos filhos para eu ir aprender com essa mulher que se chamava Zania, mas todos, longe dela, a chamavam de Velha Louca. Para me ensinar, eu tinha de limpar a casa dela, lavar suas roupas e aguar sua horta de ervas. A primeira poção que fiz, a que ela me ensinou, foi um chá para não engravidar, eu tinha três filhos. Penso que Zania percebeu que, além de muita vontade, eu tinha dom, então passou a me ensinar e parei de fazer o serviço de sua casa, que passou a ser feito por mulheres que não tinham como pagar, que vinham atrás de ervas, poções para várias coisas. Zania fazia coisas boas e outras não. Porém ela tentava justificar que fazia o bem para quem pedia. Zania conversava com um espírito que ela chamava de Metriz. Era ele quem contava o que ocorria para ela, como teria de agir, quem iria procurá-la no dia, o que queria e para ela deixar a poção pronta. Ele também falava para ela o que a pessoa queria saber e a resposta, como: "Ela vem aqui para saber se o marido a trai. Sim e com tal pessoa; ela irá querer deixar a amante doente, venda para ela etc.".

Uma vez Metriz alertou Zania que a poção que vendera a uma mulher para matar o marido havia funcionado; o filho dele, esta mulher era a segunda esposa, desconfiou e bateu nela, que confessou que fora Zania quem vendera a poção e que não sabia que era veneno, que pensara que era para ele se apaixonar por ela. A mulher mentiu. Nessa época, eu trabalhava muito com ela e tive medo, Zania não. Ela pensava que Metriz a defenderia, mas ele pedira para que fugisse. Zania me deu dinheiro, me despedi dela e, de madrugada, Tobias, eu e nossos filhos fugimos, fomos para uma floresta, num local longe e nos abrigamos; numa gruta, depois que o perigo passou, fizemos uma cabana.

O filho desse senhor que desencarnou envenenado, com guardas, soldados, foram prender Zania ou matá-la. Eles colocaram fogo na casa dela; quando Zania se viu cercada, correu, mas os cães a caçaram, pegaram-na e a despedaçaram. Eu a encontrei tempos depois que desencarnei, já estava socorrida; quis ajudá-la, mas Zania recusou, ela esperava uma oportunidade para se vingar desse homem, porém não conseguia, porque ele estava sempre com desencarnados trevosos com quem ela e Metriz não podiam. Zania determinou que ia se vingar nem que fosse no futuro, em outra encarnação dele. Com certeza se vingou. Por isso vemos muitas obsessões, vinganças de fatos ocorridos em outras encarnações. Zania não havia ainda entendido que tudo começou por um ato errado dela, que fez o veneno e o vendeu. Muitas vezes é isto que acontece, de lembrar somente o que recebeu e não o que fez.

Voltando ao meu relato, passado o perigo, este homem queria Zania e não eu, fomos morar numa parte da floresta, perto de uma cidade, e eu passei a fazer poções e as vendia. Meus filhos adultos foram para outros lugares, ficando Tobias e eu sozinhos, ele sempre me protegendo e nós dois nos amando.

Desencarnamos; tive orientação, depois que fui socorrida, de que deveria usar de ervas e da mediunidade somente para o bem e que este bem não resultasse de nada de ruim para outro.

Voltamos e novamente encontrei Tobias, namoramos, casamos e me interessei por ervas, talvez seja porque amo plantas e descobri que a natureza sempre nos deixa o auxílio para as doenças. Soube que numa floresta havia uma bruxa e para lá fui, deixando Tobias com os quatro filhos. Fiquei com ela por três semanas e aprendi muito e rápido, pois me recordava. Ela me propôs morar mais perto, numa aldeia a quarenta minutos de caminhada da cabana em que ela atendia pessoas, e ser ajudante dela.

Convenci Tobias, que fazia tudo o que eu queria, mas me recordo que eu o amava e fazia tudo para ele também. Mudamos para essa outra aldeia. A Bruxa da Floresta me deu dinheiro para isso. Ela era conhecida por este apelido, Bruxa da Floresta, ela tinha um nome difícil, mas era Maria. A casa na aldeia em que morávamos era mais afastada e perto da floresta. Eu ia à casa dela ou à cabana em que atendia pessoas após escurecer e voltava para minha casa antes de o sol nascer. Eu andava pela aldeia, levava meus filhos à escola, fazia algumas compras, voltava para casa, fazia alguns serviços e dormia à tarde. Tobias me ajudava nas tarefas domésticas, ele trabalhava na nossa horta e na criação de aves e as vendia. Na cabana ou na casa da Bruxa, ficava escondida, eu a ajudava e até fazia sozinha as poções, a maioria era feita à noite, e ela me remunerava bem. Ela dormia pela manhã e à tarde atendia as pessoas. A bruxa preferia assim, não queria que soubessem de mim, que ela tinha uma ajudante.

Eu ia muito à cabana em que ela atendia as pessoas, mas também ia duas vezes por semana à casa dela, que ficava num lugar bonito da floresta. Sua casa era simples, mas confortável. Ali ela tinha uma horta de ervas, que eram muito sortidas. Os moradores da aldeia sabiam que ela atendia num lugar e morava em outro. Porém eles tinham medo de ir à casa dela.

Uma noite, perguntei a ela:

— A senhora não faz venenos?

— Sim, já fiz e, por eles, morreram três pessoas. Não faço mais desde que fiquei sabendo que há muitos anos, não longe daqui, uma bruxa que se chamava Zania fazia venenos e, ao fazer para uma mulher se livrar de um marido terrível, o filho dele desconfiou, a torturou e ela contou que fora Zania quem fizera; ele foi matá-la, e ela foi despedaçada pelos cães.

Eu me arrepiei ao escutá-la, senti que participava da vida de Zania.

— Como — a bruxa continuou a contar — sempre sobra para o lado mais fraco, pensei bem e resolvi não fazer mais veneno.

Eu admirava a bruxa, Maria, ela sabia muito bem fazer poções, atendia pessoas que iam de longe e se hospedavam na pousada da aldeia, e por isso ajudava os habitantes a ter trabalho. Ela dava dinheiro a um homem que, duas vezes por ano, ia a uma cidade maior com uma carroça grande, puxada por quatro cavalos, e levava farinha, sal, açúcar e outros alimentos, que eram distribuídos aos moradores da aldeia. A bruxa era generosa.

Uma coisa que ela fazia era se erguer do chão, porém o fazia quando queria.

— Não tenho vassoura voadora, eu me ergo e me locomovo pelo ar — gargalhava.

Ela era velha, mas ágil, esperta e lúcida. Desde que fora trabalhar com ela, me ensinara a fazer chá para não engravidar, então passei a tomar e não engravidei mais. Ela sempre me deu muito dinheiro. Vivíamos bem. Tobias sempre estava com medo, bruxas eram perseguidas.

— Não quero que você, Ana — dizia sempre a bruxa —, seja vista comigo e que saibam que me ajuda. Existe perigo, algumas pessoas não gostam de nós e estão nos perseguindo. São pessoas que pensam diferente e julgam Deus somente deles. Eu amo Deus e a natureza, mas eles julgam que não. Num perigo, posso fugir, tenho tudo planejado. Você não aparecendo, ninguém sabendo que trabalha comigo, não será perseguida.

Achava lindo quando a Bruxa se erguia do chão, levitava. Ela o fazia devagar, ia de um lado para outro, subia e descia tranquilamente.

— Poucas pessoas já viram isto. Gosto. Aprendi e o fiz depois de muito treino — a bruxa me contou.

Meus filhos ficaram adultos, e a bruxa me deu muito dinheiro, para mim e para aquela época, para dar aos meus filhos, que foram para uma cidade grande, ficando na aldeia somente uma filha. Meus filhos, por juramento, prometeram não contar a ninguém que eu, às vezes, ajudava a feiticeira.

— O perigo está perto, Ana! — alertou a bruxa. — Muito perto! Não quero que venha mais aqui. Estou lhe dando mais este dinheiro. Reparta um pouco com seus filhos e guarde uma parte para a sua velhice. Sem mim, a aldeia não receberá mais a doação.

— A senhora irá fugir? — preocupei-me.

— Sim, quando eles se aproximarem, fugirei.

— Eles têm cães — estava apreensiva.

— Está vendo esta erva? Pego as folhas, macero e jogo no chão, assim confundo os cães, e eles perdem o rastro.

Duas semanas se passaram, eu dei dinheiro para a filha e guardamos uma parte, que seria usada numa necessidade; Tobias foi até os filhos e lhes deu o dinheiro. Estava inquieta e com medo. A notícia chegou: inquisidores com guardas armados e cães chegaram à aldeia e, num dia, queimaram a cabana em que ela atendia as pessoas e, no outro, a casa dela; por mais que a procurassem, não a encontraram e, pelas notícias, ela fora vista dois dias antes. Colocaram fogo em tudo e foram embora, afirmando que a mataram. Os moradores da aldeia não acreditaram, sabiam que os inquisidores a queriam viva para torturá-la e queimá-la.

Entristeci-me muito por não vê-la mais, gostava da bruxa. Ficamos, Tobias e eu, morando sozinhos, não fiz mais as poções e o ajudei a cuidar da criação de aves. Fiquei doente, sofri muito com a enfermidade. Tobias cuidou de mim, os filhos foram me ver e a filha ajudou o pai. Desencarnei e fiquei perturbada, foi a bruxa que me explicou que eu desencarnara. Ela me convidou a ficar com ela e recusei, não queria sair de perto de Tobias. Fiquei então vagando pela casa em que morara.

Tobias desencarnou e ficamos os dois na casa, que fora vendida, mas chegaram os moradores, então saímos dali. Resolvi pedir ajuda na igreja; lá, bons espíritos nos ajudaram e ficamos um período no Plano Espiritual aprendendo a trabalhar no bem para depois retornar ao Plano Físico, o que foi contado nos primeiros capítulos, quando vivi anos na cabana da floresta e fui mãe de Maria.

Quis saber de onde viera meu interesse por plantas. Recordei-me: vestia um corpo masculino, fora um padre que optara por ficar no convento e estudar. Interessei-me por livros de botânica. Estudei muito e nada fiz com esse conhecimento. Nessa época, havia um empregado no convento, um jovem, Tobias, conversamos e nos tornamos amigos, dei a ele muitas coisas que eram da congregação. Não tivemos nada além da amizade.

Sou um espírito que gosta de vestir corpo feminino; nessa encarnação em que fui homem, não me adaptei. Não fiz nada de errado, mas também nada de bom, estudei e fui avaro de conhecimentos.

Pedi, voltei a vestir um corpo feminino, reencontrei Tobias e o amor nasceu...

CAPÍTULO 7

MARIA

Reencarnei sendo filha de Ana e Tobias. Gostava de Ana por termos estado juntas por um período na encarnação anterior e por termos sido amigas. Nosso lar era harmonioso, meus pais se entendiam e, apesar de termos sido pobres, não nos faltava o essencial.

Somente percebi que era diferente quando meus irmãos e mamãe passaram a me vigiar. Meus irmãos me amarravam por um dos tornozelos todas as vezes que brincávamos no quintal. Dentro de casa me deixavam desamarrada. Saía, andava pela aldeia somente com a mamãe e ela segurava firme no meu braço. Erguia-me do chão, levitava, ria, achava maravilhoso. Somente senti que era algo incomum quando entendi que era somente eu a fazer isso.

Meus pais, quando era pequena, me pediram para não me erguer; depois tentaram me explicar que não podia fazê-lo porque era perigoso, diferente. Mas o fazia espontaneamente; muitas vezes, ao querer fazê-lo, não conseguia. Fui aos poucos entendendo que não podia me erguer, principalmente na frente de pessoas, e que poderia ser tachada de bruxa. A palavra "bruxa" me arrepiava, me causava terror; piorou essa sensação quando soube que elas eram perseguidas e queimadas vivas. Percebi que, quando preocupada, com medo, me erguia mais.

Era segredo, e bem guardado, em casa, ninguém de nós comentava e todos me escondiam.

Eu gostava de me erguer, me sentia liberta, mas também sentia medo e não queria levitar, sofri e chorei muito.

Na adolescência, um mocinho se interessou por mim. Eu não queria casar e tinha a certeza de que não queria ter filhos. Papai me casou, eu gostava dele, era bonzinho, me agradava; neste período mais tranquilo, me ergui poucas vezes e, na gravidez, não o fiz. Todos esperançosos, concluíram que eu sarara; eu, apesar de me sentir aliviada, sentia falta de me erguer, mas estava serena e agradecida. Tive uma filha, Lauricéa, a amei, gostava de cuidar dela, mas comecei a levitar novamente e escondi o fato.

Houve um acidente, meu marido desencarnou. Senti muito; no velório e no enterro, tive de ficar o tempo todo segurada pelos meus familiares, para não me erguer.

Tentei cuidar de minha filhinha e ficava muito dentro de casa.

Um dia saí com mamãe e nos encontramos com uma moradora da aldeia, esta mulher era arrogante e estava sempre ofendendo alguém. Ela, ao nos ver, riu e comentou:

— O par de jarros vai passear? Vocês duas parecem unidas, coladas. Que ridículo!

Mamãe, em vez de ignorar, respondeu e discutiram. Minha mãe falou que ela era traída, que seu marido tinha uma amante. Ela se irritou e prometeu se vingar, que ia nos denunciar.

Papai se preocupou e até chorou, mamãe se desculpou, arrependeu-se. Meus pais foram conversar com o padre, que era bom sacerdote, e ele confirmou que a mulher escrevera para a Inquisição. Papai reuniu meus irmãos em nossa casa. José estava muito preocupado porque a filhinha dele apresentava também ser diferente. Todos nós ficamos com muito medo e resolvemos ir para a cabana na floresta. A família da esposa de José havia se mudado de país, e escreveram os convidando para se juntar a eles, que estavam gostando muito do lugar, onde a Inquisição não perseguia tanto.

Dissemos para o padre e para os outros familiares que íamos partir para outro país e fomos embora para a cabana; no começo, com tantas pessoas e muito trabalho, foi movimentado. Depois que meus irmãos com suas famílias foram embora, tornou-se uma rotina. Gostava de estar com meus pais e a filhinha, mas sentia que não deveria ficar ali. Eu continuei me erguendo do chão, às vezes ia alto, sentia por ser diferente. Pensei muito e resolvi ir embora para o convento perto da aldeia em que morávamos e de que conhecia somente a parte externa. Quis ser religiosa, uma freira, pensava que padres e freiras eram pessoas santas. Concluí que, se eu fosse doente, lá Deus me curaria e, se fosse o demônio que fazia eu me erguer, ele se afastaria, porque não ia conseguir entrar numa casa de Deus.

Sofri ao tomar essa decisão, pois deixaria aqueles que amava, meus pais e a filha, mas Lauricéa com certeza estaria melhor com meus pais.

Parti, cheguei ao convento, pedi para falar com a Madre Superiora, e ela me escutou e deixou que eu ficasse lá. Normalmente, naquela época e país, uma mulher, ao entrar no convento, levava um dote, dinheiro, estas eram lá dentro tratadas de forma diferenciada; as que não podiam pagar, se não tinham instrução, eram as que trabalhavam. Fui aceita como noviça, tinha de fazer tarefas e aprender para ser uma freira.

Dias depois que cheguei ao convento, comecei a me erguer; o fazia no meu quarto, onde ficava sozinha, mas, depois de meses, levitei no refeitório, assustando as freiras e depois o fiz no pátio, então não saí mais de dentro do prédio. A Madre Superiora, que se chamava Maria, como eu, me ajudou muito e me contou que sofria desta estranheza, então passamos a nos ajudar mutuamente. Eu via espíritos e os escutava e ali no convento os via mais.

Percebi que ali não era morada de santos ou santas, que havia discórdias, tristezas e que muitas mulheres estavam ali sem vocação, não eram religiosas, mas outras eram bondosas e realmente queriam servir a Deus. Algo que me encabulou era este "servir a Deus". O que eu poderia fazer a Deus? Ou para Deus? Concluí que, fazendo o bem ao próximo, estava fazendo primeiro a mim mesma e depois a outro filho de Deus, como eu.

Escutando espíritos desencarnados, soube de muitas coisas ocorridas ou que aconteciam no convento.

Quando me ergui perto das freiras, umas riram e outras se preocuparam. Uma religiosa, mais velha, que fingia ser boa, para mim pessoas assim são as piores, resolveu me curar; ela com um padre de outra cidade próxima, que vinha ao convento somente para isto, resolveram me queimar. Eu, sentindo dores físicas, no conceito dos dois, sararia, afastaria o demônio de mim, pois este seria queimado comigo.

Os dois vinham ao meu quarto, me amarravam na cama, me amordaçavam, traziam um fogareiro e esquentavam um ferro que, numa das pontas, era de madeira, e era por onde eles pegavam e me queimavam. Que dor horrível! A parte queimada doía muito e ficava dias doendo! De fato, com as dores, eu não me erguia. Estava desesperada, sentia muito medo da Inquisição, dos dois, das queimaduras, sofria com a saudade de meus pais e de minha filha. Pensei em fugir, mas temia, esta freira me ameaçava dizendo que, se eu fugisse, seriam os guardas que me pegariam e me levariam para a tortura, bem como todos de minha família, e depois seríamos queimados vivos.

Foram oito sessões de queimaduras e esta freira morreu, desencarnou. A Madre Superiora afirmou para o padre que eu havia me curado e ele não voltou mais ao convento. Esta freira que me queimou estava sempre atenta a tudo, espiava todas, fazia chantagem, era maldosa e acabou descobrindo atos errados praticados por algumas freiras. Soube que Clara, a freira que trabalhava na enfermaria, saía do convento e que a Madre Superiora dava dinheiro para a família de outra freira e via espíritos. Chantagem raramente dá certo, ela foi envenenada e desencarnou.

Uma freira desencarnada me avisava quando o convento iria ser inspecionado. Avisava a Madre Superiora e ela organizava tudo. E quando isto ocorria, eu, para não correr o risco de me erguer, ia para um dos quartos-prisão. Havia a inspeção, nada era encontrado de errado, e a Madre Superiora era elogiada. Na segunda vez que isto ocorreu, quando eles foram embora, conversei com a Madre Superiora e resolvemos que eu iria ficar no quarto-prisão , que era o melhor para mim. Continuei a ver, conversar com desencarnados e a me erguer.

Um padre foi para a aldeia no lugar do outro que desencarnara, ele era uma pessoa boa, ia ao convento todos os domingos celebrar a missa e quando solicitado. Ele soube, penso que por alguma freira, que havia uma presa e foi me visitar. Propôs me ajudar com orações, com comunhão e me benzer com água benta. A Madre Superiora, no começo, ia com ele. Não fez diferença, continuei levitando, vendo e conversando com espíritos. Ele passou a me visitar sozinho e, numa destas visitas, me estuprou. Arrependeu-se e não foi mais, porém fiquei grávida e somente percebi quando estava com o ventre volumoso. Clara fazia poções abortivas, mas eram usadas no começo da gravidez. A Madre Superiora e o padre se preocuparam e resolvemos aguardar eu ter a criança. Tive o filho e dei a ele o nome de

Emiliano. Sabia, porque decidimos, que ele seria levado para a adoção. Senti muito, sofri ao ser separada dele.

O padre, pai dele, ia vê-lo e cuidava dele. Dois anos e seis meses se passaram e não vi mais meu filho. Chorava muito de saudade. Pensei em ir embora, voltar para a floresta e levar meu filho. A Madre Superiora não deixou.

— Você nos avisa das inspeções, não posso deixá-la ir.

Fiquei então de fato presa. Um dia estava chorando e vi o espírito de uma freira, que me disse:

— *Estive aqui, neste quarto, presa por muitos anos. Fiz algo para poder sair, mostro a você. Arraste esta cômoda.*

Fui fazendo o que ela dizia, e lá estava um buraco, pelo qual, descendo pela pilastra, estaria no pátio.

— *Desça à noite e saia.*

Fiz isso e fui à casa onde meu filho estava, olhei tudo e entendi que não tinha como vê-lo. Pedi para falar com o padre, que foi me ver no domingo depois da missa. Roguei a ele que arrumasse um cômodo no quintal e o equipasse para Emiliano ficar. Ele me atendeu e passei a ir vê-lo. Que gostoso era abraçá-lo e ficar com ele, eu levava alimentos para ele.

Tivemos então um problema sério, Emiliano falava coisas que via ou ouvia, ele herdara de mim o fenômeno, era médium. Avisada pela freira desencarnada de que iríamos ter logo outra inspeção, preocupamo-nos. Não encontrei outra solução senão fazer o que o padre, o pai dele, sugerira: salvaríamos ele e a nós mesmos o deixando mudo.

Foi com sofrimento que o fiz. Antes, conversei com ele, pedi para que escondesse o corte e expliquei que ele iria ficar por um período sem falar. Ele confiou, e eu o deixei mudo.

Foi no convento que escutei e sabia ser verdadeiro o que os inquisidores faziam, como eles agiam.

Minha vida presa era rotineira, lia muito, mamãe me ensinou, e no convento aprendi muito. Conversava com duas freiras, que iam me levar alimentos; com a Madre Superiora, que ia uma vez por mês me visitar ou quando eu, sabendo de alguma coisa, pedia para ela ir e ela logo ia; e com algumas desencarnadas. E normalmente duas vezes por semana ia ver meu filho.

Essa freira desencarnada que me dava avisos me disse estar preocupada porque a inspeção nos conventos estava sendo mais rigorosa. Temi por mim, pela Madre Superiora, companheiras e por Emiliano, porque, se eles, os inquisidores, soubessem que ele era filho de um padre com uma freira, seria condenado por ser filho do demônio. Sabíamos que, com crianças assim, filhas de religiosos, principalmente de mulheres consideradas bruxas, as torturavam e as queimavam. Eu também seria, assim como o padre; ele errara, mas era boa pessoa. Temi mais pelo meu filho, orei tanto e Lauricéa foi ao convento.

Que alegria revê-la! Foi uma grande emoção e tive a certeza de que era a resposta de minhas orações, ela deveria voltar e levar, com ela, Emiliano.

Quando eles foram embora, senti-me aliviada, na cabana eles estariam seguros. Não saí mais do quarto. Houve a inspeção, fomos avisados, e tudo estava dentro da normalidade.

Passaram-se dois anos, fomos avisados de outra inspeção, tudo foi organizado, mas desta vez ficamos temerosas, iam dois padres inquisidores com guardas e freiras superioras da congregação. Hospedaram-se no convento. Eu, preocupada, com medo, me erguia muito. Além de ficar presa, me amarraram numa cadeira. Horas amarrada, estressada, ergui-me com a cadeira e caí, fazendo barulho. A cadeira quebrou. Passados trinta minutos, Clara entrou no quarto.

— Maria, você fez barulho, duas freiras visitantes e um padre ouviram. A Madre Superiora inventou que foi um pássaro grande que trombou com uma janela. Vou deixá-la na cama. Fique calma, trouxe um chá de ervas para você dormir. Tome!

Eu deitei, estava com alguns ferimentos, pensei que o melhor era dormir. Tomei. Era veneno e desencarnei.

A freira desencarnada bondosa me ajudou, desligou meu perispírito do corpo morto. Enquanto desligava, vi que anoitecia, depois escutei um badalo, uma hora da manhã. Entraram no quarto-cela Clara e uma outra freira, a que era amante da Superiora; elas, sem conversar, levaram somente uma lamparina, que deixaram com luz fraca, fecharam a janela, pegaram todas as roupas que ali estavam, fizeram uma trouxa, embrulharam meu corpo numa colcha. Observaram bem e deixaram o quarto como se ele não tivesse sido ocupado. Clara falou baixinho:

— Levarei esta trouxa de roupas para meu quarto, colocarei algumas na enfermaria, outras serão minhas e as outras na sala de roupas para doar. Vamos rápido!

Fiquei observando as duas junto com o espírito que me ajudava. Clara pegou a colcha com meu corpo físico de um lado e a outra freira, do outro; abriram a porta com cuidado e carregaram o fardo até o final do corredor, onde havia um armário grande de madeira. Entendi que elas já tinham estado ali antes. Abriram as duas portas do armário, tiraram a madeira do fundo, e ali tinha um buraco, onde estavam duas ossadas.

— Clara — sussurrou a outra freira —, você sabe de quem são essas ossadas?

— Uma já estava aí há muitos anos, não sabemos quem era; a outra é de um homem que foi empregado do convento, um ladrão, que, numa noite, invadiu o convento e estuprou duas freiras, e pior, duas das certinhas. Paulina o acertou na cabeça com um pau; Maria, a Superiora, e eu acabamos de matá-lo e o jogamos aí. Perguntaram dias depois dele e respondemos que não sabíamos, que ele não aparecera para trabalhar. Vamos colocar a Maria aí, cuidado para não fazer barulho. Assim, devagar...

Puseram meu corpo físico no buraco, colocaram a madeira, passaram cera em volta para selar e depois retornaram os objetos que estavam lá dentro, vassoura, escovão, panos. Clara colocou uns saquinhos de ervas para evitar mau cheiro, abriu um pouquinho a janela, fez isto para ventilar, e, rápidas, pegaram a trouxa de roupas, saíram do corredor e foram para seus quartos.

O espírito que me ajudou pegou na minha mão e me levou para um posto de socorro.

Esta desencarnação, para mim, foi uma libertação. Presa na cadeira, eu não queria levitar e, por mais que não quisesse, o fiz e com a cadeira. Temendo aquela inspeção, todas estávamos temerosas; e eu, apreensiva, cansada e com o corpo doendo por ficar amarrada, levitei e caí, a cadeira se quebrou e fez um alto barulho. Compreendi a atitude da Madre Superiora e de Clara. Fiz minha passagem de plano em paz.

Novamente, naquela inspeção, não encontraram nada de errado no convento; na aldeia, foram embora, deixando todos aliviados. A Madre Superiora orou por mim, me pediu perdão e se preocupou, porque era eu a avisá-las das inspeções.

Na seguinte, ela ficou sabendo quando eles se aproximavam; a Madre Superiora se vestiu de homem, pegou tudo o que poderia levar de valor e fugiu numa carruagem com a amante, Clara e outras duas. Clara e uma outra pararam num lugar e as outras três continuaram, foram para a casa da que era amante, da família dela. Ali ela viveu por dois anos e ficou doente, a enfermidade se agravou, a ex-Madre Superiora sofreu muito com dores e desencarnou. A fortuna ficou com a amante e a família dela. Tentei ajudá-la, porém a ex-Superiora do convento fizera muitos atos errados e sofreu por anos na Zona Umbralina para depois ser socorrida.

A inspeção encontrou o convento confuso, houve prisões e torturas. As freiras inocentes foram transferidas para outros conventos, e algumas seriam levadas para as prisões para serem julgadas. Fecharam provisoriamente o convento, foi considerado o lugar como morada do demônio. Nesta época houve a revolta do povo contra o rei, houve mortes, as freiras que iam ser levadas para julgamento foram libertadas pelos revoltosos e fugiram. Não teve mais convento naquele prédio.

Logo que desencarnei, meus pais vieram me ver e eu fiquei com eles; íamos, quando tínhamos permissão, rever a família; mamãe se alegrava quando via os filhos e pôde ajudá-los quando desencarnaram. Visitamos também a cabana na floresta para rever Emiliano e Lauricéa. Meu filho às vezes nos via, sorria e não deixava a irmã perceber, temia amedrontá-la.

Quis saber do porquê de eu ter tido a mediunidade em potencial, o que fizera para ter uma encarnação tão difícil.

Recordei-me: O que lembrei de algumas encarnações bem anteriores foi que sempre quis ser possuidora de fenômenos, ou seja, ser médium, para ter poderes e as pessoas precisarem de mim ou me temerem. Não perdia uma oportunidade de aprender a ler sorte, a jogar pragas, fazer maldições etc. Porém não fiz maldades e uma coisa sempre fazia: desculpava os maldosos. Realmente sentia sempre muita vontade de aprender.

Reencarnei como cigana; nesta, aprendi muitas coisas, mas éramos miseráveis e rejeitados. Não me satisfiz, queria ter poderes.

Desencarnei, recebi conselhos, orientações, mas, infelizmente, não os absorvi. Reencarnei numa família de médiuns em potencial. Aprendi muito, tanto a escrever quanto a fazer feitiços. Para fazer feitiços, aprendi um pouco de botânica e medicina, aprendi a causar doenças e como curá-las. Entendi muito de animais. Meu avô foi casado, teve três filhos e minha avó desencarnou jovem, ela também era possuidora de mediunidade em potencial. Todos os três filhos do meu avô herdaram a mediunidade; os dois mais velhos não queriam trabalhar com os fenômenos, foram embora, aprenderam a controlar o que sentiam, casaram-se, fizeram questão que elas não tivessem mediunidade em potencial. Mas meu pai escolheu, para ser mãe dos filhos dele, uma cigana, que era médium e sabia lidar com esses fenômenos. Eu nasci e depois minha irmã.

Meu avô era proprietário de um pequeno sítio, ele tinha uma criação de ovelhas; três empregados com suas famílias moravam nele e cuidavam de tudo. Vovô também era dono de uma floresta, era lá que morávamos e que passávamos a maior parte do tempo.

Aproveitei e aprendi tudo com meu avô, que gostava de me ensinar. Vovô levitava e eu, por exercícios, concentração, consegui. Foi uma alegria!

Uma coisa importante era a nossa alimentação, éramos vegetarianos, ou melhor, veganos, não comíamos nada que viesse de animais. Alimentávamo-nos de forma muito diferente das outras pessoas e, naquela época, comíamos frutas, vegetais, verduras, ervas, com as quais fazíamos muitos chás, e sementes. Fazíamos exercícios, nossos corpos físicos eram equilibrados e vivíamos mais que a média da população.

Meu avô era severo, mas eu o amava.

Fiquei adulta, minha mãe desencarnou, meu pai se apaixonou por outra mulher, se casou e foi morar na cidade.

Ficamos, vovô, minha irmã e eu, na floresta. Meu avô atendia poucas pessoas. Ele viajava muito, aonde ia dava consultas a muitas pessoas e voltava com muito dinheiro. Antes de viajar, preparava muitas poções, fazia amuletos para levar. Minha irmã e eu o ajudávamos. Estes amuletos eram muito trabalhados, tinham os dias certos para serem feitos e muitas horas de meditações sobre a peça para ela se impregnar de energias.

Um dia vovô conversou comigo:

— Maria, você sabe tudo o que eu sei. Aqui não é mais lugar para você. Ficarei aqui com sua irmã, porque sei que ela, infelizmente, deixará o corpo de carne logo. Ela não aprendeu como você e não se cuida como nós dois. Pelo que sei do futuro, nós dois viveremos muito. Quando eu sentir que irei largar meu corpo carnal, irei me desfazer deste refúgio e nada restará. As terras serão dos netos.

Fez uma pausa; quando ele fazia isso, respeitávamos, esperei pela continuação. Vovô voltou a dizer o que ele havia decidido:

— Sei de um local, outra floresta, irei lá com você e faremos sua casa, plantação e a deixarei bem instalada. Para onde irei levá-la é longe e dificilmente você será incomodada, pelo menos por cinquenta anos. Sabe bem que pode ser perseguida como bruxa. Aqui não está tão mais seguro. A Inquisição, mancha negra, domínio do mal, está fazendo vítimas por muitos reinos. Eles não me pegarão. Sabe que posso sumir e aparecer em outro lugar. Já arrumei três esconderijos. Pelo que sei do futuro, eles não me pegarão. Eles prendem aprendizes ou os mais ou menos. Por isso tem de ser bom no que faz. Sei, conheço pessoas que fazem sabá, são encontros de magos de magia negra e maus, há entre eles até religiosos e a Inquisição não os pega, porque fazem tudo com conhecimento. Sobram para a Inquisição os mais fracos. É desperdício ficarmos nós dois juntos. Numa indecisão de um querer proteger o outro, podemos perder. Parta, Maria!

Arrumamos tudo e fomos para um local distante, onde, num ponto estratégico, fizemos uma cabana forte e segura, em que iria morar, e outra cabana distante três quilômetros, que ficava mais perto da aldeia e de uma estrada, para eu atender pessoas e ganhar dinheiro. Nessa época, vovô estava com cento e três anos, era feio, enrugado, magro, mas ágil e sadio e continuava dominando todos os fenômenos que possuía, que dizia ser herança de corpos físicos e que tinha também que se concentrar para aumentá-la com o trabalho. Ficou comigo por seis meses. Nesse período que ficou comigo, viajou duas vezes, passou para ver se tudo estava certo na sua cabana e, como sempre fazia, foi atender pessoas.

Uma vez perguntei a ele onde e como atendia pessoas.

— Maria, não seja curiosa; se não falei, é porque não deve saber. Mas vou lhe falar somente um pouquinho, atendo pessoas num castelo, onde o proprietário agenda meus clientes; noutro lugar, é uma cidade grande, faço meus atendimentos em vários endereços, são casas particulares, pousadas e até igrejas. Vou também a alguns sabás, gosto e me divirto.

Minha casa ficou do meu gosto, a horta perfeita, a cabana em que atendia também ficou bonita.

Com tudo pronto, vovô se despediu de mim.

— Maria, não vá me visitar, eu virei quando puder. Estou contente por deixá-la bem instalada.

Comecei a ir à aldeia e comentei o que fazia e que poderia fazer remédios, poções etc.

Senti falta do vovô, de ter por perto alguém para conversar. Senti que ia ficar sozinha e me esforcei para me adaptar.

Clientes chegaram. Se as pessoas não me procurassem, eu não conseguiria sobreviver dos fenômenos. Assim é com todo abuso. Se não existisse quem comprasse objetos roubados, os ladrões não teriam interesse em roubar e os assassinos de aluguel, a quem matar; se não fossem pagos estes trabalhos para o mal, eles não seriam feitos.

Não fui desculpada por meus erros por essas justificativas. Errei e aqueles que me pagaram, pediram para fazer o mal, erraram junto.

Comecei a trabalhar e a ganhar dinheiro. Pela nossa forma de nos alimentar, éramos magros. Eu não me importava com a aparência, me vestia confortavelmente, então parecia que estava malvestida, não gostava de nada que me apertasse. Os cabelos, os prendia em coques, não usava pinturas, era feia, porém, por não comer açúcar, meus dentes eram sadios.

Atendia as pessoas na cabana perto da aldeia todas as tardes e, à noite, somente com horário marcado. Dormia pela manhã. À noite fazia minhas poções.

VERA LÚCIA MARINZECK DE CARVALHO ditado por ANTÔNIO CARLOS

Para ir da cabana para minha casa, lá que tinha minha horta, atravessava um riacho por um cipó e levitava em alguns trechos e sempre usava da erva do despiste.

Fiz atos bons, muitos remédios e cobrava conforme a situação financeira da pessoa. Doava muitos.

Mas... Como é difícil ter lembranças de "mas", "porém"! Fiz atos errados e muitos resultaram em bem para alguém e mal, às vezes muito, a outro.

Fiz poções para a pessoa ser amada, ficar com alguém. Dá certo? Depende, se essa pessoa-alvo for boa, tiver bons pensamentos, orar e fizer o bem, não dá. Trabalhos assim, para se receber, têm de ter afinidade. E nada forçado tem duração ou é sincero. Sabia fazer venenos e os fazia com facilidade, mas não gostava. Fiz três vezes cobrando muito caro.

Meu avô foi duas vezes me visitar e, na última, se despediu, não voltaria mais.

Guardava dinheiro, gastava pouco, só com algumas roupas ou alguns utensílios. Tinha um esconderijo dentro da casa em que morava, onde guardava joias e moedas de metal, sabia que era o metal que valeria.

Fazia exercícios e levitava. Sempre o fazia antes de ir à cabana de atendimento para verificar se não havia ninguém suspeito por lá. Erguia-me alto, ficava acima das árvores.

Fiz duas coisas que me deram muito remorso. Um homem queria um filho, era ele que não podia procriar. Era uma pessoa rica e importante. Disse a ele que fizesse a esposa se fingir de grávida que iria arrumar uma criança para ele. Perto da aldeia morava um casal pobre com oito filhos; ela engravidou, eu a acompanhei e ajudei na gravidez para a criança nascer sadia. Roubei o nenê e o vendi para esse homem.

Começaram a comentar que a bruxa roubava crianças para comê-las. Isto era algo erroneamente comentado sobre bruxas, apesar de saber, infelizmente sei, atualmente menos, de sacrifícios feitos com pessoas, crianças, em que se toma sangue humano. Magos de magia negra, aqueles que sabem realmente fazer mal, não fazem isso. Para este crime, o carma, a dívida, o peso do erro é muito. Roubei outra criança, este homem queria ter mais filhos. Pensava que aquelas crianças teriam uma vida melhor, iriam estudar, ter alimentos, morar numa casa boa etc. Não foi aceita minha justificativa. O pai da criança roubada, com outras pessoas, foram à minha cabana para ver se encontravam a criança. Eu os recebi, deixei que olhassem tudo, mostrei a eles o que comia. Não encontraram nada e foram embora. Temi uma denúncia, fiquei atenta e não fiz mais isso.

Passaram-se alguns anos. Também não aparentava a idade que tinha, continuava ágil e fiquei rica. Levitava com muita facilidade. Penso que as histórias que contam que bruxas voavam em vassouras existam porque muitas levitavam, e a vassoura foi inventada.

Um dia foi à cabana de atendimento uma mulher jovem, que me olhou admirada e rogou:

— Senhora, sou Ana, sou casada, vivo bem com meu marido, tenho três filhos. Conheço um pouco de ervas e tenho um sonho, aprender a fazer poções. Posso aprender com a senhora?

— Onde você mora? — quis saber.

— Longe. Vim com pouco dinheiro na esperança de ficar com a senhora uns dias e aprender.

Até então não havia recebido um pedido assim. Resolvi aceitá-la. Deixei-a ficar na cabana, dei-lhe alimentos, porém a deixei escondida. Surpreendi-me, porque Ana sabia muitas coisas e aprendia rápido. Depois de três semanas juntas, gostei dela e propus que ficasse como minha ajudante e que morasse com a família perto. Dei dinheiro para que comprasse uma propriedade na aldeia. Ana se mudou e passou a ser minha ajudante. Por precaução, a deixei escondida; não queria, numa inspeção, que eles a pegassem. Assim, por anos, Ana foi minha ajudante, ela fazia sozinha as poções. Conversávamos. Havia vivido, desde que me mudara para aquela floresta, sozinha. Conversava com clientes ou os escutava. Gostei da companhia de Ana, de falar com ela e sentia que Ana gostava de mim. Tivemos uma boa convivência.

Era conhecida e todos me chamavam de A Bruxa da Floresta.

Cinquenta anos já haviam se passado, fora o tempo que meu avô me afirmara que eu teria sossego. Vovô desencarnara há tempos, ele foi me avisar, contou que seu coração parara. Ele ia de vez em quando me ver e então me alertou que eu poderia correr perigo. Organizei-me; como poderia levitar, me erguer por cima das árvores, encontrei um local para me esconder, era um vão na montanha, lugar de difícil acesso. Levei para lá muitas coisas para ficar acomodada e me alimentar. Fiz outro esconderijo mais para o centro da floresta, num buraco, aonde também levei várias coisas que poderiam me servir. Escondi, e muito bem, dentro de minha casa, minha fortuna. Coloquei tanto na cabana que atendia como ao redor de minha casa uns dispositivos que fariam barulho se passassem pessoas. As consultas pararam, as pessoas estavam com medo, porque era proibido se consultar com bruxas, temiam ser castigadas. Fechei a cabana que atendia e não voltei mais.

Quando senti o perigo, dei de novo dinheiro a Ana e pedi, a fiz jurar, que não me procuraria mais. Expliquei que, por levitar, fugiria fácil e que ia para outro lugar. Abraçamo-nos, foi a primeira e última demonstração de afeto que tivemos.

— Ana — tentei consolá-la —, talvez fiquemos juntas um dia. O espírito vai e volta e, numa dessas voltas, com certeza nos encontraremos.

Ana chorou e foi embora. Cumpriu o prometido.

Numa tarde, escutei barulho de pessoas chegando à aldeia, eram muitas pessoas, religiosos, guardas e os vi indo à cabana de atendimento. Levitei com segurança para olhar e vi os guardas com tochas e cães invadirem a cabana, pegarem algumas coisas, o que serviria para eles, e depois colocarem fogo.

No outro dia, os vi entrarem na floresta e, com eles, um morador, que estava amarrado e com alguns ferimentos, fora ele que, obrigado, os trouxera até minha casa.

Revistaram tudo, pegaram coisas, fizeram os cães rastrearem, eles não conseguiram encontrar pistas. Andaram pela floresta, voltaram, destruíram minha horta e colocaram fogo na casa. Não me encontrar deu a certeza para eles de que eu era bruxa, filha de um demônio e amante de outro.

Quando eles queimaram minha cabana, fui para o primeiro esconderijo e de lá fiquei observando. Como não me encontraram, desistiram depois de dois dias, porém disseram a todos que eu morrera queimada na casa.

Dois dias depois eles foram embora da aldeia.

Levei comigo uma dose de veneno; se fosse acuada, o tomaria para não ser presa e ter uma desencarnação terrível. Porém somente faria isso no último caso, sabia que suicidas sofrem e não queria me perturbar quando deixasse meu corpo físico.

Fiquei no esconderijo sem saber o que fazer. De onde estava, tinha visão das redondezas. Não vi mais ninguém, então levitei e fui ver o que eles destruíram; entristeci-me, amara aquele lugar e entendi que tudo passa e que nós passamos também. Voltei ao esconderijo. Vi homens pegando lenhas; escondida, fiquei perto deles escutando e soube que os inquisidores foram embora e não levaram ninguém preso. Senti-me aliviada ao escutá-los, Ana não fora presa. Gostava muito dela e estava preocupada com ela e sua família. Eles não me pegaram e lembrei que meu avô dizia: "Se quer ser diferente, seja o melhor, os mais ou menos não têm vez".

Fiquei sozinha e senti a solidão, resolvi e parei de tomar dois chás e de comer uma erva, porque sabia que eram eles que me davam saúde. Pensei em visitar Ana, mas desisti, temi ser vista e complicar a vida dela. Adoeci, estava idosa, com noventa e oito anos. Senti dores e não consegui, numa manhã, levantar do leito improvisado, então desencarnei com fome e sede.

Vovô e minha irmã me ajudaram, desligaram meu perispírito do corpo físico e me orientaram. Minha irmã me contou que estava com bons espíritos e vovô com um grupo dos que foram como ele, magos. Meu avô me convidou para ficar com ele, mas preferi ir com minha irmã, cansara-me daquela vida, na qual tive os fenômenos, mediunidade, que eu tanto desejei, pessoas sentiram medo de mim e fiquei rica sem ter aproveitado. Fiz atos bons e outros ruins. Foi pelas boas ações que fiz que pude ser socorrida. Ajudei de fato pessoas doentes e o fiz da mesma forma para aqueles que não podiam pagar. Por anos seguidos, fiz doações, muitas pessoas não passaram fome por esse meu ato. Mas essas ações boas não foram suficientes para anular todas as más que cometi. Infelizmente, muitas vezes, somente aprendemos a não repeti-las quando sentimos as dores que causamos. Louvado seja Deus pela oportunidade de pagar pelos nossos erros e, pela misericórdia, poder repará-los.

Minha irmã me levou para um socorro e, desta vez, entendi bem as orientações que recebi.

Da cabana de atendimento, uns moradores da aldeia pegaram até as pedras da construção, nada restou. A casa que morei virou ruína e foi depois de cento e quatro anos que uma mocinha curiosa, olhando as ruínas, descobriu o esconderijo e encontrou o que havia escondido. Ela e a família ficaram bem financeiramente.

Fiquei um tempo no Plano Espiritual, procurei por Ana e, contente, ela me aceitou por filha, então vim a ser filha de Ana e Tobias, mãe de Lauricéa e de Emiliano.

CAPÍTULO 8

EMILIANO

Emiliano também quis contar suas recordações:

Encarnado, adulto, adolescente e menino maior, não me lembrava que quando pequeno falava que via e o que escutava dos espíritos.

Fiquei com medo quando fui colocado para dormir no quintal. O Cômodo era afastado da cozinha uns dez metros e, do outro lado, ficava a latrina, a uns doze metros. Curioso, fiquei olhando dois homens construírem o quarto; a construção era bem-feita, tinha uma janela grande e baixa, a cinquenta centímetros do chão, a porta era reforçada. Lá dentro, foi colocada uma cama simples, uma cômoda e uma mesinha. O colchão era bom.

Escutei comentários de que era o padre quem intermediava, ou seja, ele pagou tudo e falou que era outra pessoa quem mandava o dinheiro.

Quando fui para lá dormir no quarto, senti medo de ficar sozinho, antes dormia num quarto com outras crianças. Foi uma surpresa, emocionante, quando acordei com batidas na janela e alguém dizendo:

— Abra a janela, Emiliano! Sou uma visita! Uma pessoa viva!

Não senti medo, parecia que conhecia aquela voz meiga; abri a janela, uma mulher entrou no quarto, estava com uma lamparina na mão, fechou a janela, colocou a lâmpada em cima da cômoda, olhou tudo e me olhou, lágrimas escorreram pelo seu rosto.

— Vim vê-lo, mas é segredo. Não fale a ninguém.

Ela se sentou perto de mim e me acariciou.

— Você é minha mãezinha? A do céu?

— Não sou espírito, estou viva, como você, não moro no céu, mas aqui perto; não conseguia vir vê-lo, mas agora posso. Mas tem de ser segredo. Entendeu? — a mulher explicou e repetiu.

— Você é minha mãe? — repeti a pergunta.

— Sou, e o amo.

Ficamos abraçados desfrutando daquele momento, que, para mim, era mágico. Ela me beijou na despedida. Eu não falei, não comentei com ninguém daquele encontro. Passei a receber sua visita, sempre à noite. Ela jogava pedrinhas na janela, eu abria, ficávamos abraçados e conversávamos. Ela me contou que era minha mãe, que morava no convento, que ficava presa e que por isso não podia ficar comigo. Contou também da cabana da floresta, que eu tinha uma irmã que me amava. Mamãe me levava alimentos, eu comia à noite e as sobras, guardava. O casal me dava poucos alimentos, não passava fome porque minha mãe me levava doces, pães, frutas e até comida pronta.

Eu temia que alguém soubesse e que mamãe não viesse mais me ver, escondi bem este fato. Os momentos bons que tive, que lembro, foram os que passei com ela.

Não me lembro de como era tratado quando nenê, mas deve ter sido diferente das outras crianças, os filhos do casal. Penso que não era maltratado porque o padre os visitava sempre, ele pagava uma quantia, todo mês, para que cuidassem de mim.

Uma noite mamãe tentou me explicar que ia me fazer dormir, que quando acordasse estaria com um corte no pescoço, mostrou onde, e que ia ficar sem falar por um tempo; que era para eu esconder o corte e, se sentisse dor, tomar um pozinho, me deu três pacotinhos, mostrou como abri-los e que era somente colocá-lo na água e tomar que não ia sentir dor. Confiava nela. Naquela noite dormi em seus braços. Acordei no outro dia com dores, tomei um pozinho, à tarde outro e à noite o terceiro. Mamãe foi por dias seguidos me ver, e eu não falei mais. A família somente percebeu dias depois. Tentaram saber o porquê e, quando entenderam que eu de fato não falava, sentiram-se aliviados.

De fato, via e conversava com espíritos e demorei para saber, distinguir, se o que via estava encarnado ou não. Continuei vendo, mas não repetia o que eles falavam; os escutava, respondia em pensamento e muitos deles entendiam, outros não. Muitos desencarnados não sabem ouvir pensamentos.

O padre foi transferido, foi se despedir e avisou à família que uma pessoa do convento iria levar o dinheiro todo mês para eles. De fato, um empregado passou a fazer isso. Aí que começaram minhas dificuldades, a família passou a me maltratar. Era surrado por qualquer coisa, me davam poucos alimentos, não passava fome porque mamãe levava alimentos gostosos para mim. Mas ela ia de duas a três vezes por semana. Eu aguardava com ansiedade a ida dela, eram os momentos bons, alegres, que eu tinha. Ela não via os sinais das surras, eu não os mostrava. Uma noite, tentei, por sinais, perguntar quando ia voltar a falar de novo, que agora já entendia o que podia falar ou não. Ela se entristeceu e respondeu que não sabia quando. Senti que não ia falar mais. Não gostava de vê-la triste, abracei-a e a beijei.

Quando fazia algo que não era para ser feito, era surrado de vara, e as outras crianças riam. Era chamado de Mudinho e outros nomes feios. Não podia brincar e tinha de trabalhar. Sempre fui franzino, mas era ágil.

Uma noite, mamãe jogou as pedrinhas fora do horário de costume, quase de madrugada. Mamãe estava contente e me falou o que eu deveria fazer. Repetiu e perguntou:

— Emiliano, já contei para você da casa da floresta. Você se lembra?

Afirmei com a cabeça; se pudesse falar, diria: "Deve ser um lugar bonito e gostaria mesmo de ir, mas sentirei falta de você, mamãe". Tentei me fazer entender e mãe Maria o fez.

— Eu também, meu filho, irei sentir muito sua falta. Mas aqui está muito perigoso! Tão incerto! Lá, com sua irmã, estará bem. Vá em paz e faça tudo para se dar bem com ela. Ela não é diferente, não possui o dom de produzir fenômenos, é muito boa. Vocês irão se amar, são irmãos, ela cuidará de você.

Eu havia tomado uma surra naquela tarde, porque havia pegado por alguns minutos o cavalo de pau do filho do casal. Estava sentindo dores, mamãe me abraçava e doía, mas senti que era o último abraço.

Prestei bastante atenção nas explicações dela, quis ir embora, me livrar das surras e do perigo de que mamãe tinha medo.

Demorei para dormir, acordei, me esforcei para fazer direito minhas tarefas e ouvi da mulher, a dona da casa:

— Nada como uma boa surra para fazer esse mudinho obediente!

Aguardei ansioso o horário para ir embora. À noite, arrumei num saco minhas roupas, eram poucas. Escutávamos o badalar do sino do convento, na aldeia também se escutava. Não dormi, receei não acordar e, antes do horário marcado, saí pela porta sem fazer barulho e fui para o local do encontro. Perto da cerca, escondi-me, fiquei agachado, meu coração batia forte, estava ansioso, queria ir embora. Aliviado, vi um vulto se aproximar com a lamparina de luz fraca. O vulto aproximou-se e me chamou. Levantei, não consegui vê-la nitidamente e a segui. Tinha pensado que, se ela não fosse, voltaria rápido para meu quarto para o casal não saber. Quando saí, senti vontade de quebrar o cavalo de pau, não o fiz porque, se tivesse de voltar, a surra seria grande.

Estava contente e a segui confiante. Sentia somente por não ver mais mamãe, mas ela sempre tinha razão, ir embora era o melhor para mim.

Cansei de andar, os ferimentos da surra doíam, mas sentia que não ia ser mais surrado. Quando paramos que pude olhar diretamente para minha irmã e observá-la. A sensação que tive foi de que a conhecia, não naquele corpo, mas em outro. Sem entender, senti medo do que poderia me acontecer. Aquela sensação passou logo, olhava tudo, era muita novidade e tínhamos que andar. Prestei atenção e fiz o que minha irmã recomendara. Fiquei muito cansado, com dores nos pés, costas e foi com alegria que vi a cabana.

Ao entrar na cabana, minha irmã me olhou sorrindo e, quando ela me acariciou, passou remédios nos meus pés, os massageou, fiquei tranquilo.

"Vou amá-la! Penso que já a amo! Que bom tê-la como irmã!", pensei agradecido.

Gostei demais do lugar, de aprender para ajudá-la nas tarefas e acompanhá-la pela redondeza. Senti-me protegido, e tudo estava bem para mim.

Se antes via muitos espíritos, ali às vezes via o vovô Tobias e a vovó Ana, os dois estavam contentes com nós dois.

Dias depois que estava na cabana, e gostando muito, a sensação de que conhecia Lauricéa voltou forte, e senti remorso. Tive a certeza de que eu fizera a ela algo que a fizera sofrer e temi que ela pudesse desforrar. Porém os dias foram passando, e Lauricéa sempre bondosa, atenciosa comigo, então me tranquilizei. Tornamo-nos mais que irmãos, grandes amigos.

Quando Lauricéa disse que a farinha acabara, foi a vó Ana que me ensinou o que eu deveria fazer para pegá-la. Concentrei-me, ela me ajudou, e eu trouxe a farinha. Todas as vezes que fiz isto, foi com a ajuda dela.

Eu não levitava, mas ia a lugares, concentrava-me, sentia ser dois, e a parte leve ia a lugares. Meu perispírito afastava-se do corpo físico, meu corpo carnal ficava como se estivesse dormindo e eu sentia a sensação de voar, via e sentia estar em outros lugares. Este fato ocorria com rapidez, via o que ocorria e voltava.

Na tarde da tempestade, dentro da cabana, orei para que não caísse nenhum raio nela, sabia o que um raio poderia fazer. Quando saímos, Lauricéa e eu, para vermos o que a tempestade estragara, ela falou que a tempestade estava indo para a aldeia, para o convento; pensei que seria bom a tormenta destruir o brinquedo, o cavalo de pau, porque não esquecera da surra que levara por tê-lo pegado, por ter desejado brincar com ele. Resolvi me concentrar e pedir para um raio cair na árvore e danificar o brinquedo. Dessa vez, vovó Ana não estava comigo. Mandar nos elementos da natureza é muito difícil. Penso que foi coincidência, mas um raio caiu na árvore e destruiu o cavalo de pau. O que eu, de fato, fiz foi, depois da tempestade, ir lá ver; vi o menino, o dono do brinquedo, chorando e ouvi o casal lamentando por não receber mais o dinheiro do convento, porque eu havia sumido. Escutei-os, disseram que deviam ter me tratado melhor. Naquele momento achei bom, de fato eles não deviam ter me maltratado.

Quando depois escutei Lauricéa, entendi que errara, aborreci-me e resolvi atendê-la e não fazer mais nada que resultasse em algo de errado.

Gostei demais de aprender a ler e escrever, desejei ler livros e aprender mais.

Foi vovó Ana quem me contou que mamãe havia desencarnado. Fiquei muito triste, desdobrei-me e fui vê-la; vi o seu corpo físico morto, seu espírito dormia. Um espírito bom, que fora uma bondosa freira, a estava ajudando e foi esta desencarnada que me contou que mamãe fora envenenada, que deram veneno para ela. Voltei para meu corpo e senti tanta tristeza que me doía o peito. Tentei explicar para minha irmã e consegui que ela entendesse.

Anos se passaram, me tornei adulto, comecei a me sentir inquieto, era um homem e não sabia lidar com muitas emoções. Sofri, atormentei-me e me cortei, a dor dos ferimentos me fez esquecer meu tormento, sentia por não saber lidar com minha sexualidade. Estes sentimentos passaram quando vi vó Ana fazendo Lauricéa lembrar das ervas e minha irmã fez um chá e me deu para tomar. Ela passou a ser mais discreta. Embora o chá tivesse gosto ruim, tomava-o todos os dias e foi um alívio que voltei a ficar tranquilo.

Entendi bem o que minha irmã falava sobre a morte do corpo físico e que o último deveria morrer na casa trancada.

Lembro com carinho e gratidão dos anos em que morei na cabana da floresta, ali me senti livre, amado, protegido e, como lembrei depois, com uma pessoa, Lauricéa, que eu prejudicara. Essa foi uma preciosa lição, um exemplo edificante. Realmente fui feliz na cabana da floresta. Porém é vivendo com outras pessoas que de fato crescemos ou temos oportunidades de demonstrar que somos bons. É na convivência que desenvolvemos em nós a fraternidade e temos como fazer o bem. O isolamento fez bem a mim, fui feliz, penso que não o seria na convivência, mas esse período me fortaleceu, aprendi a me controlar e a desejar fazer outras pessoas felizes.

Fiquei doente, senti dores, fraqueza, não dormia bem, realmente foi sofrido. Passei a ver mais mamãe e meus avós, eles iam nos visitar. Senti meu corpo físico se esgotar e desencarnei tranquilo. Que alegria abraçar mamãe, meus avós e até meu pai biológico.

Preocupei-me com Lauricéa, ela ficou sozinha; os três, mamãe e avós, iam vê-la, e eu passei a ir quando obtive autorização.

Foi uma alegria poder desligar e ajudar Lauricéa quando ela desencarnou. Ficamos os cinco unidos.

O presente se torna passado. O tempo passa ou somos nós que passamos por ele? Quando passamos, a poeira levanta, porém ficam em nós gravadas as recordações dessas passagens, e as lembranças vieram.

Tive somente lances de minhas outras existências para depois me recordar da minha anterior. Nestas recordações, fiz muitas coisas: fui pobre, outras vezes nem tanto, trabalhei, amei, fui amado, fiz atos certos e outros errados. Numa fui muito pobre e pedi para, na próxima reencarnação, ser rico, porque queria fazer o bem com a riqueza. Orientadores perguntaram se eu estava seguro para fazer isso. Respondi que sim, que sofrera muito com a miséria para não ter aprendido a lição. Alertaram-me que esquecemos quando reencarnamos, isto para termos um recomeço.

Reencarnei então numa família rica, proprietários de terras, recebi instrução, aprendi a ler e escrever, estudei porque gostava muito de aprender. Meus pais tiveram cinco filhos; conosco adultos, papai dividiu as terras entre os filhos homens, dois irmãos e eu; filhas não herdavam terras, mas recebiam dotes, normalmente em dinheiro. Fui trabalhar nas minhas terras, reformei a casa que lá existia, a tornei confortável e passei a residir nela. Conheci Sara num baile, moça de família conhecida, nos apaixonamos, nossos pais aprovaram e nos casamos. Ela levou o dote, que apliquei nas terras para serem mais produtivas.

Sempre tratei bem os servos, empregados, meu pai não era mau patrão e quis ser como ele. Naquela época e país em que morávamos, e pelos países vizinhos, as diferenças eram muitas entre ricos e pobres. Quando me tornei patrão, agi como meu pai, não os maltratava, porque os senhores naquela época podiam até castigar fisicamente seus servos. Pagava pouco aos empregados, mas era o salário pago a todos. Tentei ser bom para eles, pensava que fui, mas não tanto quanto planejara antes de reencarnar.

Amava de fato minha esposa, esperamos por filhos, e estes não vinham. Consultei um mago, ele me disse que era eu que não podia gerar filhos. Este mago, de fato, entendia de magia, sabia fazer coisas diferentes e assombrosas. Uma vez foi perseguido e ficou quarenta e cinco dias escondido na minha casa; depois, quando o perigo passou, ele foi embora.

Uma vez, pessoas da Inquisição foram inspecionar a região e estiveram na minha propriedade, eles verificaram tudo e todos e levaram preso um casal de empregados meus, porque encontraram, na casa deles, objetos que disseram ser de feitiçaria. Na frente dos guardas fingi estar horrorizado, afirmei, e de fato frequentava a igreja, que era católico fervoroso e que repelia aqueles atos. O casal foi preso e deixaram três filhos pequenos. Pedi, para três empregados, que cada um ficasse com uma criança, que eu os sustentaria; realmente fiz isso até eles ficarem maiores e poderem se sustentar, porém infelizmente nem procurei saber se essas crianças estavam bem. Também nada fiz para defender o casal e nem quis saber se eles eram ou não hereges. Não recebi mais o mago em minha casa, mas continuei a consultá-lo. Este mago era de fato muito bom no que ele fazia, e a Inquisição não o prendeu. Pela região, a Inquisição prendia os aprendizes, simpatizantes, alguns feiticeiros e médiuns. Não defendi ninguém dos inquisidores, mesmo achando que eram inocentes, eu os temia.

Conversei com meus empregados e os proibi de mexer com feitiçaria e com fenômenos. Escutei de uma mulher:

— Não se é diferente porque se quer, é porque Deus quer.

— Não coloque Deus nisso — respondi irado. — Se denunciá-la, será presa. Eu não sinto nada desses fenômenos, não me interesso em saber o que são. Não quero nada disso na minha propriedade. Se alguém tiver esses fenômenos, que vá embora de minhas terras; senão, eu o denuncio.

— Talvez — disse a mulher — o senhor um dia sentirá o efeito desses fenômenos, que o farão entender pessoas diferentes.

— Nunca! Nunca! Ouviu bem?! Não terei esses fenômenos que detesto e que, como os inquisidores afirmam, são do demônio!

O assunto parou por aí e não fiquei sabendo mais de ninguém nas minhas terras que mexesse com feitiçaria ou que fosse herege.

Voltando ao que ocorria na minha casa, minha esposa Sara não engravidava e esse mago não conseguiu me ajudar, mas me deu uma ideia:

— Faça sua mulher parecer grávida e roube uma criança, compre ou... — fez suspense — uma serva pode engravidar; esconda a moça e, quando ela tiver a criança, será sua esposa quem a teve, que dará à luz o seu herdeiro.

Pensei muito sobre os conselhos dele e resolvi colocar a minha ideia em prática. Um primo meu, Nestor, parecido comigo e muito amigo, foi passar uns dias na minha casa, foi se despedir porque se alistara na guerra. Concluí que ele ficaria por anos nessa guerra ou faleceria, desencarnaria. Assim que ele chegou à minha casa, ofereci a ele uma serva, Lauricéa, que era parecida com Sara, tinha as mesmas características, porém se diferenciavam na postura, a serva era rude e leviana. Pedi ao meu primo para conquistá-la, enganá-la, prometer se casar com ela. Nestor aceitou e nem quis saber o porquê do meu pedido. Eu não interferia em assuntos da criadagem, mas pedi para a governanta que a serva fosse atender a visita, meu primo. Esperei ansioso pelo resultado, meu primo a enganou. Ele ficou mais dias na minha casa, e eu torci para que ela engravidasse. Pedi para Nestor, que atendeu meu pedido, e os dois, ele e a serva, foram conversar comigo. Ele, fingindo, disse que a amava, que ia se casar com ela, mas que teria de partir, senão seria preso, porém voltaria logo e a fez prometer não contar a ninguém do envolvimento deles. Lauricéa estava feliz. Ele partiu, eu a chamei para conversar e pedi para continuar com o segredo. Então ela me contou que estava grávida, alegrei-me e disfarcei. Disse a ela que, como prometera ao meu primo, cuidaria dela e escreveria para Nestor contando a novidade, com certeza ele voltaria logo.

Anunciamos que Sara estava grávida. Na minha propriedade, havia, ao lado da casa-sede , uma construção robusta, uma torre em que, subindo por uma escada, havia um cômodo grande, e comentavam que o antigo proprietário fazia a torre de prisão. Pedi para o meu empregado de confiança ir lá, a este cômodo da torre, limpar o local, deixar tudo em ordem, dar conforto, colocar cama e um bom colchão, tudo o que poderia ser mais confortável. Chamei Lauricéa, que estava no quinto mês de gravidez, para conversar. Disse-lhe:

— Lauricéa, você não sabe ler, senão daria pra você a carta que Nestor escreveu; nela ele confirma que a ama, mas que terá de ficar mais tempo, que voltará dentro de nove meses a um ano. Disse para eu cuidar de você, protegê-la. Tinha prometido isto a ele e vou cumprir. O que está acontecendo é que os pais dele, principalmente o pai, querem casá-lo com uma moça, filha de amigos, mas ele não quer, não gosta dela. Você sabe que entre nós, os ricos, isto acontece, casamentos arranjados. Meu primo, para ficar com você, irá, com certeza, brigar com a família. Ele escreveu para o pai que não ia casar com essa moça e sim com outra, que ama. Arrependeu-se porque o pai quer saber quem é a moça que Nestor ama. E ele se preocupou, porque ficou na minha casa um tempo e teme que o pai venha procurá-la, descubra e a maltrate. Eu tenho medo desse meu tio. Planejei algo para protegê-la e o nenê que espera. Você dirá a todos que irá embora, fale que irá morar com um de seus irmãos, e longe daqui. Mas não irá, ficará escondida na torre, mandei limpar o local, deixá-lo confortável. Se meu tio vier aqui, não a encontrará e lá você esperará seu filho nascer e o fará em segurança.

Lauricéa acreditou, ficou grata, fez o que eu aconselhara e ficou confortavelmente presa na torre. Todas as noites eu ia, ou meu empregado, à torre levar alimentos para Lauricéa, até água quente para que tomasse banho. A alimentação dela era a mais saudável possível e variada. Queria a criança sadia.

Enquanto isso, minha esposa colocou enchimento na barriga e fingia estar grávida. A mãe de Sara estava há seis anos viúva, morava numa casa na cidade e foi acompanhar a gravidez da filha. Logo que chegou à nossa casa, contamos para ela; no começo não concordou, depois, pelos rogos da filha, aceitou participar. Ela ia fazer o parto de Lauricéa, levaria a criança e diríamos que fora Sara quem a tivera. Levei minha sogra para conhecer Lauricéa e a apresentei como parteira; de fato a mãe de Sara, há anos, ajudava mulheres a terem filhos.

Lauricéa gostou dela e estava bem, sentia-se protegida e mimada. Quando começou a ter dores, minha sogra foi para a torre para ajudá-la. Nasceu um menino, foi então que percebeu serem duas crianças. Como planejado, minha sogra deu a Lauricéa uma erva que a fez dormir, ela dormiu e nasceu o segundo menino. Deixando-a dormindo, minha sogra enrolou as crianças e as levou ao quarto de Sara, eu fiquei com minha esposa, e minha sogra voltou à torre. Cuidou de Lauricéa e, quando ela acordou, minha sogra disse que ela havia tido uma menina, que nascera morta. Minha sogra a consolou e a deixou sozinha e muito triste. Toda atenção foi dada a Sara, que, para todos, tivera os dois meninos lindos.

Tudo certo, porém, sempre tem um "porém" em atos maldosos, minha sogra sentia muita pena da serva e temíamos que ela falasse. Ajudado pelo feiticeiro, fiz minha sogra ficar muda e, como ela era analfabeta, não tinha como escrever nem contar o que acontecera, e ela ficou morando conosco.

Sara ficou feliz com as duas crianças, meus herdeiros, que cresceram fortes e sadios. Não gostávamos nem de lembrar que eles não eram nossos filhos.

O feiticeiro me deu a ideia de matar Lauricéa, mas não era assassino e não tive coragem. Ela continuava presa. Era alimentada, mas não tão bem quanto antes, na gravidez. Era eu ou o empregado que levava alimentos para ela.

Meu primo desencarnou na guerra, recebi a notícia da morte dele e dei para Lauricéa, que chorou e lamentou.

— Tive tanta esperança, fiz tantos planos, primeiro perdi minha menina, a filhinha querida, agora Nestor morreu na guerra. Estou sozinha! Posso sair daqui?

— Lauricéa — tentei explicar —, meu tio quer matá-la. Fique aqui mais um pouco.

Temi que, se ela saísse, iria descobrir a farsa, talvez reconheceria que os filhos de Sara eram dela.

— Se o pai de Nestor me matar será bom, ficarei com minha filhinha e meu amor.

— E se você for embora? Posso planejar uma viagem, poderá ir para a cidade onde seus irmãos moram.

— Quero ir!

— Vou planejar sua viagem — senti-me aliviado.

E planejei. Meu empregado levaria Lauricéa para um lugar longe, para a cidade aonde foram seus irmãos morar. Eles iriam partir à noite e escondidos. Lauricéa me agradeceu, senti algo estranho ao receber aquele "obrigado" e "Deus lhe pague". Pensei que, se Deus tivesse de me pagar, o pagamento não seria nada agradável. Partiram, meu empregado e ela numa carruagem simples. Não a vi mais. Dez dias depois meu empregado voltou, afirmou que cumprira a ordem, e eu me esforcei para esquecê-la.

Para mim, tudo estava muito bem: Sara e eu continuamos apaixonados, os filhos cresciam fortes e sadios, e eu tentei ficar bem com os inquisidores; esqueci de fato de fazer o que propusera antes de reencarnar, ignorei os pobres. Os filhos ficaram adultos. Um deles quis namorar com uma moça que sofria dos fenômenos, ou seja, era médium. Sara e eu impedimos, fizemos de tudo para se separarem. Ameacei ela e a família de denunciá-la à Inquisição se eles não mudassem, se não fossem para longe. Eles, com medo, mudaram-se de país. Meu filho acabou por esquecê-la e, dois anos depois, casou-se com uma moça que escolhemos. Tivemos netos. Soube que o feiticeiro falecera e fiquei sem a proteção dele, eu sempre pagara caro pelos seus serviços. Fiquei doente, a doença foi progredindo, me causando dores, e estas ficaram muito intensas, para mim eram terríveis. Desencarnei e tive uma passagem complicada de planos, fiquei no meu lar por dias, vendo Sara sofrer com minha ausência. Depois fui levado para o Umbral pela minha ex-sogra que me acusava por tê-la deixado muda e sofri porque eu a obriguei a fazer uma maldade. De fato, eu a persuadi, mas ela fizera mesmo pelos rogos de Sara. Foi mais fácil para ela pôr a culpa em mim. De fato, ela ficou muda por minha causa. Uma mocinha, de quem nem me lembrava, me acusava de ter sofrido com os inquisidores porque eu a delatara. Eu não a havia acusado; quando indagado, eu somente disse que ela era diferente, a mocinha morava na minha propriedade, fiz isso para ficar bem com os inquisidores. Um dia, vi Lauricéa, ela foi me ver, senti medo, mas ela estava tranquila, limpa, diferente de nós ali, que estávamos sujos, em farrapos e sofrendo. Ela não me acusou, disse que me perdoava pela maldade que eu lhe fizera e que não esquecera de que eu lhe roubara seus filhos, porém os criara bem. Ela se afastou e levou a mocinha, tempos depois minha sogra também me deixou. Fiquei sozinho com o remorso, via sem parar os meus atos errados. Compreendi o tanto que errara, que causara dores e que um dia teria de saná-las.

Um dia, vi o mago. Ele estava como o conhecera, com o mesmo traje.

— *Emiliano* — chamou ele —, *sente-se aqui perto de mim.*

Sentei.

— *Vim oferecer ajuda. Estou fazendo isto com todos aqueles que foram meus clientes e que estão vagando ou, como você, neste lugar. Se quer deixar de sofrer, precisa se arrepender e pedir perdão.*

— *O inferno não é eterno? Não sofrerei para sempre?*

Pensava, assim, que não teria perdão e que sofreria para sempre. Arrependera-me, o sofrimento cansa e passei a entender que não deveria ter feito o que fiz. Mas não adiantava, não seria perdoado.

— *Não!* — afirmou o mago. — *Esse conceito é equivocado. Ninguém sofre para sempre. Penso que você já sofreu o bastante. Não quero levá-lo comigo, você não sabe nada de magia e me atrapalharia.*

— *Você continua mago, mesmo depois de morto?* — espantei-me.

— *Sim, uma vez mago, sempre mago, ou pelo menos até me tirarem meus conhecimentos ou a lei se cumprir, ou seja, pagar pelos meus atos. Mas, enquanto isso, continuo mago.*

— *Não tem medo dessa lei?* — quis saber.

— *Talvez! Enquanto puder deixar para o futuro, deixarei, mas o futuro se torna presente. Isto, porém, é problema meu. Posso ajudá-lo, levá-lo a um local, aqui mesmo, neste lugar, onde existe um posto de socorro, onde espíritos bons auxiliam aqueles que pedem. Você baterá no portão, pedirá ajuda e a receberá. E, quando quiser encarnar, peça para ser filho de Maria, ela foi minha filha, e será irmão de Lauricéa, poderá de fato se reconciliar com ela, você fez uma maldade a ela e eu também, dei a ideia a você.*

— *Você ajuda essa Maria que foi sua filha?* — quis saber.

— *Não, ela escolheu outro caminho, arrependeu-se, como você, quer melhorar, pagar pelos seus erros e não posso interferir. Quando ela fez essa escolha, nos separamos, penso que não nos reuniremos mais.*

— *Quero ir com você. Agradeço sua ajuda.*

Duvidei que desse certo. Para mim, o inferno era eterno. Mas deu, fui socorrido, recebi orientação e por muitas vezes chorei por ter agido errado e outras por gratidão e por estar entre pessoas boas.

Quis reencarnar e estar perto de Lauricéa, fui atendido e, quando Maria ficou grávida, voltei ao Plano Físico sendo seu filho e irmão de Lauricéa.

CAPÍTULO 9

LAURICÉA

Eu, Lauricéa, tive uma vida reclusa; a não ser pelos dias em que fiquei no convento e pequenina, que não me recordo, quando morei na aldeia, passei minha existência na cabana da floresta. Tive a companhia de meus avós, depois do meu irmão Emiliano e desencarnei sozinha. Muitas vezes senti solidão, mas não me revoltei; sofri, porém sempre pensei que era o que tinha de ser. Quis ser médium para sentir ter companhia, principalmente quando de fato fiquei sozinha. Esta minha existência foi rotineira, na cabana, nada acontecia de diferente.

Desencarnar, para mim, foi uma libertação. Como gostei de participar no Plano Espiritual de grupos com muitos espíritos, sair em excursões, trabalhos em equipe e de estudar junto de outros espíritos! Não fiquei mais sozinha, estava sempre rodeada de amigos, colegas de trabalho, fazendo tarefas e conversando.

Aprendi muito no Plano Espiritual. Morávamos na mesma casa meus avós, mamãe, Emiliano, eu e, com outros três amigos, trabalhávamos em locais diferentes, mas sempre nos encontrávamos para conversar e para desfrutar da companhia um do outro.

Eles lembraram o passado, suas outras existências, eu não estava interessada, mas, ao ouvi-los, mudei de ideia, principalmente porque Emiliano me disse, comovido:

— *Obrigado, Lauricéa, por você ter me perdoado, me amado e me ensinado muito com sua atitude.*

Quando Emiliano me observou, quando estávamos indo para a cabana, sentados numa pedra, senti o receio dele e que eu deveria amá-lo. Quando massageei os pés dele feridos, pensei que, se quisesse, poderia prejudicá-lo, fazê-lo sofrer. Repeli aqueles pensamentos e os substituí pelos de que deveria amá-lo, cuidar dele. Meu desejo, ali na cabana, fora sempre que queria cuidar de muitas pessoas. Às vezes me sentia presa, não queria me sentir reclusa, e a vida que estava tendo era o que necessitava para aprender a dar valor ao convívio com pessoas e aprender a ser boa, entre os bons e os maus.

Procurei ajuda para ter lembranças de outras encarnações, mais para entender meu envolvimento com Emiliano. Obtive, e pelas diversas sessões e com auxílio de orientadores do Departamento da Reencarnação.

Recordei-me de minha encarnação anterior. Na infância e adolescência tive algumas dificuldades, mas nada que me fizesse sofrer muito. Era a sétima filha, uma caçula temporã, estava com onze anos quando fiquei órfã, meu pai desencarnou e, onze meses depois, minha mãe; fiquei morando com um irmão, que mudou de emprego e foi trabalhar na propriedade de Emiliano. Meus irmãos se separaram, isto era comum, cada um procurar o emprego que achava ser melhor. Todos nós éramos pobres e, quando nos separávamos, tornava-se difícil saber um do outro, éramos analfabetos e não era fácil receber ou mandar notícias.

Isso ocorreu conosco, separamo-nos. Estava com treze anos quando fui aprender a servir a casa-sede , aprendi rápido e me tornei uma boa serva. Gostava, porque aquele serviço não era pesado; tinha mais roupas, porque os servos da casa vestiam uniformes e ganhávamos vestes usadas dos patrões; e também me alimentava melhor. Gostávamos e comíamos os restos dos pratos dos nossos amos. Todos nós, os empregados, admirávamos o amor dos proprietários da casa, o senhor Emiliano e a dona Sara, eles se amavam e estavam sempre sorrindo.

Meu irmão resolveu ir embora, ir para uma cidade em que morava um dos nossos irmãos, era longe. Resolvi ficar; eles partiram, meu irmão, cunhada e cinco filhos.

Era volúvel, namoradeira e gostei desse período, estava bem no trabalho; embora trabalhasse muito, este não era pesado, tinha tempo para meus encontros, conversava muito e nada me faltava.

Escutava comentários de que eu era parecida fisicamente com a patroa, a dona Sara, eu também me achava e me orgulhava deste fato.

Aí... sempre há um "porém", um acontecimento... Os senhores da propriedade recebiam muitas visitas, estas se hospedavam na casa e nosso trabalho aumentava. Visitavam-nos os parentes do senhor, da senhora. Chegou um primo de Emiliano, Nestor, ele estava com vinte e cinco anos, era elegante, educado, fora se despedir do primo, os dois tinham amizade, porque iria fazer uma viagem longa a um lugar distante.

Ele começou a me assediar, primeiro com olhares, depois começou a conversar comigo, e fui encarregada de limpar o aposento dele e servi-lo.

— Lauricéa — aconselhou uma serva antiga —, cuidado, senhores não são como empregados, que cortejam, namoram; ricos são diferentes, eles querem algo mais. Cuidado!

O conselho foi em vão, tornei-me amante dele, porém ele disse me amar e que se casaria comigo.

— Se você engravidar — pediu Nestor —, não conte a ninguém, o faça somente a Emiliano, ele a ajudará. Vou ter de ir; senão, serei preso; fui convocado para a guerra e aceitei, não tenho agora como desistir, porém tentarei abreviar minha estadia, voltarei logo e nos casaremos. Minha família com certeza não a aceitará, isto não importa, sou independente, recebi herança do meu avô e viveremos bem. Espere-me. Promete?

Trocamos juras de amor. No começo, eu me entusiasmei, senti orgulho por um senhor se interessar por mim. Depois, me envolvi, amei-o e resolvi esperá-lo. Despedimo-nos. Nestor partiu.

Engravidei, senti medo e alegria, pensei que nosso amor teria algo forte para nos unir, mas temor de ser mãe solteira. Contei para Emiliano, percebi que ele ficou contente, me pediu para não contar a mais ninguém e que ia escrever para Nestor. Eu não sabia ler e escrever. Não falei a ninguém. A grande novidade na casa era que a senhora Sara estava grávida, há tempos eles queriam filhos.

Estava grávida de cinco meses e Emiliano me chamou ao seu escritório e me mostrou uma carta, disse que era de Nestor e falou o que ele escrevera. Logo, dentro de meses, voltaria, então era para ele, Emiliano, cuidar de mim, pois estava preocupado, porque o pai dele havia arrumado um casamento para ele com uma moça, filha de amigos, e ele escrevera que não se casaria porque amava outra moça. O pai se irou e prometeu que ia descobrir e castigar essa moça. A preocupação era que, como ele ficara mais tempo na casa do primo, o pai poderia desconfiar que a amada dele estivesse lá. Disse que Nestor pedia para o primo me esconder, proteger, até que voltasse e que me amava.

Chorei emocionada.

— Lauricéa — disse Emiliano —, você sabe que Nestor e eu sempre fomos amigos, somos unidos pelo parentesco e pela amizade. Nestor tem razão para se preocupar, meu tio é um homem violento. Com certeza, se não fosse pelo compromisso, ele estaria aqui a protegendo. Irei fazer o que meu primo me pediu. Vou escondê-la. Mandei limpar a torre, coloquei lá tudo o que possa precisar e você deve ficar lá. Não posso afirmar que confio em todos aqui na casa, servos podem sentir inveja por você ser a amada de Nestor, então fale a todos que irá embora, morar com um de seus irmãos, despeça-se de todos. Um de meus empregados, em quem eu confio, a levará à cidade de carruagem, porém, à noite, a trará de volta, e todos pensarão que ele está voltando sozinho. Escondida, irá para a torre e lá ficará. Se meu tio vier aqui, não a encontrará. Penso que titio irá descobrir que é você a amada do filho. Quando Nestor retornar, ele a levará embora.

Nosso plano deu certo. Fiz o que Emiliano recomendara, despedi-me de todos e, três noites depois, dormi numa cama confortável na torre. A torre era uma construção redonda, a porta reforçada, subia por uma escada em espiral, fiquei num cômodo onde havia uma janela alta, com grades de ferro. Uma prisão. Não tinha como sair dali. Mas me senti segura, estava confortável, recebia muitos alimentos, frutas, sementes, mel, comidas gostosas, tinha roupas e a cama era confortável. Duas vezes por semana me traziam água quente para um banho. A latrina era um buraco num canto do cômodo, que descia e ia até um buraco na terra.

Começou a me visitar uma senhora, que se apresentou como parteira, me examinou e afirmou que faria o meu parto.

Estava tranquila, queria o nenê e sonhava com a volta de Nestor para construirmos nossa família. Embora presa, estava sendo bem tratada e, para mim, estava tudo bem, me sentia tranquila.

Quando estava perto de o nenê nascer, a parteira passou a ficar mais tempo comigo. Ela levou lençóis caros, remédios e me fazia exames. Comecei a sentir dores de tarde, ela foi e me ajudou muito. Sofri, tive um parto difícil e, quando a criança ia nascer, ela colocou um pano umedecido na minha boca e nariz e perdi os sentidos. Quando acordei, a parteira estava ao meu lado, disse que tivera uma menina que nascera morta e que ela pedira para um empregado enterrá-la. Não acordei bem, estava me sentindo fraca, confusa, ela me deu água e dormi de novo.

Acordei mesmo dois dias depois. A parteira me explicou que eu desmaiara e não acordava. A criança nascera morta e eu correra o risco de morrer. Naquela época, muitas mulheres desencarnavam no parto. Chorei sentida, ela me consolou; dez dias depois, Emiliano foi me visitar, disse que recebera uma carta do tio, que iria visitá-lo, era o pai de Nestor, então era para eu ficar ali e quieta. Porém o tratamento que até então vinha recebendo mudou, passaram a me levar alimentos uma vez por dia, e não eram como antes, sortidos e variados; me levavam água para o banho, mas não era quente. A parteira ia me ver, ela gostava de mim, me levava coisas. Um dia ela foi e não falava, então, por gestos, me fez entender que não conseguia mais falar.

Dois anos se passaram. Emiliano foi me ver e contou que recebera a notícia de que Nestor morrera. Eu chorei e pedi a ele para sair dali, não ficar mais presa, já que não precisaria mais esperar pelo Nestor.

— E se meu tio a matar? — Emiliano parecia preocupado.

— Não me importo, se morrer ficarei com Nestor e minha filhinha.

— Não quero meu tio como inimigo; se ele souber que eu a escondi, ele não gostará e temo que me prejudique. Mas você poderá ir embora para longe, para a cidade em que seus dois irmãos moram. Pode ir à procura deles.

— Por favor, faça isso; com meus irmãos, poderei recomeçar minha vida.

— É isso mesmo o que quer? — perguntou Emiliano.

— Sim, é o que quero.

De fato, não teria mais nenhuma razão para ficar ali na torre, sozinha, presa. Estava ali para esperar pelo Nestor.

— Vou preparar sua ida — determinou Emiliano. — Meu empregado, o que você conheceu por ter vindo aqui, a levará à noite na carruagem simples. Sairão num horário que não tenha ninguém acordado. Darei dinheiro a você. Parta e, por favor, não volte.

— Prometo ao senhor que não voltarei. Sou grata, o senhor me ajudou muito. Sei que fez isso pelo seu primo, mas agradeço. Irei embora e não volto.

Marcamos minha ida para duas noites depois dessa conversa. Esperei ansiosa. Arrumei-me, colocando num saco o que iria levar. O empregado foi me buscar.

— Senhora — recomendou ele —, desça as escadas sem fazer barulho, irei na frente; no pátio, entre rápido na carruagem e não converse até estarmos fora da propriedade. Entendeu?

— Sim.

Fiz o que ele mandou; quando saímos da propriedade e estávamos na estrada, ele parou e conversou comigo.

— Embaixo do banco está um baú, no qual o senhor Emiliano disse ter roupas para a senhora. Neste embrulho, tem alimentos. Vamos comer. Tenho ordens para levá-la à cidade em que moram seus irmãos e deixá-la lá. Aqui temos água.

Comemos pão, doce e frutas e seguimos viagem. Curiosa, abri o baú; nele havia dois vestidos bonitos, roupas íntimas, dois xales e um colete. Gostei das roupas. E, embrulhada, uma quantia em dinheiro; para mim, era muito. Orei para Emiliano, estava agradecida.

Viajávamos devagar, passamos pela cidadezinha e continuamos pela estrada, que tinha movimento, pessoas iam e vinham.

Fui olhando a paisagem; à tarde, paramos numa pousada para descansarmos. O empregado cuidou dos cavalos e dormimos em quartos separados. Ele informou que viajaríamos por três dias.

A viagem, no outro dia, transcorreu sem novidades; à tardinha, ele me informou:

— Senhora, sinto muito, mas não há por aqui lugar para nos hospedarmos. Iremos descansar neste lugar, comeremos, e os cavalos — eram dois — descansarão; a senhora dorme dentro da carruagem, e eu, ao relento. Amanhã com certeza dormiremos numa pousada e logo chegaremos à cidade em que moram seus irmãos e a senhora procurará por eles.

Alimentamo-nos. No lugar em que paramos não havia movimento, como havia visto antes, e ele saíra metros da estrada. Anoiteceu. O empregado ficou violento, me estuprou, me bateu e me tirou do meu corpo físico, me assassinou. Ao amanhecer, cavou um buraco e enterrou meus restos mortais. Partiu, foi a uma aldeia, vendeu o baú com as roupas e ficou com o dinheiro que Emiliano me dera. Ficou nessa aldeia por dois dias e depois voltou à propriedade de Emiliano.

Este empregado, assim que recebeu a ordem de me levar, planejou me roubar e matar, ele soube porque escutou Emiliano falar que me daria dinheiro. Aproveitou para me estuprar. Voltou como se tivesse cumprido a ordem.

Eu fiquei confusa com o ato de violência, chorei e desencarnei chorando. Fui socorrida, mas ainda fiquei por ali e o vi enterrar meu corpo carnal. Fui levada para um abrigo, um posto de socorro, recuperei-me, estava contente fazendo pequenas tarefas e estudando. Quis saber de minha filhinha e de Nestor, ambos haviam desencarnado e eu não os vira. Uma orientadora me deu as notícias, contou tudo o que acontecera e me consolou.

— *Então eu fui enganada! Nestor nunca me amou! Não tive uma filhinha que desencarnou ao nascer, mas dois filhos homens! Meu Deus!*

Chorei muito; quando me acalmei, essa orientadora me esclareceu:

— *Lauricéa, tudo tem razão de ser. Vou levá-la para que veja Nestor e o perdoe. Ele foi inconsequente, irresponsável, porém fez um favor ao primo. Ele não pensou que estava fazendo uma maldade a você. Mesmo assim, não é justificável seu ato, não é certo brincar com sentimentos alheios.*

Ela me levou para vê-lo. De fato, Nestor estava desencarnado e não sabia; para ele, ainda estava encarnado e lutava, continuava na guerra. Foi algo muito triste de se ver. Nestor estava maltrapilho, junto de muitos outros, todos desencarnados, continuavam guerreando com o grupo rival. Aproximei-me dele, o chamei baixinho, ele não percebeu, não me viu, na sua mente estava somente a luta. A orientadora me ajudou, mas ele não se lembrou de mim. Compreendi que Nestor nem se lembrava do nosso envolvimento. Oramos por ele e por todos aqueles desencarnados que, com raiva, até ódio, guerreavam. A oração não teve receptividade.

— *Vamos embora* — a orientadora pegou na minha mão.

— *E eles, o que acontecerá com esse grupo? Com Nestor?* — quis saber.

— *Tudo passa* — a orientadora me explicou. — *Essa guerra terminará no Plano Físico e então esses desencarnados entenderão que o conflito terminou. A dor cansa, e eles sofrem. Muitos desse grupo pedirão socorro e serão levados para um abrigo; outros retornarão, pela vontade, aos seus ex-lares e os encontrarão modificados; alguns se perturbarão mais ainda; outros entenderão que seus corpos físicos morreram. O socorro será feito quando estiverem receptivos, quando pedirem, e, enquanto isso, ficarão vagando.*

— *Que Deus os proteja!* — desejei.

Perdoei de coração Nestor e desejei que ficasse bem.

A orientadora me levou à casa de Emiliano. Vi meus filhos e chorei emocionada. Eram crianças lindas, sadias e amadas. Entendi que Emiliano pensava que o empregado cumprira a ordem.

Vendo meus filhos bem, eu o perdoei. A mãe de Sara, a parteira, arrependera-se muito por ter me enganado, mas pensava que eu estava bem, rica e feliz. Emiliano mentira que me dera muito mais dinheiro.

Orei por eles e minha prece foi recebida. Emiliano, às vezes, se arrependia de ter me tirado os filhos, porém pensava que, se eu não sabia, não sofria.

Voltei algumas vezes para ver meus filhos, mas entendi que, por não ter tido convivência com eles, não tinha forte em mim o amor maternal e, se eles estavam bem, era o que importava.

Numa dessas visitas, vi o empregado que me assassinara; ao estar perto dele, o repeli, ele me dava medo, era uma pessoa que me repugnava; orei para me equilibrar, consegui e o perdoei. Não queria ter vínculo com ele, e o ódio é um vínculo forte, como é o não perdão. Orei por ele e me senti bem, o medo passou. Senti dó dele, o crime que cometeu o marcara, e fortemente, estava com a energia muito nociva e sua aura, escura. Sabia que somente se limparia com muitas dores. O crime que cometeu, planejado e com crueldade, marca demais.

Parei com as recordações. O que me importava era que agora estava bem no Plano Espiritual, convivendo com amigos. Compreendemos, pelas lembranças do passado, a bondade, misericórdia de Deus. Costumávamos comentar essas recordações; quando contei as minhas, escutei de Emiliano:

— *Quando fomos para a cabana, ao poder observá-la, entendi que a conhecia. Sentados na pedra, senti um aperto no peito, tive a certeza de que eu havia lhe feito algo de ruim. Preocupei-me: "Será que ela irá descontar? Tem tudo agora para isto!". Porém você fez ao contrário, cuidou de mim. O tempo passou e não tive mais essa sensação, passei a amar você como minha irmã.*

— *Por que será que essas duas minhas encarnações foram tão difíceis?* — encabulei-me. — *Estive presa na torre e depois vivi isolada na cabana.*

Voltei e pedi ajuda para recordar.

— *Lauricéa* — escutei da orientadora —, *recordar encarnações em que fomos vítimas, sofremos, perdoamos, reconciliamo-nos, é fácil, mas recordações em que cometemos erros são mais complicadas. Quer mesmo se recordar?*

— *Sim, quero. Talvez eu ainda tenha dívidas e, se isto ocorrer, quero resgatá-las.*

— *Lembro-a de que podemos fazer isso com trabalho no bem.*

— *Com certeza farei essa escolha* — determinei.

— *Reparar erros, quando escolhemos trabalho no bem, é misericordioso. Porém devemos fazer o bem sempre, porque é fazendo o bem que nos tornamos pessoas boas, que progredimos.*

Recordei-me.

Tive reencarnações em que nada lembrei de interessante e que infelizmente nada fiz para crescer espiritualmente. Das que me recordei, não fui rica, mas pobre, numas mais e em outras menos. Era sensual, volúvel e sempre que podia ficava na ociosidade. Mas, quase sempre há, para espíritos, um "mas", na anterior à que estive presa na torre, cometi muitos equívocos.

Reencarnei numa cidade de porte médio, meus pais trabalhavam como empregados numa residência, numa casa grande e bonita. Tive oito irmãos, eu era a sexta. Os patrões de meus pais, um casal, tinham três filhos, ele era comerciante. Eu morava num bairro de trabalhadores, a casa era modesta, mas boa, e todos lá em casa, com treze anos, começavam a trabalhar. Casávamos normalmente entre dezesseis e vinte anos.

Era meninota e às vezes ia com a mamãe ao trabalho e a ajudava na sua tarefa. Admirava a casa dos patrões de meus pais: era grande; a comida, farta; e as roupas, bonitas. Quis ser rica e determinei que ia ser. Na adolescência, queria ir sempre com a mamãe ao trabalho dela. Primeiro foquei meu interesse nos dois filhos do casal, porém eles me ignoravam, um estava noivo e o outro tinha namorada. Continuei indo e prestava atenção em como a senhora agia, as visitas que eles recebiam, e, em casa, eu os imitava.

Ignorei meus pretendentes, não iria me casar com pobre. Estava com dezessete anos quando a senhora, a patroa de meus pais, desencarnou. Então foquei no viúvo. Ele era um homem diferente, tomava banho raramente, tinha manias e correspondeu ao meu interesse. Conquistei-o, mas deixei claro que tinha de casar. Oito meses depois, casamo-nos. Os filhos dele me rejeitaram. Foi dois anos depois que casara que percebi que meu marido não era tão rico como eu pensava. A esposa dele fora rica e ela deixara sua fortuna para os três filhos. Ele possuía a casa em que morávamos, uma outra, que alugava, e precisava trabalhar. Eu, assim que casei, peguei para mim as roupas da primeira esposa dele, consertei-as e passei a usá-las. Vendi, para ajudar meus pais e irmãos, alguns objetos, quadros da casa. Não tive filhos, não os queria. Passando falta das coisas, descobri como negociar, e pessoas. Ia disfarçada à periferia da cidade e lá comprava filhos de prostitutas, de pobres, afirmava para eles que as crianças seriam adotadas por casais ricos e as revendia. Sempre comprava, nunca as roubei.

Quem comprava as crianças de mim era um negociante, que as revendia; de fato, sabia que algumas seriam adotadas, outras saíam do país e não sabia o que acontecia com elas. O fato era que comprava e pais vendiam, eles o faziam pela necessidade, principalmente mães solteiras, que pensavam que, adotadas, estariam melhores. Com isso, pude viver no luxo e na ociosidade e ajudava minha família. Meu marido não me amou, penso que ele não amava ninguém, e eu passei a desprezá-lo. Ele, mesmo velho, trabalhava, negociava mercadorias e, com minha sugestão, passou a fazer fuga de pessoas perseguidas da Inquisição. Exploramos os perseguidos. Foi um negócio rentável, larguei de negociar crianças. Tornamos a ficar ricos. Meu marido desencarnou, os filhos dele me expulsaram da casa. Do meu marido, não recebi nada, porém, há tempos, vinha adquirindo objetos e propriedades, era rica. Parei com as atividades com a desencarnação do meu esposo e mudei para uma casa pequena, perto de dois irmãos, e fiquei sozinha. Tinha pesadelos e muitos deles com crianças. A velhice me fez refletir e concluí que não deveria ter feito o que fiz. Pensava muito no que teria acontecido com aquelas crianças que comprava e revendia com muito lucro. Por que explorava as pessoas perseguidas? O que havia feito de bom? Somente ajudara minha família financeiramente. Triste, sozinha, desencarnei muito doente.

Sofri por anos no Umbral e, comigo, sofrendo também, mas me perseguindo e me torturando, pais que não me perdoaram.

— *Maldosa! Cruel! Enganou-nos! Pelos seus crimes, merece estar presa! Está agora aqui, mas será presa quando reencarnar!* — escutava muito deles, os que me perseguiam.

— *Vocês venderam seus filhos!* — defendia-me.

— *Pensando que seriam adotados por famílias sem filhos e não para serem escravos. Merece, pelas suas maldades, ficar presa. Ficará com certeza!*

Ouvi muito isso e ficou gravado em minha mente: "ficará presa quando vestir de novo um corpo carnal".

"*Nunca! Não irei fazer nada de errado para ficar presa*", pensava determinada.

Gravei isto no meu íntimo, no meu espírito. Nada faria de errado para ser presa.

Cansei de sofrer, arrependi-me, o remorso me doía tanto quanto a tortura. Aqueles que me castigavam foram aos poucos sumindo. Lembrei que Deus sempre nos perdoa quando nos arrependemos e pedi perdão. Fiz isso com sinceridade. Realmente, se voltasse ao passado, não faria o que fiz, não depois de sofrer, porém, se não tivesse sofrido, faria ou não? A lição pela dor necessita ser assimilada, fazer parte de nossa vida.

Minha mãe e um socorrista me socorreram, me levaram para um posto de socorro, onde, lentamente, me recuperei.

Recordar dessa encarnação foi, para mim, de muita importância; entristeci-me, porém senti muita gratidão e necessidade de amar.

Vim a saber que muitas dessas crianças que vendia foram adotadas; outras, como os pais me acusaram, foram ser escravas. Os meninos para trabalhar, começavam normalmente com sete anos, recebiam poucos alimentos e desencarnavam jovens, em média com vinte anos. As meninas para serem escravas sexuais. Chorei muito de arrependimento.

Arrepender-se, pedir perdão, é com certeza o primeiro passo e é muito importante, porém há o resgate, o pagamento da dívida contraída.

Quando terminei de lembrar, enxuguei o rosto e exclamei sentida:

— *Penso que ainda tenho de reparar!*

— *Agora, fazendo o bem* — a orientadora me incentivou.

— *Com certeza eu parcelei o pagamento da minha dívida. Nas minhas outras duas encarnações, não cometi erros e penso que quitei algumas delas. Como estará meu débito?* — preocupei-me.

— *O amor anula pecados. O amor ilumina as trevas. O amor nos dá esperança. Ame, Lauricéa, e então não terá débitos.*

Foi com muita emoção que contei para meus amigos do que recordara.

Ficamos anos no Plano Espiritual trabalhando, estudando e nos preparando para retornar ao Plano Físico para uma nova oportunidade, um outro recomeço.

CAPÍTULO 10

NOVAMENTE JUNTOS

Numa cidade charmosa, de porte médio, vamos encontrar Tobias, meninote, jogando futebol; disputava a bola quando Ana, menina faceira, passou; ele a olhou e perdeu a jogada.

— Tobias! Preste atenção! — ralhou um colega.

O menino sorriu e acompanhou a menina com os olhos.

Tobias e Ana moravam no mesmo bairro, estudavam na mesma escola, ele estava um ano na frente nos estudos. Estavam sempre se vendo. Para Tobias, Ana era a menina mais linda do mundo. A garota também gostava de Tobias, falava a todos que ele era o namorado dela.

Das brincadeiras de criança, em que se olhavam, às vezes conversavam e diziam ser namorados, chegaram à adolescência e confirmaram o namoro. Sempre que possível, estavam juntos.

Com catorze anos Tobias terminou o estudo naquela escola e parou de estudar. Ele já trabalhava numa oficina mecânica algumas horas por dia, então passou a trabalhar em tempo integral e aprendeu rápido, tornando-se um bom mecânico. Ana também ajudava a mãe e, quando terminou seu estudo, foi trabalhar com uma costureira famosa que tinha várias funcionárias.

Os dois combinavam muito e passaram a namorar firme, apesar da pouca idade. Para Tobias, não existia outra pessoa, sentia amar Ana "para todo o sempre", era o que costumava falar. Ana também amava Tobias e, só de pensar em ficar sem ele, chorava.

O amor permaneceu, continuou forte.

Ana, desde garota, era sensitiva; quando começou a falar que via espíritos, seus pais, preocupados, a levaram para benzer, e o senhor, o benzedor, explicou a eles que, para Ana, o melhor era ir a um centro espírita. Os pais de Ana foram e levaram a menina, foram bem recebidos, orientados, e Ana melhorou. Passaram a levar a filha, que cresceu frequentando o centro espírita. Quando aprendeu a ler, lia livros infantis que pegava emprestado na pequena biblioteca do centro; adolescente, passou a ler romances, gostava demais e por eles aprendeu muito.

Passou a frequentar, com catorze anos, o grupo de estudo das obras de Allan Kardec. Namorando Tobias, ele passou a ir com ela. A família de Tobias era católica, mas não puseram empecilho de o filho frequentar um centro espírita.

— Se isto faz bem a você, Ana, fará para mim!

Quando Ana pegou, para ler, *O livro dos médiuns*, gostou demais e falou entusiasmada para Tobias:

— Que livro fantástico! Vou ler para você um texto da Introdução: "Diariamente, a experiência confirma a nossa opinião de que as dificuldades e desilusões encontradas na prática espírita decorrem da ignorância dos princípios doutrinários. Sentimo-nos felizes ao verificar que foi eficiente o nosso trabalho para prevenir os adeptos quanto aos perigos do aprendizado e que muitos puderam evitá-los, com a leitura atenta desta obra. Igualmente se enganaria quem pensasse encontrar nesta obra uma receita universal e infalível para fazer médiuns. Embora cada qual já traga em si mesmo os germes das qualidades necessárias, essas qualidades apresentam-se em graus diversos, e o seu desenvolvimento depende de causas estranhas à vontade humana".

— De fato, é muito esclarecedor. Essa obra irá ajudá-la muito, com certeza — Tobias sorriu, incentivando Ana a estudar.

Casaram-se, ele com dezessete anos e Ana com dezesseis. Trabalhando, foram equipando a casa, que era de propriedade dos pais de Tobias, os dois cuidavam da casa, dividiam as tarefas domésticas.

Dois anos depois de casados, Ana ficou grávida e teve uma menina, Maria; para ela continuar trabalhando, as avós ajudaram, e a menininha ficava cada dia com uma avó. Novamente, dois anos depois de a Maria ter nascido, veio Lauricéa. Ficou difícil Ana voltar a trabalhar, então ela saiu do emprego e passou a fazer reparos, consertar e reformar roupas em sua casa.

O casal enfrentou dificuldades, era uma das meninas doente, aperto financeiro, mas, para eles, tudo estava certo, continuaram se amando.

Mesmo com tantas coisas para fazer, Ana não deixou de ir ao centro espírita, as filhas ficavam com Tobias, que sentia por não ir, mas concluiu que era mais importante Ana não deixar de frequentar. Ela ia com alegria duas vezes por semana, um dia para o estudo e outro ao trabalho de desobsessão, em que aprendeu a trabalhar com sua mediunidade. Gostou demais quando o grupo começou a estudar *O livro dos médiuns*. Concluiu que ler era uma coisa, estudar em grupo era muito mais aprendizado.

— Meu Deus! Penso que era este livro que eu sempre quis ler. Como aprendemos com ele a lidar com a mediunidade!

Passou a ser seu livro de cabeceira; lia, todos os dias, de uma a duas páginas e às vezes relia e tentava compreender, assimilar; o que não entendia, questionava no grupo de estudo.

Quatro anos depois que tivera a última filha, engravidou novamente e nasceu Emiliano.

— Agora estamos com a família completa! — Tobias costumava exclamar.

Maria era médium, desde pequena via e conversava com desencarnados; para ela, era normal, mas os pais ensinaram que ela não podia falar o que via e escutava para as pessoas. O casal a levava sempre para receber o passe.

— Mamãe — dizia sempre Maria —, vou me erguer! Vou voar!

Às vezes ela subia numa cadeira, dava um galeio e ia ao chão. Uma vez chorou sentida:

— Mamãe, por que não me ergo? Por que não voo? Fazia isso. Por que não faço?

Ana não soube o que responder e foi pedir ajuda ao dirigente do centro espírita.

O dirigente explicou que, talvez, pela menina ter mediunidade, quando seu corpo físico dormia, o perispírito dela podia se afastar e ela sentir a sensação de voar; então, ao acordar, tinha algumas lembranças e achava que podia fazer o mesmo acordada; ou ela levitara em outras existências e estava tendo algumas lembranças.

De tanto escutar que não era possível ela levitar, Maria foi esquecendo; ia com alegria receber o passe, gostava de frequentar o centro espírita, ler livros da doutrina e aprender. Concluiu:

— Entendo que tudo tem tempo certo, porém se Kardec tivesse reencarnado antes com certeza teria ajudado muitas pessoas que foram médiuns e que não souberam lidar com a mediunidade.

— Talvez, se isso tivesse ocorrido — opinou Tobias —, Kardec teria sido queimado numa grande fogueira pela Inquisição. Se agora vocês, Maria e Ana, estão tendo essa oportunidade, aproveitem.

Quando crianças com mediunidade em potencial são levadas a um centro espírita para receber ajuda, aprendem a lidar com os fenômenos que possuem, são orientadas e, pelos passes, recebem boas energias, então desencarnados mal-intencionados não conseguem se aproximar delas e tudo transcorre sem sustos ou medos e, normalmente, adultos, se tornam médiuns produtivos.

As duas irmãs ajudavam a mãe nas tarefas domésticas desde meninas, e Maria aprendeu a costurar. Ana, com muito serviço, contratou uma faxineira e outra mulher para ajudá-la nos consertos.

Emiliano demorou para falar. Ana, preocupada, o levou a médicos, que não encontraram problema. Falou aos três anos e o fazia pouco. No centro espírita, um protetor desencarnado afirmou que o menino não tinha problema físico, para não se preocuparem, e o protetor, através de um médium, perguntou ao menino o porquê de ele não falar, se não gostava.

— Não sei se gosto ou não — respondeu Emiliano —, porém prefiro escutar.

Os pais se espantaram, ele raramente falava muito; na maioria das vezes, "sim", "não pode", "por favor", "obrigado", "mamãe", "papai".

Tobias e Ana resolveram não se preocupar mais. Emiliano era muito inteligente; na escola, era o mais aplicado, estudioso, aprendia rápido e estava sempre ensinando os coleguinhas.

— Eu — determinou Maria — quero ser costureira, mas quero estudar, fazer o ensino médio, casar, ter filhos e nunca deixar de frequentar o centro espírita. Gostaria mesmo era de levitar, mas não consigo.

— Use, como recomendou Kardec, sua energia para fazer algo de bom a você e a outras pessoas — aconselhava a mãe, quando escutava a filha dizer isso.

Melhoraram financeiramente porque a procura pelo trabalho de Ana aumentou muito. Tobias fez, na frente da casa, um cômodo grande para Ana ter seu ateliê A casa agora era deles, Tobias a recebera de herança. Ana contratou mais empregados. Colocaram Emiliano para aprender idiomas, que era algo que o menino queria. As duas mocinhas afirmaram não querer continuar estudando, mas Emiliano falava que queria. Maria, como decidira, ao terminar seu curso, ficou trabalhando no ateliê, e Lauricéa ajudava no serviço de casa, não sabia o que queria fazer. As duas concluíram o segundo grau.

Maria arrumou um namorado, entusiasmou-se com ele, conheceram-se no cinema. Depois de oito meses de namoro, ele começou a implicar com ela por frequentar o centro espírita. Dizia que tudo aquilo que ela escutava sobre religião era besteira, coisas do demônio, que ela estava sendo enganada. Maria ficou sem saber o que fazer, faltou por duas semanas, não foi ao centro espírita. Perguntaram dela para Ana, que se preocupou e não soube o que responder. Ana, ao chegar em casa, encontrou os quatro, Tobias e os filhos. Indagou a filha:

— Maria, você tem ido ao centro espírita? Perguntaram de você. Por que não foi?

— É que Jair não quer que eu vá. Disse certas coisas e fiquei de pensar. Ele e sua família são de outra religião.

— Filha — falou Tobias —, religião é algo que devemos gostar de seguir. Em todas as religiões há pessoas boas e outras nem tanto, infelizmente muitos não assimilam corretamente os ensinamentos de Jesus, e o principal ensino neste caso é: "há muitas moradas na casa do Pai". E a citação que eu gosto e tenho como referência é: "são muitos os caminhos que nos levam a Deus". É prudente não discutir religião. E a boa para uma pessoa é aquela que lhe faz bem. Não concordo quando escuto que o espiritismo é coisa do demônio. O espiritismo é uma religião fraterna, baseada na caridade física e moral. Jair quer impedi-la de frequentar a religião que escolhemos, sua mãe e eu, para vocês, nossos filhos. Porém não os impediremos que agora, adultos, escolham outra. São livres para isto. Mas alerto, Maria, que você não tentou impedi-lo de seguir a dele. Por que ele quer fazer isso a você? Eu não vou interferir na sua decisão.

— Ah, eu vou! — opinou Lauricéa. — Não é certo ele mandar assim em você. Se faz isto no namoro, imagina quando casar. Com certeza ele não irá querer que venha mais aqui em casa, porque somos espíritas. Se eu fosse você, mandaria ele para a igreja dele.

— Filha — aconselhou Ana —, eu tenho mediunidade em potencial e amo a minha mediunidade, porque por ela estou tendo oportunidade de fazer o bem, me tornando útil e estou aprendendo muito. Sinto-me bem e estou agradecida por entender este fenômeno, sou grata também ao Allan Kardec, por ter tido coragem e determinação para nos deixar essas obras esclarecedoras. Sinto que já quis, e muito, ser esclarecida neste assunto, a mediunidade. Você, filha, tem a mediunidade em potencial, foi criada, educada, para lidar com ela. Até hoje, graças a Deus, você não sentiu os efeitos nocivos da mediunidade não trabalhada. Você pode, se quiser, saber como é, deixe de trabalhar com ela. Sinto que, por encarnações, esperamos por esta oportunidade.

— Eu quero dar a minha opinião — disse Emiliano, e todos o olharam. — Você não será feliz com um opressor, penso que ninguém o é. Jair está querendo ou tentando oprimi-la. O certo seria ele respeitá-la. Um casal deve querer o bem um do outro. Não simpatizo com a opinião dele de forçá-la a seguir a religião que segue. Sei, minha irmã, que você, não trabalhando com sua mediunidade, terá problemas, primeiro porque ama ir ao centro espírita; segundo, você sabe, sente no seu íntimo o que tem de fazer, ou seja: o bem. Se não fizer, sentirá insatisfação, tristeza, ao sentir o tempo passar e não realizar o que se propôs. Porque, minha irmã, o tempo passa...

Calou-se, todos ficaram admirados, eles não haviam, até então, escutado Emiliano falar tanto assim, e ficaram ainda mais quando ele retornou a falar:

— Mamãe, Maria, vocês são médiuns, com certeza estão tendo uma valiosa oportunidade de fazer bons atos. Porém devem fazer mais que o bem pela mediunidade, devem ser boas pessoas, aproveitar para crescer espiritualmente, aprender, vivenciar os ensinamentos de Jesus e ser bons exemplos. É o que todos nós devemos fazer. Sentirei, Maria, se você parar no caminho.

Levantou-se, beijou a irmã na testa e saiu da sala. Os quatro permaneceram calados, porque estavam admirados, tanto por ele ter falado muito como pela coerência.

— Emiliano tem razão — concordou Ana após ter passado o torpor. — Penso, tenho a certeza, de que você, Maria, não será feliz com Jair. Uma pessoa que não respeita a religião de outra falta com a caridade. Por favor, pense e repense se quer isto para você. Sinto, no meu íntimo, que nós duas, você e eu, temos de reparar erros fazendo o bem, e com a mediunidade.

— Lembro, filha, que, quando perdemos a oportunidade de fazer o bem, a dor vem para cobrar a dívida — alertou Tobias.

— Não quero, minha irmã — Lauricéa disse em tom de súplica —, que você seja infeliz ao lado de uma pessoa machista, de um opressor.

Foram se deitar. Tobias e Ana estavam preocupados, não queriam proibir a filha de namorar Jair, eles criaram os filhos dentro de uma liberdade vigiada, mas não queriam que ela continuasse com aquele relacionamento.

Lauricéa e Emiliano dormiram logo, mas Maria não, ficou, como fora recomendado, pensando no assunto.

"Amo Jair, ou penso que amo. Sei que minha família tem razão, Jair é muito diferente de nós. Não contei a eles que fui à igreja que ele frequenta. Não gostei, lá eles me colocaram sentada numa cadeira, cinco pessoas me rodearam, e um deles gritou para que o satanás que me perseguia saísse, se afastasse de mim. Fiquei olhando e achei tudo muito estranho. O senhor que gritou, depois falou em tom alto para todos os presentes escutarem: 'Você tem jeito, Maria, podemos tirar você das garras do demônio'. Senti medo. Quando terminou, Jair estava contente e me disse: 'Percebeu, Maria, como aqui é um lugar bom, de Deus? Você tem jeito, ou seja, cura. Não vá mais àquele lugar, que é ninho do demônio'. 'Jair', tentei explicar, 'lugar que faz caridade é do demônio?' 'Querida, o demônio tem suas artimanhas. Não discuta comigo. Eu sei o que é melhor para você. Não vá mais ao ninho do Demo e ficará livre. Quando casarmos, não quero nem que passe perto desse lugar nem que converse mais com esses espíritas.' 'E minha família?' 'Eles, a vendo bem, feliz, poderão se libertar também.' Duvidei, mas não falei mais nada. Amo meus familiares e não quero me separar deles. Sonhei a noite passada que levitava, primeiro passava por árvores, vestia roupas diferentes, estranhas, depois parecia me vestir como uma freira. Realmente sinto que preciso fazer o que me propus com a mediunidade. Serei feliz com Jair? Tenho exemplo em casa de amor, carinho, meus pais se amam e um quer o bem do outro. Papai não oprime mamãe. Jair pensa diferente, que esposa tem de ser obediente. O que faço? Emiliano foi coerente. Será que acontecerá o que ele falou? Que, ao não trabalhar com minha mediunidade, sentirei insatisfação, tristeza? E se eu não reparar erros com o trabalho no bem, terei de fazê-lo pela dor? Poderei sofrer agora, porém será pior se continuar com ele."

No outro dia, no desjejum, Maria comunicou à família:

— Vou terminar o namoro com Jair.

— Parabéns! Você está agindo certo! — elogiou Lauricéa.

— Filha — disse Tobias —, alegro-me em escutar isso, Jair não é a pessoa certa para você. Faça isso!

— Maria — Ana estava preocupada —, estive pensando, eu tenho de fazer mais com minha mediunidade e algo que resulte em alegria para pessoas. Sinto que ansiei tanto para aprender a lidar com a mediunidade, que aguardei por este aprendizado. Irei fazer mais coisas para o centro espírita. Ontem orei muito antes de dormir e, quando adormeci, sonhei de novo, é o sonho que se repete, que eu tinha o físico diferente e estava a lidar com plantas, e que estava desencarnada e queria reencarnar para fazer o bem para me sentir livre de meus erros. Sei que podemos, pelo nosso livre-arbítrio, encarnados, fazer ou não o que planejamos no Plano Espiritual. Podemos, sim, reparar nossos erros passados e até os do presente, com amor, no trabalho que resulta em bem para outras pessoas. Porém é fato, se recusada esta oportunidade, a dor vem nos cobrar, fazer pagar. Depois, filha, será feliz com um marido que pensa que mulher é inferior e que tem de obedecer o esposo?

— Maria, faça o que tem de ser feito, e logo — opinou Emiliano.

Todos tinham seus afazeres: Tobias foi para a oficina; Ana e Maria, para o ateliê; Lauricéa e Emiliano, para a escola.

À noite, Maria esperou pelo namorado, haviam combinado de ir novamente à igreja que ele frequentava.

— Jair, vamos conversar! — pediu Maria.

— Agora não, senão atrasaremos — disse Jair.

— Eu não vou! Não quero ir à sua igreja!

— Por quê? Está atendendo o demo?

— Jair, você não entende o espiritismo. Não mexemos com o demônio. Já lhe disse.

— Vamos para a igreja! — Jair pegou o braço dela e apertou.

— Não vou! — Maria disse firme.

— Vai!

Emiliano saiu na porta, encarou Jair e ordenou:

— Largue a minha irmã!

— Qual é, moleque? Fraco como você, não deveria querer me enfrentar — Jair ensaiou um risinho.

Emiliano continuou tranquilo, deu dois passos rumo a Jair e continuou a olhá-lo. Jair largou o braço de Maria.

— Vamos, Maria! Agora entendo. É a sua família! Todos possessos do demônio. Vamos?

— Não, eu não vou! — Maria se esforçou para não chorar.

— Venha! E depressa!

Emiliano continuou o olhando e depois olhou para a irmã.

— Não vou! — exclamou Maria.

E entrou correndo dentro da casa.

— Maria! — gritou Jair. — Venha, e depressa!

— Ela não vai! Você ainda não entendeu? — Emiliano continuou calmo.

Jair foi embora. Emiliano entrou e se segurou para não rir ao ver a mãe e Lauricéa perto da porta com vassouras na mão.

— Se Jair entrasse atrás de Maria ou agredisse você, nós duas o atacaríamos — explicou Lauricéa.

— Com vassouras? — Emiliano perguntou.

— Sim, como bruxas — respondeu a mocinha.

Maria estava chorando, e os três, a mãe e os dois irmãos, a consolaram.

— Irmãzinha, Jair demonstrou o que é: machão, opressor, um brutamontes — disse Lauricéa.

— Filhinha — consolou a mãe —, chore e ponha para fora tudo o que está sentindo. Mas, por favor, não coloque na frente de sua vida seu sentimento por ele. Ame você em primeiro lugar. Escolha melhor da próxima vez.

No outro dia, foram todos assistir a uma palestra, Maria recebeu o passe. Ana decidiu trabalhar mais no centro espírita, pegou todas as roupas que ganhavam e que necessitavam de consertos para fazê-los e passou a ir mais duas vezes ao centro. Maria resolveu fazer um tratamento com passes para depois voltar a trabalhar.

Jair quis conversar com Maria, marcou um encontro, e ela aceitou, só se fosse na frente de sua casa. No horário, Jair chegou e estava mais calmo. Ana e Lauricéa ficaram perto da porta prontas para interferir se Maria as chamasse. E com vassouras.

— Desculpe-me, Maria — pediu Jair —, eu me exaltei com a sua recusa, tínhamos combinado de ir à igreja. Penso que temos de conversar. Quero saber por que não quis ir.

— Jair, sou espírita e não quero mudar de religião. Você está enganado, o Espiritismo não é coisa do demônio. A Doutrina Espírita é baseada na caridade.

— O Demo tem suas artimanhas, já lhe expliquei. Tudo bem, Maria, por enquanto não irá nem numa nem na outra. Tudo bem?

— Não! — respondeu Maria. — Vou continuar sendo espírita e irei ao centro espírita.

— Você tem certeza? Não posso e não quero casar com uma pessoa de outra religião. Não quero minha namorada frequentando um centro espírita — Jair queria convencê-la e estava admirado por não estar conseguindo.

— Por que não pode me aceitar sendo espírita? Não me namorou assim?

— No começo eu não sabia. Depois pensei que poderia mudar — confessou Jair.

— Não mudarei!

— Não quer pensar? Porque, como disse, não posso e não quero namorar alguém espírita e muito menos casar. Se você não mudar, não posso namorá-la. É isto o que quer?

— Queria que me aceitasse como sou — respondeu Maria.

— Aceito você, mas não sua religião. Vou embora e você pensa: ou muda como quero ou não teremos futuro.

Jair foi embora e Maria entrou chorando.

— Mamãe — comentou Lauricéa —, não devemos deixar Maria ceder, Jair com certeza será um péssimo marido.

Todos na casa agradaram Maria, e Ana orou muito e pediu para os amigos orarem também.

No outro dia à noite, Jair voltou com um buquê de flores; pela sua atitude, ele tinha certeza de que Maria cederia. Porém Maria pensou bem e concluiu que não seria possível ficar com uma pessoa como ele.

— Jair, pensei e de fato não vejo futuro no nosso namoro. Sou espírita e vou continuar sendo, não quero mais namorá-lo.

Jair demorou um pouquinho para responder.

— Sua religião é mais importante do que eu? Você tem certeza? Está terminando o namoro? Tem coragem?

— Sim! — Maria foi determinada.

— Iludida! Boba! Cúmplice do Demo! Está bem, terminamos, mas você se arrependerá. E, se quiser reatar comigo, terá de ser como quero. Ouviu?

Virou as costas e levou as flores. Maria novamente entrou chorando.

Recebeu consolo, e todos opinaram que ela estava certa.

Tobias comprou um carro, foi uma alegria, e passaram a ir ao centro espírita com o veículo. A compra foi na hora certa, porque Jair passou a perseguir Maria, e falando sempre as mesmas coisas: "Você irá se arrepender!"; "Para voltar comigo, tem de pedir perdão, e de joelhos, romper com sua família e vir morar com a minha"; "Tem que se libertar do demônio" etc.

Maria chorava. Tomaram cuidado, Maria não saía mais de casa, ia somente ao centro espírita, o pai a levava e, quando ele não ficava, ia, após, buscá-la.

O prédio do centro espírita amanheceu pichado com tinta preta, escreveram: "Ninho do demônio — Filhos do capeta — Condenados ao inferno". Maria se entristeceu ao ver e pediu para fazer parte da equipe que ia limpar as paredes e pintar novamente. Contou aos companheiros suas suspeitas e escutou:

— Ainda bem que terminou esse namoro!

Jair passou a ameaçá-la. Por duas vezes gritou na frente da casa que Maria era filha do demônio etc. Tobias foi à delegacia e fez um boletim de ocorrência, o delegado chamou Jair e conversou com ele. Ele parou e fez questão de que Maria soubesse que ele estava saindo com outra jovem que frequentava a igreja dele.

Maria chorou, gostava dele e sofreu, embora entendesse que os familiares tinham razão, ela não merecia passar por um relacionamento opressor. Depois, no seu íntimo, sentia que não deveria deixar de aproveitar a oportunidade que estava tendo, de reparar erros do passado pelo trabalho no bem com sua mediunidade. Se ficasse com Jair, tinha a certeza de que estaria escolhendo o caminho da dor.

Resolveu continuar saindo somente para ir ao centro espírita e lá pediu para continuar recebendo o tratamento para se equilibrar para voltar ao trabalho. Porque ela aprendera, nos estudos oferecidos na casa, que damos o que temos, o que somos. Temos de estar bem para dar passes, porque, por eles, irradiamos as nossas energias. Não estava bem, e Maria sabia que teria de se esforçar para ficar, para continuar seu trabalho de passista. Neste ato de amor, ela queria, como todos os passistas deveriam, doar somente energias boas, salutares.

Concluiu, após muito pensar, que, se optasse ficar com Jair, sabendo da possibilidade de não dar certo e se de fato não desse e sofresse, não seria o destino, como muitos julgam, seria pela sua decisão. Muitas pessoas, de fato, acreditam que dará certo uma escolha, pensam que têm tudo para o sucesso, e pode não dar, aí não tem por que se arrepender, mas, quando avisadas, se entenderem as dificuldades e optarem, é de fato imprudência. Lembrou de uma das funcionárias de sua mãe, que costurava no ateliê, ela sabia que o namorado bebia e, quando isto ocorria, ficava violento. Ela achou que ia conseguir mudá-lo, ficou com ele, casou-se e, seis meses depois, levou a primeira surra. Cansada de ser agredida, separou-se dele três anos depois. Sofreu muito pela sua escolha. E ela, Maria, não queria isto, ficar com uma pessoa que sabia ser opressora. É prudente escolher bem. Sabia que amava a sua família, a sua mediunidade e fez um propósito de usá-la somente para o bem.

Jair cansou-se de ficar atrás de Maria, firmou o namoro com a moça que estava saindo e parou de atormentá-la. Por vezes, Maria, ao sentir falta dele e a dor de ter sido preterida, chorava escondido, mas o tempo passa e, costuma-se afirmar e é o que de fato ocorre, passa curando feridas. Nada é para sempre, tudo se renova.

— Irmãzinha — Emiliano tentou consolá-la —, sinto você como uma mãezinha. Talvez já tenha sido. A vida muitas vezes nos apresenta escolhas. Triste seria para todos nós vê-la sofrer se tivesse escolhido ficar com Jair. O "se" tivesse atendido os familiares, o bom senso, iria com certeza aumentar seu arrependimento. Ainda bem que você foi sensata. Não seria uma fatalidade se sofresse com Jair, seria por sua escolha. Amo-a!

— Eu também amo você, meu irmão calado!

Riram.

CAPÍTULO 11

DECISÕES

Lauricéa terminou o terceiro ano do ensino médio, procurou um curso para fazer, não encontrou nada que lhe agradasse.

— Não sei o que fazer. Enquanto isto, cuido da casa.

Informou-se sobre diversos trabalhos.

Querendo ajudar a irmã, que ainda estava reclusa, ia somente às atividades no centro espírita, nos trabalhos de desobsessão e passes, para fazê-la sair.

— Vamos a uma outra casa espírita, numa reunião de jovens — convidou e insistiu Lauricéa com a irmã.

De tanto insistir, Maria concordou, e as duas foram. O encontro era domingo pela manhã, às nove horas. Foram bem recebidas: três jovens da casa espírita que frequentavam lá estavam. O grupo era alegre e otimista. Havia crianças e jovens de treze a vinte e cinco anos e, após a oração, planejaram o que iam fazer na reunião seguinte. As duas irmãs gostaram muito, tinham aula para aprender a dar palestras, para os mais velhos, e aulas da Doutrina para os mais jovens. O grupo, todo primeiro domingo do mês, saía para distribuir alimentos e, nesta distribuição, eles conversavam com as pessoas, ouviam seus problemas e depois tentavam ajudá-las; quando precisavam de ajuda, a diretoria os auxiliava.

O grupo era alegre: cantavam, tocavam instrumentos, conversavam e trocavam ideias.

Um jovem, dos mais velhos, dava aulas para a turma dos mais novos, era Gilberto, que, assim que viu as duas irmãs, olhou interessado para Maria. Porém ela não queria se envolver com ninguém, pelo menos por enquanto.

Lauricéa não deixava a irmã faltar, aqueles encontros estavam fazendo muito bem a ambas.

Lauricéa quis aprender a dar aula para as crianças, para a turma da Evangelização Infantil e, quando deu a primeira aula, sentiu que era isto que queria, trabalhar com crianças.

Gilberto acabou pedindo ajuda para Lauricéa para que Maria o notasse, estava interessado nela, que não lhe dava atenção. Lauricéa contou em casa, e todos concordaram que Gilberto era o par perfeito para ela.

— Não somos nós que temos de achar; é você, Maria — opinou Emiliano.

Falaram para Maria as qualidades do moço, e ela acabou por prestar atenção nele, então passaram a conversar, a sair e a namorar.

— Nada como um amor para substituir outro — Ana estava aliviada.

— Maria — Emiliano a aconselhou —, todos nós gostamos de Gilberto, ele é educado, bom profissional, é bonito e, tendo a mesma religião, tem tudo para se entenderem. Porém não somos nós que iremos conviver com ele, mas você. Orei e quis muito que não ficasse com Jair porque senti que ele iria fazê-la sofrer. Espero que você tenha se esquecido desse ex-namorado, mas, se não o fez, esforce-se, porque com ele você não seria feliz. Sinto, minha irmã, que você escolheu ser médium para se acertar com o seu passado. Médium tem problemas, dificuldades, mas estas são mais solucionáveis, porque, fazendo o bem, recebe ajuda. É ajudando que se é ajudado. Se você tem dúvidas e se não conseguir pelo menos querer bem a Gilberto, não o iluda, não se deve ser irresponsável, mas sim respeitar os sentimentos alheios.

— Emiliano, você deveria falar mais; quando o faz, como agora, diz coisas tão importantes...- observou Lauricéa

Emiliano sorriu, a irmã lamentou:

— Não entendo por que você fala tão pouco!

— Realmente prefiro ficar mais tempo calado, todos nós deveríamos usar melhor a linguagem. Talvez você tenha sido a causa disto.

— Eu como? — Maria indagou.

— Não sei — respondeu Emiliano. — Falei por falar, veio à minha cabeça. Vamos voltar ao assunto: peço-lhe, mãe, ou melhor, irmã, que não reate o namoro com Jair, seria difícil para mim vê-la sofrer.

De fato, o espírito de Emiliano, talvez por estar concentrado tentando ajudar a irmã, teve um lance do passado. Realmente tudo fica na memória espiritual.

— Obrigada, Emiliano — Maria agradeceu. — Não reatarei com Jair; depois, penso que ele desistiu, namora outra, me contaram que vão casar. Preciso pensar em Gilberto e no que tenho de fazer.

De fato, Maria pensou, repensou, então decidiu conversar com Gilberto e terminar o namoro. Todos na casa ficaram aborrecidos. Maria concluiu que ele era boa pessoa, mas para ela não bastava.

Encontrou-se com ele e disse que não queria mais namorá-lo. Gilberto escutou calado e não insistiu.

Nos encontros de domingo, ele participava como sempre, alegre; ia dar sua aula e não retornava a se reunir com o grupo como de costume, ia embora. Maria sentiu o afastamento do moço e por ele ter concordado facilmente com o término do namoro. Ele passou a evitá-la, mas continuou agradável e educado. Maria notou que Clarisse estava interessada nele e fazendo de tudo para chamar a atenção de Gilberto; ela sentiu e, ao chegar em casa, chorou.

— Mas chorando de novo? Você, Maria, irá derreter ou se afogar em lágrimas — reclamou Tobias.

— O que aconteceu? — Ana preocupou-se.

— É que Gilberto... — chorou alto.

— Maria terminou o namoro com ele — contou Lauricéa —, isto todos nós sabemos. Gilberto aceitou numa boa; claro, ele é culto, inteligente, sabe bem perder e o faz com elegância. Temos visto ele pouco, que não vai aonde sabe que Maria estará; nos encontros dos domingos, ele chega no horário, participa da oração, cumprimenta todos, vai dar aula e não tem retornado ao grupo. É que a Clarisse...

— Aquela metida! — interrompeu Maria.

— Você não pensava isso antes dela — Lauricéa continuou a contar. — Clarisse se interessou por Gilberto. Claro, ela não é boba, está vendo nele as qualidades que possui e, o vendo sem namorada, se candidatou e partiu para a conquista.

— E ele? Gilberto a notou? Está interessado? — perguntou Ana.

— Notou sim, todos nós notamos. Se está interessado, não sei, ele é discreto — respondeu Lauricéa.

— O que você falou para ele quando terminou? — perguntou Emiliano.

— Que não sabia se queria namorá-lo, que talvez eu precisasse ficar sozinha. Como ele não falou nada, eu completei:

"Vamos terminar o namoro?". Ele respondeu: "Sim". Estávamos sentados num banco da praça; ele se levantou e, sem dizer nada, me acompanhou até em casa e se despediu com um "tchau".

— Talvez ele estivesse querendo isso — observou Tobias.

— Não penso assim — opinou Lauricéa —, todos nós do grupo da mocidade sabemos o tanto que Gilberto estava interessado em Maria. Ele aceitou porque não encontrou outra alternativa, não se deve insistir nem forçar alguém a ficar com você.

— Se você se arrependeu e entendeu que quer ficar com ele, vá procurá-lo — aconselhou Tobias.

— Maria — Emiliano se expressou falando vagarosamente —, preste atenção no que irá fazer e o faça com certeza. Não se deve brincar com sentimentos alheios.

— É que o quero mesmo, é ele. Será que devo ir atrás dele? Mas o que irei falar? — Maria estava insegura.

— A verdade — Lauricéa era positiva. — Diga que se enganou, que bastou ficar longe dele para entender que quer ficar perto, que quer namorar com ele novamente.

— E se ele não quiser? — Maria voltou a chorar.

— Aí pode chorar mesmo, mas, enquanto isso, não o faça sem saber a resposta dele — falou Tobias. — Procure por ele, diga o que sente e espere a resposta. Gilberto é muito honesto; se for "não", é "não" mesmo. Se for "sim", reatarão o namoro.

— Estou com medo de tentar — Maria se lamentou.

— Se não teve para terminar, não deve ter para procurá-lo — disse a mãe.

— Maria — Emiliano voltou a falar —, vá e faça o que tem de fazer, nunca devemos desistir antes de tentar.

Depois do almoço, Maria, incentivada por todos, telefonou para Gilberto. O telefone era um luxo, Tobias comprara mais pelo trabalho de Ana. Gilberto também possuía um em sua casa, ele morava com os pais.

Gilberto tivera poucas namoradas, não se firmara com nenhuma. Era de família espírita, amava a Doutrina, dedicou-se muito ao estudo, ao trabalho, participou da Evangelização Infantil, depois da Mocidade Espírita e, após, ficou no grupo dando aulas, gostou demais. Quando viu Maria, sentiu algo diferente, soube logo quem era e do seu namoro desastroso. Interessou-se mais por ela quando passaram a conversar. Foi então, numa noite, que sonhou que se vestia como padre e que conversava com Maria. No sonho, confuso, viu uma criança. Acordou e ficou o dia todo pensando no sonho. Já haviam lhe dito que ele fora padre em outra vida e que sentiu muito medo da Inquisição, que fora bom, mas que cometera um pecado grave, ou seja, um erro que causou dificuldades para outra pessoa. Conhecendo o Espiritismo, sabia que tivera muitas encarnações. Concluiu, após pensar muito no sonho, que com certeza já estivera com Maria, que a amara e que, infelizmente, fizera algo a ela que não deveria ter feito. Mas não foi por isso que se aproximou dela, foi por atração; depois gostou dela. Percebeu que Maria estava diferente e, quando ela terminou o namoro, sentiu, mas entendeu que talvez a moça não o tivesse perdoado no passado ou de fato não o queria. Aceitou calado, sabia que o outro namorado dela a havia perseguido. Resolveu esquecê-la, afinal não namoraram por muito tempo. Não querendo deixar de ir aos encontros de que tanto gostava, aos domingos, resolveu ir pelas aulas que dava. Notou que Clarisse o estava assediando e não sabia o que fazer.

Os familiares rodearam Maria, a irmã pediu o número para a telefonista e, após, deu o telefone para Maria. Quem atendeu foi Gilberto, que esperou depois do "alô". Lauricéa chegou a cutucar a irmã.

— Fale!

— Oi, Gilberto, sou a Maria. Queria falar com você.

— Preciso! — Lauricéa voltou a cutucá-la.

— Podemos nos encontrar no jardim? Às quinze horas, está bem? Certo! Tchau!

— Ele vai! — Maria exclamou alegre.

— Venha se arrumar. E, por favor, fale tudo. Entendeu? — incentivou Lauricéa.

— E se ele não me quiser? — Maria voltou a se preocupar.

— Pelo menos tentou — opinou Emiliano. — Se não der certo, esqueça e parta para outra.

Maria foi ao encontro e os quatro ficaram apreensivos, aguardando.

— Você, Lauricéa, pelo jeito, é casamenteira. Por que não arruma um namorado? Sei de muitos pretendentes — o irmão quis saber.

— Não quero namorar, decidi ficar solteira e já sei o que quero fazer, trabalhar com crianças. Vou pedir emprego para trabalhar numa creche, prestar concurso, fazer um trabalho voluntário no antigo orfanato que agora tem outro nome.

— Maria está demorando — preocupou-se Ana.

— É bom sinal — concluiu o pai. — Se não tivesse dado certo, ela já teria voltado.

Maria foi à praça, sentou-se num banco e aguardou; passados cinco minutos do horário marcado, Gilberto chegou, cumprimentou-a e se sentou ao lado dela. Ninguém falou por segundos e, quando o fizeram, foram os dois juntos.

— Maria!

— Gilberto!

Riram. Maria resolveu falar e o fez se expressando rápido.

— Gilberto, eu me confundi, não queria terminar o namoro e, se você quiser, quero voltar a namorá-lo.

Calou-se, não teve coragem de olhar para ele, que permaneceu calado. Maria pensou que não dera certo e não sabia o que fazer.

— Maria! — Gilberto exclamou tranquilamente. — Maria! Se é assim, podemos retomar o namoro.

— Sim! — Maria olhou para ele.

Deram as mãos e se beijaram.

Gilberto, quando recebeu o telefonema de Maria, esforçou-se para acreditar. Foi ao encontro e, ao vê-la, seu coração bateu forte, era isto o que queria. Quando ele viu Maria pela primeira vez, sentiu necessidade, e forte, de acolhê-la e protegê-la. Gilberto não tinha mediunidade ostensiva, mas, espírita de berço, aprendeu a sentir as sensações alheias. Sentia, desde pequeno, que tinha de proteger alguém, pensava serem os pais, era muito bom filho, porém seus pais não precisavam de proteção. Reatado o namoro, sentiu que era Maria quem deveria proteger.

Que abençoada oportunidade que a reencarnação nos dá! Cada volta nossa ao corpo físico é uma existência, que muitas vezes pensamos ser a única. Mas, como os personagens acreditavam em reencarnação, que de fato é um período que temos para nos provar que somos capazes, que iremos fazer o planejado e, sabendo que podemos nos encontrar com afetos e infelizmente com desafetos, e que podemos resolver as pendências mal resolvidas, é consolador e gratificante. Bem-aventurados os que conseguem fazer o que planejaram! Gilberto planejara, nesta sua volta ao Plano Físico, fazer o bem e ser honesto. Por merecimento, pôde ter pais espíritas, porque desiludira-se muito com a religião quando fora padre e consigo mesmo, por ter errado, ter prejudicado Maria. Anteriormente, em sua encarnação passada, quando padre, no convento, ao saber da prisioneira, tentou ajudá-la, mas não conseguiu. Ele a amou e a estuprou. Ao vê-la nesta encarnação, sentiu que devia isto àquele espírito, amá-la e protegê-la. Pelo seu livre-arbítrio poderia se recusar, ele não planejara esta tarefa e, com certeza, Maria, nesta encarnação, não precisaria de proteção, tudo era diferente da época do convento.

Quando ela rompeu o namoro, Gilberto sofreu, porque entendeu que a amava, porém não insistiu, resolveu esquecê-la. Agora, namorando novamente, ele refez seus votos, iria sempre proteger Maria.

A jovem voltou para casa muito alegre. Foi um alívio para os familiares ver os dois juntos. Quando ela entrou, os quatro, que a esperavam, quiseram saber o que acontecera, e ela contou. Emiliano novamente surpreendeu falando compassadamente:

— Maria, eu a amo, como amo todos vocês. Você esteve num conflito do "se". "Se" eu fizesse isso ou aquilo. Escolheu o certo. Se você optasse por ficar com Jair, teria escolhido um caminho difícil. A decisão seria sua e com certeza teria muito do que se arrepender. Depois, nova indecisão: ficar ou não com Gilberto. Se não ficasse, aí não teríamos como saber o que este "se" lhe traria. Ficar com Gilberto, com toda certeza é o "ainda bem". Agiu certo, irmãzinha.

Tudo certo com Maria, mais um problema resolvido. Ela continuou indo à casa espírita e voltou a trabalhar; no domingo, ia contente com o namorado ao encontro da mocidade e o infantil.

Emiliano estava rodeando muito os pais. Ana, que conhecia o filho, sabia que ele queria comunicar alguma coisa. Aproveitou que naquele dia os cinco estavam jantando e ninguém tinha compromisso, então pediu:

— Meu filho, você quer conversar conosco? O que quer nos dizer? Por favor, fale!

Lauricéa ia falar; a mãe, com um gesto, impediu. Emiliano estava concentrado, todos olharam para ele, que falou:

— Queria estudar medicina!

Lauricéa novamente quis opinar, mas Ana a impediu.

— Por favor, filho, fale — rogou a mãe.

— Penso que, para isso, terei de sacrificar todos. Eu...

— Fale logo! — ordenou Tobias.

— Entrar numa universidade pública de medicina não é fácil. É muito difícil! Sem possibilidade de cursar numa particular, o curso é caríssimo. Para ter chance de passar, o melhor seria estudar, fazer o ensino médio numa escola particular e estudar muito.

— É somente isso? Por que não falou logo? — Tobias se sentiu aliviado. — Não será sacrifício! Ana e eu sempre tratamos vocês três igual. Maria não continuou a estudar porque não quis, escolheu costurar com a mãe. Lauricéa ainda não sabe o que quer, porém, se ela decidir cursar uma faculdade, teremos como pagar. Penso que suas irmãs não se importarão se você continuar estudando. Ganho agora melhor, sua mãe está bem, e podemos pagar para você uma escola particular.

Emiliano sorriu aliviado, as irmãs palpitaram.

— Irá para a melhor escola!

— Deve continuar seus cursos de idiomas em outra escola que seja excelente.

— Que bom você querer estudar. Será médico! — Ana se emocionou.

Emiliano se sentiu aliviado e estava contente; calado, os escutou fazerem planos. Decidiram: Emiliano estudaria numa boa escola particular e estudaria em outra escola de idiomas.

Mesmo com a despesa aumentando, a família estava tranquila, Tobias recebera de herança a casa em que moravam, e o ateliê de costura de Ana estava muito bem. Tobias se orgulhava dele por querer estudar.

Emiliano era tranquilo, todos o queriam bem: era educado, atencioso, ia ao centro espírita tomar passes, gostava de assistir palestras. Recusou-se a ir aos encontros de domingo. Passou a estudar muito.

Lauricéa pediu para fazer um trabalho voluntário numa creche, gostou e encontrou o que queria fazer: trabalhar com crianças e, de preferência, com problemas.

Prestou concurso, passou e pediu, escolheu, para trabalhar numa creche na periferia, local de muita pobreza. Dedicou-se a esse trabalho, sentiu que era aquilo que tinha de fazer.

— Não sou médium em potencial, quero fazer o bem e entendi que não precisa ser com a mediunidade. Que benção maravilhosa é ganhar a vida, ter um trabalho remunerado que resulte em melhorias para as pessoas! Senti interiormente que é isto que tenho de fazer: ajudar crianças e suas famílias.

Lauricéa afastava todos os pretendentes de namoro. Falava com certeza:

— Nesta encarnação não quero casar, não quero ter filhos!

— Por que, filha? — a mãe queria entender.

— Não sei. Penso que deve ser sofrido ter um filho roubado.

— Não entendo. O que tem uma coisa a ver com a outra? — Ana realmente não a entendia.

— Deixe isso para lá! — a mocinha suspirou. — O que quero é fazer o que tenho vontade. Talvez se casar não consiga. Mamãe, ontem eu estava orando, abri aleatoriamente *O livro dos médiuns* e li: "Mas lembrai-vos que o Cristo não considera seus discípulos os que têm a caridade nos lábios. Não basta crer, é necessário, sobretudo, dar o exemplo da bondade, da benevolência e do desinteresse. Sem isso, a vossa fé será estéril para vós".[1]

Lauricéa e Ana suspiraram. Ana, desde que lera, estudara, *O livro dos médiuns*, de Allan Kardec, e que este passara a ser seu livro de cabeceira, costumavam, ela e Maria, lerem-no e comentá-lo. Tinham três exemplares pela casa.

Lauricéa passou a trabalhar, Emiliano a estudar, e Maria a namorar firme Gilberto. Jair casou-se e não o viram mais. Tobias continuou firme no seu trabalho. Ana, no seu ateliê de consertos e reformas de roupas, orgulhava-se de dar empregos.

---

1 N. A. E.: O trecho lido está no capítulo 31, "Dissertações espíritas", item 1.

O casamento de Maria foi muito bonito, casaram-se no civil, e um amigo deles, espírita, falou por alguns minutos da importância do casamento e fez uma linda oração no final. A cerimônia foi num salão de festas, onde recepcionaram parentes e amigos.

Os recém-casados foram morar numa casa perto dos pais dela, Maria continuou trabalhando com a mãe. O casal estava muito feliz.

CAPÍTULO 12

APRENDENDO A SERVIR

Lauricéa se entusiasmou com seu trabalho, pegava o ônibus pela manhã, saía de casa às seis horas e trinta minutos. Seu horário para ir embora era às dezessete horas. Almoçava na creche, porém raramente fazia seu horário de almoço e saía após as dezessete e trinta, que era o horário máximo dos responsáveis pegarem as crianças. Mas algumas pessoas que as buscavam atrasavam, e era Lauricéa que as esperava. A maioria dos funcionários da creche tinha compromisso, e ela, por não ter, ficava. A filha de Ana não criticava seus colegas, alguns ali estavam pelo salário e faziam apenas o que era para fazer; outros se dedicavam e amavam as crianças, e foi com este grupo que se afinou, fez amizade. Gostou demais do trabalho, cuidava com carinho das crianças, e estas gostavam dela.

— Tia Lê, me dê um abraço?

— Tia Lê, quero água!

O tempo todo era alguém a chamando, estava sempre atenta e aproveitava para auxiliar alguém.

Uma mocinha de catorze anos levava a filhinha e a buscava. Lauricéa sentiu necessidade de conversar com ela. Uma criança já mãe de outra. Quis saber o que acontecia com a garota e a chamou para conversar.

— Fique aqui um pouquinho — Lauricéa convidou a mocinha. — Enquanto troco as fraldas, podemos conversar.

Assim, Lauricéa ficou sabendo que a garota morava com a genitora, que a mãe era separada e que elas não tinham notícias do seu pai.

— Tia Lê — ela também a chamava assim —, eu não presto. Mamãe não acha isso, e ela está sempre me aconselhando a agir corretamente, mas eu não consigo. Sou uma tarada, compulsiva por sexo. Aos dez anos estava entre os meninos. Tive tantos parceiros que não sei quem é o pai de minha filhinha — a garota chorou. — Sei que ajo errado, mas não consigo agir correto. Agora faço programas, faço porque necessito, não de dinheiro, mas de sexo. Sou um caso perdido.

— Não, você não é um caso perdido — afirmou Lauricéa. — Vou tentar ajuda para você.

E tentou: conversou com uma psicóloga que atendia pela prefeitura e com um médico do posto de saúde e eles atenderam a garota, que tomou remédios e fez terapia. A filha de Ana pediu ajuda para a garota no centro espírita e lá disseram que ela não era obsediada, mas que estava sempre acompanhada de desencarnados afins, que a compulsão dela era reflexo do seu passado. A mocinha não trabalhava, a mãe dela era empregada doméstica, e ela levava a filha à creche para ser cuidada, porque dizia não ter paciência. Ao engravidar, parou de estudar. Fez o tratamento e gostava de conversar com Lauricéa. Um dia se despediu, informou que ia embora da cidade, ia ser prostituta numa cidade grande. A avó da menininha, ela estava com um ano e dois meses, passou a levá-la. Dois meses depois, a mãe da menininha, a mocinha, voltou à creche, contou que a mãe estava com câncer e que, não podendo cuidar de sua filha, voltara para acertar a documentação para a adoção, porque ia doá-la. A menininha continuou a ir à creche por mais três meses e foi adotada. A última vez que a avó a buscou, despediu-se de todos, agradeceu a Lauricéa e falou que estava triste por se separar da netinha, porém sabia que era o melhor para ela ser adotada, porque ela não estava bem e marcara o dia para ser internada num hospital.

Lauricéa quis saber da mãe da menininha. A avó contou:

— Minha filha afirma que está bem, feliz, está me mandando dinheiro, porque não estou conseguindo trabalhar mais. Falou que não quer ter mais filhos e que é para eu não me preocupar mais com ela.

— Mas a senhora está preocupada?

— Sim, preocupo-me com minha filha. Resolvi o problema de minha neta e não tenho mais o que fazer pelas duas. Se não estivesse doente, iria criar minha netinha, mas não estou bem de saúde, com certeza irei morrer logo, e espero que Deus tenha piedade de minha alma.

Lauricéa ficou com pena daquela senhora e não a viu mais, mas desejou que aquela criança fosse para um bom lar.

A primeira vez que Lauricéa ficou na creche, dormiu lá, foi num sábado. A creche ficava aberta até as catorze horas, a mãe de três crianças não fora buscá-las e a filha de Ana ficou lá com as três. Um funcionário foi atrás da mãe, encontrou a casa fechada, e os vizinhos informaram que ela tinha viajado, fora com um grupo passar o final de semana na praia.

Lauricéa avisou em casa e ficou na creche, as três crianças gostaram. A funcionária pegou roupas que estavam no armário, havia poucas e eram para uma emergência, pois as doações que recebiam eram repassadas. Quando abriu a mochila das crianças, encontrou um bilhete, e para ela, dizia: "Tia Lê, preciso mesmo sair um pouco, cuide dos meus filhos para mim".

Lauricéa tentou distrair as crianças e deu resultado, elas gostaram muito e dormiram todos juntos no salão de descanso. No outro dia, domingo, ela fez mamadeiras, e eles se alimentaram. Ana foi e levou o almoço e roupas para a filha.

— Lauricéa — perguntou Ana —, não era preferível você levá-las para nossa casa?

— Não, mamãe, não posso fazer isso, não tenho como tirar as crianças daqui.

Lauricéa até pensou nessa possibilidade, mas, para tirá-las da creche, teria de ter permissão; depois, compreendia que não deveria criar vínculos nem envolver sua família nos problemas da creche.

Passaram bem o domingo; à noite, o maiorzinho, de quatro anos, comentou:

— Gosto mais de ficar aqui que na casa de Ivone.

— Quem é Ivone? — Lauricéa quis saber.

— É a mulher que mora perto de nossa casa, ela fica conosco para mamãe trabalhar à noite.

Na segunda-feira houve comentários dos funcionários, e a diretora comunicou o Conselho Infantil; duas pessoas foram, souberam o que ocorreu e ficou determinado que, se ocorresse novamente, as crianças iriam para o abrigo.

Um funcionário da creche foi à casa delas e encontrou a mãe dormindo; ele avisou que, se ela não fosse logo à creche, a polícia seria chamada e a levaria.

A mulher apareceu e foi conversar com a diretora, que lhe deu um sermão. Ela, após, esperou no pátio para levar os filhos embora. A mulher foi acompanhada de uma amiga.

Lauricéa foi conversar com elas.

— Obrigada, tia Lê, por ter ficado com meus filhos.

— Por favor — pediu Lauricéa —, me conte. O que aconteceu?

— Você pergunta, quer saber, diferente da diretora, que me ameaçou e ficou brava comigo — queixou-se a mulher.

Lauricéa pensou que a diretora tinha razão, mas resolveu tentar entendê-la. Veio à sua mente:

"Deixam os filhos, os vendem, se iludem que ficarão melhores e, se não ficam, cobram."

— Poderei entendê-la se souber o que aconteceu, talvez possa ajudá-la — disse Lauricéa.

— Conte você para ela — a mãe das crianças pediu para a amiga que a acompanhava.

— Minha amiga não tinha sorte no amor. Ela tem três filhos, e um de cada pai. Dois pais sumiram, ela não sabe deles; o da menina, a do meio, está preso, foi condenado a vinte e três anos de prisão. Agora ela está apaixonada por um homem que não quer dividi-la com os filhos. Ela os traz à creche e, depois que os busca, os leva à casa de uma vizinha, onde eles dormem. Ela trabalha num bar à noite, e ele não quer que ela trabalhe nem os filhos dela. Este homem quer mudar de cidade, ir para longe, levá-la, mas somente ela.

Lauricéa não conseguia entender uma mãe deixar os filhos por causa de alguém, de um homem.

— O que você decidiu? — Lauricéa quis saber.

— Vou com ele, com o amor de minha vida — a mulher respondeu tranquila.

— Deixar os filhos?! — a filha de Ana espantou-se.

— Sempre tem alguém para cuidar deles. Não posso me sacrificar por eles, que logo crescerão e não irão me querer, e aí estarei velha para arrumar alguém.

— Filhos são para sempre, amores passam — disse Lauricéa.

Ela escutou calada, e a funcionária da creche voltou a falar:

— Dê seus filhos para adoção, eles terão um lar; se os abandonar irão para um abrigo. Se doá-los, não terá mais direito a eles.

— Crianças dão trabalho. Meu homem tem três filhos, ele às vezes dá dinheiro a eles. Se ele por mim abriu mão dos filhos, posso fazer isto por ele.

— Você não ama seus filhos?

— Amo mais a ele — afirmou a mulher.

— O melhor que tem a fazer é doá-los; se não quer ser mais mãe, deixe que outra mulher seja. Se abandoná-los, eles ficarão no abrigo.

— Lá é ruim? — perguntou a mãe.

— Não é, mas não é um lar.

— Comigo, eles não têm lar — a mulher concluiu.

— Posso fazer isso? Arrumar tudo para você doá-los? — Lauricéa quis ouvir a afirmação daquela mãe.

— Sim, por favor, faça isso por eles.

Naquele dia, ela os levou e, na manhã seguinte, as crianças contaram que ficaram na casa da Ivone.

Lauricéa conversou com a diretora, que a autorizou a resolver o problema daquelas crianças. Ela foi à Vara da Criança, e eles marcaram uma entrevista com aquela mãe. Por duas noites, naquela semana, Lauricéa dormiu na creche com as três crianças.

A mãe estava apressada, ia embora e queria deixar tudo acertado, não buscou mais os filhos, e eles foram levados para o abrigo. Assinou a documentação. Uma ex-vizinha dela, que levava dois filhos à creche, contou que ela se despedira de todos com uma grande festa e que foi embora alegre.

Lauricéa sentiu falta das três crianças e sábado à tarde foi ao abrigo visitá-las. Lá tinha poucos funcionários, principalmente sábado e domingo, e muito trabalho. Ficou até tarde ajudando, voltou no domingo e passou a ir todos os finais de semana. Ia como voluntária e fazia companhia às três crianças, que, nos primeiros dias, estavam assustadas; depois se adaptaram e não se falava em doação. Lauricéa tinha pena deles e queria que fossem adotados. Resolveu conversar com a juíza e expor para ela o problema do abrigo.

— Senhora, as crianças pequenas são adotadas; as maiores, é difícil. O tempo passa rápido, e estas três crianças logo estarão maiores. Convido a senhora para ir visitar a casa-abrigo. Lá todas são cuidadas, têm o que precisam para tomar banho, roupas, alimentos, vão à escola, recebem carinho e atenção, mas não têm lar. Sei que a senhora tem de seguir as leis, normas, mas será que não pode fazer algo para estas crianças serem adotadas?

— Muitas crianças estão lá provisoriamente, mãe ou pai presos, ou doentes, que os deixam lá por um período e não querem doá-los. Há tempos queria ir lá, irei agora. O problema dessas três crianças é que a mãe pode se arrepender e querê-las de volta.

— A senhora não pode saber notícias dela? Esta mulher estava convicta quando assinou os papéis da adoção — contou Lauricéa.

— Poderei tentar. Posso pedir, para o delegado da cidade em que foi morar, notícias dela. Você sabe o nome da cidade?

Lauricéa deu as informações.

A juíza visitou o abrigo; após, chamou alguns pais de crianças e verificou se os internos tinham algum parente que pudesse ficar com eles, deu certo com cinco, e a assistente social iria visitá-los para ver se tudo estava em ordem. Fez uma campanha discreta para que as crianças maiores fossem adotadas. Deu certo, e ela adotou uma menina de oito anos. Permitiu que casais do mesmo sexo adotassem e também solteiros. A juíza teve notícias da mãe das crianças, ela estava bem. Resolveu que seriam adotadas e deu preferência a uma família que adotasse os três, para que os irmãozinhos ficassem juntos. Conseguiu. Lauricéa alegrou-se ao conhecer o casal, eles não tinham filhos e ganharam três de uma vez. Lauricéa despediu-se deles com abraços e os aconselhou que ficassem unidos e amassem os novos pais.

— Eu vou ter papai! Queria tanto um! — exclamou o mais velho, que estava com cinco anos.

Com as três crianças e outras adotadas, o abrigo ficou com poucos internos. Lauricéa passou a ir dois finais de semana por mês.

Dois irmãos, uma menina de dez anos e o irmãozinho de oito anos, foram para um lar onde o casal ficaria com os dois por alguns meses e, se tudo desse certo, os adotariam. A menina era uma criança dedicada e protegeria o irmão de tudo e todos. Eles estavam no abrigo havia três anos. Eles não sabiam do pai; no registro civil deles tinha somente o nome da mãe, que os criara com dificuldades, mas a mãe adoeceu e faleceu, desencarnou. O menino tinha deficiência visual, usava óculos, e também mental. Ele era levado e a irmã estava sempre ajudando, protegendo. Foram felizes para o lar provisório e cinco meses depois retornaram. O menino parecia alheio, não se importava com a volta, mas a menina chorou muito. Contou para Lauricéa:

— Estava muito bom, dormíamos no mesmo quarto, ganhamos roupas, brinquedos e tínhamos alimentos à vontade. Mas eles, o casal, não entenderam que meu irmão é especial. Eu fiz de tudo para meu irmãozinho se comportar. Mas ele é desastrado, quebrou coisas, estragou outras, não queria obedecer. O casal falou que queria ficar comigo, mas não com ele. Voltei com meu irmão. Nós dois somos a família que restou. Se mamãe não tivesse morrido, estaríamos com ela. Não irei abandoná-lo. Queria muito ficar naquela casa, mas não pude ficar sem ele. Foi uma pena!

Lauricéa passou então a cuidar deles, ajudá-los, dava presentes e conversava ou os escutava. Quando o menino fez dezesseis anos, os dois saíram do abrigo, foram morar numa casinha, e ela arrumou emprego. Lauricéa admirou a coragem e a determinação da menina e os visitava, sempre esteve presente quando os dois precisaram. A mocinha casou, e o irmão continuou com ela, sempre lhe dando preocupações. Ele desencarnou com trinta anos. A irmã se sentiu em paz, fez por ele o que deveria ter feito.

Uma mãe chegou na creche apavorada. Disse que o pai de seus dois filhos queria levá-los embora do país. Ela o conhecera numa festa, ele era estrangeiro; namoraram, casaram, tiveram dois filhos e agora ele queria voltar ao seu país e levar as crianças. A mãe ficou na creche e não sabia o que fazer; o pai foi buscar as crianças. Foi impedido de entrar e ameaçou, parecia estar armado, mas chamaram a polícia, e ele não estava. A polícia levou a mãe e os filhos para um lugar seguro. No outro dia, o pai voltou, não queria acreditar que os filhos não estavam lá. Ele havia comprado as passagens, iria embora no sábado e era quinta-feira. O homem queria encontrá-los. Ele foi embora quando ameaçaram chamar a polícia. A mãe, com medo, mudou-se com os filhos para longe e rogava a Deus para o ex-marido não voltar e levar seus filhos.

Lauricéa se preocupou porque sabia de muitos casos em que ocorria esse fato, principalmente de pegarem os filhos e irem para longe, às vezes para outro país. Orou por todos, para o pai não voltar, não encontrá-los e não levá-los.

Em casa, os pais e os irmãos se preocupavam com Lauricéa, e ela estava sempre escutando que precisava se distrair, passear, arrumar um namorado e casar.

— Já falei a vocês — repetia Lauricéa — que não quero casar, não quero ter filhos, que preciso fazer alguma coisa que me dê paz. Penso que reparo meus erros, atitudes indevidas do meu passado. Faço com amor. Vocês, Maria e mamãe, são médiuns, trabalham com a mediunidade, fazem atos bons, penso que também estão acertando contas, ou seja, reparando erros. Não quero casar e desviar de algo que tenho de fazer; tenho porque me é devido, tenho porque, quitando minhas dívidas, me sentirei livre e, depois, faço o que gosto.

Sentindo que estou quite com minhas atitudes equivocadas, na próxima encarnação, com certeza casarei e terei filhos. Por enquanto, cuido dos filhos alheios.

Os filhos de Maria, um casal, eram sadios, lindos; ela e Gilberto se davam bem e iam todos os domingos aos encontros de jovens; Maria ia ao centro espírita três vezes por semana. Ana e Maria estavam bem no ateliê de consertos de roupas, consertavam para a assistência social as roupas que ganhavam e faziam muitas para a creche e o abrigo.

Lauricéa gastava pouco seu salário, então ajudou nos estudos de Emiliano e comprava tecidos para a mãe e a irmã costurarem; ela gostava de presentear a família e os amigos, que eram quase todos colegas de trabalho; comprava poucas coisas para ela e, com o restante de seu salário, adquiria roupas e brinquedos para as crianças da creche e do abrigo. Quando Emiliano se formou e parou de ajudá-lo, passou a doar mais.

Coincidindo as férias de todos, resolveram viajar, planejaram ficar dez dias numa cidade praiana. Foi muito prazeroso. Por mais que convivessem com Emiliano, foi na praia que as irmãs perceberam como ele estava magro. Comentaram com a mãe, que afirmou que Emiliano sempre fora magro, mas sadio. Foi um passeio maravilhoso, muito agradável, era a primeira vez que Lauricéa viajava; nas suas férias, ficava em casa ajudando a mãe e ia mais ao abrigo como voluntária.

Lauricéa foi colecionando histórias, tanto da creche quanto do abrigo. Quando achava que uma criança poderia ser adotada, ela ia até a juíza e tentava ajudar. Alegrava-se dando novos lares às crianças.

Foi depois de quinze anos de trabalho que Lauricéa comentou com a mãe:

— Parece, mamãe, que me encontrei com uma pessoa, um espírito, esta noite, não sei se dormia ou se estava acordada. Eu estava fazendo contas, mas não era com números, mas casos, fatos, e eu não tinha mais nada para acertar. Será, mamãe, que eu paguei pelo meu trabalho a dívida dos meus erros?

— Penso que sim. Eu também me sinto quite comigo fazendo o bem com a mediunidade. Que oportunidade abençoada que estamos tendo! Que bom que aproveitamos! Bendito seja Allan Kardec pela obra *O livro dos médiuns*. Será, filha, que agora não dá para você trabalhar menos?

— Não dá. Não quero parar. Entendi que gosto do que faço e, enquanto puder, quero fazer. Mamãe, muitas pessoas não entendem meu modo de viver, mas eu estou bem, sinto paz, parece que desejei, que queria ajudar pessoas; agora posso e faço.

Ana entendeu, ela também trabalhava há anos no centro espírita, amava os trabalhos de orientação a desencarnados e não queria parar. Pensava sempre: "Se eu fosse um desencarnado e estivesse vagando, era o que iria querer: ser orientado. Se tivesse agido errado: ser convencido a acertar. Se tivesse obsediando alguém: entender que precisava perdoar por necessitar de perdão". Isto para ela era muito importante, gostava, amava fazer parte do trabalho de desobsessão.

Lauricéa estava sempre atenta aos dias que ia ao abrigo: conversava com os adolescentes, escutava-os e aconselhava; dava carinho para os pequenos; e estava sempre prestando atenção aos que poderiam ser adotados.

Na creche também, se notasse que alguma criança estava com sinais de maus-tratos, ela ia saber o que estava acontecendo. Foram muitas as vezes em que, após sair da creche ou no sábado, ia à casa delas. Por vezes denunciou pais ou padrastos que surravam mulheres e crianças. Mas antes ia conversar, ajudar a família a se entender.

Lauricéa amava todos na creche, e as crianças a amavam. Ela também auxiliava os colegas de trabalho, emprestava dinheiro, fazia tarefas para outros. Houve abusos, mas, quando isto ocorria, ela pensava: "Antes eu ser enganada do que enganar. Triste é saber que se é abusado, porém são muito mais tristes as consequências que terá o abusador".

Uma vez um garotinho contou para ela que o pai batia na mãe. Lauricéa resolveu ir à casa dele no sábado à tarde. Chegando lá, ouviu gritos, a porta estava aberta, e ela entrou. O marido batia na esposa, e o garotinho estava assustado no canto da sala.

— Pare! Pare já! — gritou a visitante.

— Quem é você e por que entrou aqui? — perguntou, irado, o homem.

Lauricéa, calma, aproximou-se dele e o encarou.

— Pare com essa violência!

— É a tia Lê! — gritou o menino. — A tia da creche!

Lauricéa continuou calma e, o encarando, respondeu:

— Vim visitar seu filho.

Ele jogou a cinta no chão e saiu.

A mulher chorava baixinho.

— Quando a senhora for embora, ele voltará e me baterá mais!

Lauricéa pensou que seria mais triste ainda perguntar se tinha um motivo, não existe nada que justifique alguém surrar o outro.

— Vim aqui para ajudar. Pegue algumas coisas, roupas e vamos para a creche, dormirão lá; na segunda-feira, iremos tomar providências.

A mulher, apavorada, com o rosto ferido, arrumou uma sacola com algumas roupas, fechou a casa, foram para a creche e ficaram lá. Na segunda-feira, foi com ela à delegacia e lá escutou a ofensiva pergunta:

— O que a senhora fez?

— Ele costuma me bater sempre.

Resultado: o delegado ia chamá-lo e conversar com ele. Sabendo o horário que este agressor estaria na delegacia, ela, a mulher e dois funcionários foram à casa que morava e pegaram tudo o que achavam que ia necessitar. Desta vez, com o consentimento dos pais, Lauricéa os levou para sua casa. A mulher avisou sua patroa, era empregada doméstica, que não iria mais trabalhar e ficou ajudando Ana e Maria nos trabalhos domésticos.

O agressor foi procurá-los na creche, então falaram a ele que o filho não iria mais e que ninguém sabia onde eles estavam. Lauricéa receou que ele os encontrasse, mas isto não ocorreu. A mulher se tornou uma boa ajudante e ficou com eles, passou a ir ao centro espírita. Depois de cinco anos, casou-se com uma boa pessoa, mas continuou ajudando Ana.

O que entristecia Lauricéa era que algumas crianças demonstravam a índole má. Escutou de um menininho:

— Quando eu crescer, quero ser bandido! Um traficante!

— Você sabe o que é ser bandido? Um traficante? — Lauricéa se preocupou.

— Bandido é quem toma coisas dos outros, e traficante é quem vende drogas.

Ela se assustou tanto que foi conversar com a diretora.

— Tia Lê — a diretora tentou tranquilizá-la —, criança assimila o que vive, o exemplo que tem. Com certeza esse menininho escutou isso de um adulto. Meu sobrinho repete que quer ser médico e até explica o porquê: "Para salvar vidas, curar pessoas". Mas faz isto porque a mãe fala para ele. Meu filho respondeu, ao ser indagado sobre o que queria ser quando crescesse: "Adulto, oras!". Essa criança fala o que o pai ou a mãe deseja para ele. Essa criança será ou não o que disse a você? Não temos como saber. Espero que não. Entristeci-me quando soube, isto foi há um mês, que um dos garotos que esteve aqui conosco foi assassinado com dezesseis anos porque traficava. Tentamos educar, porém essas crianças que aqui estão por um período conosco receberão a influência dos pais, dos amigos, e do lugar que moram. Mas não pense que muitos seguirão o mau caminho, a maioria serão pessoas boas. Temos que nos alegrar pelos que se dão bem.

Lauricéa prestou mais atenção neste garoto e sentiu quando ele foi para a escola e não o viu mais.

Assim, por anos, Lauricéa fez parte da vida das pessoas como "tia Lê", e ela se sentia bem, tranquila e em paz. Gostava de estar entre as pessoas e ajudá-las, fazia felizmente o que tanto desejara.

CAPÍTULO 13

O TEMPO

Emiliano, desde pequeno, preferia escutar do que falar. Muitas vezes pensava escutar o óbvio:

— Vai chover, as nuvens estão carregadas.

"Claro! Se está evidente, por que comentar?"

Assim era com muitos fatos. Preferia calar-se do que falar o que não precisava. Porém, quando estava interessado, fazia questão de opinar. Sentia-se bem assim, sentia que aprendera a escutar. Se estava na escola com um grupo, ria mais do que falava; de fato, achava engraçado escutar conversas. Quando ele falava, os colegas se calavam e o escutavam. Por estar sempre ajudando, todos o queriam bem e, se ele recebia críticas por este motivo, nem percebeu. Não queria ser ofendido e não era. Quando ocorre isto, por mais que queira alguém ofender, não consegue, porque o alvo não quer receber. Isso ocorria com

Emiliano, entendia todos e justificava: "Ele faz isso porque com certeza escuta em casa"; "O pai dele está desempregado! A mãe, doente!"; "Ela não tem atrativos físicos e talvez para ela isto seja importante".

Como era muito estudioso, atento às aulas, era o que tirava as melhores notas e estava sempre auxiliando os colegas.

Quando uma vez sua mãe o levou ao médico, decidiu que ia ser um, e o sonho foi se solidificando. Quando terminou o ensino básico, entendeu que, se não estudasse numa escola com melhor ensino, não teria chance de passar numa universidade. Pensou muito e observou a situação de sua família. Maria trabalhava com a mãe, ganhava bem, com certeza se casaria com Gilberto e estaria bem. Lauricéa arrumou um emprego e estava muito contente, seu pai comprara um carro e, tempos depois, o trocara por um mais novo. Pensou muito e resolveu contar a eles o que queria fazer.

Sentiu-se aliviado e tudo deu certo. Foi estudar idiomas numa escola conceituada e foi para um colégio particular. Tentou fazer de tudo para não dar mais despesas.

Logo nas primeiras aulas, sentiu que tivera um ensino diferenciado. Estudava muito e estava com dificuldades. Ana percebeu e arrumou duas professoras para lhe dar aulas particulares. Este reforço o ajudou muito, tirou suas dúvidas. No primeiro semestre, Emiliano tirou algumas notas que, para ele, eram baixas; no segundo semestre, não precisou mais de aulas particulares e acompanhou a turma.

Fez amizades, embora não tivesse nenhum amigo ou amiga especial. Costumavam fazer trabalhos em grupo, e a equipe deveria dissertar sobre um assunto . Emiliano então teve uma ideia: ele seria o primeiro a falar e o faria somente sobre o que se tratava; o resto do grupo dissertaria detalhando cada parte. Deu certo, o professor gostou e assim Emiliano ficou encarregado da apresentação. Ele sabia bem fazer um resumo.

Havia namoros na escola, Emiliano se esquivava. Focava no seu objetivo, estudar para passar numa universidade pública de medicina. Foi o aluno que tirou as melhores notas no segundo semestre do segundo ano e recebeu, por isto, metade de uma bolsa. Alegrou-se muito, estava sempre preocupado com o dinheiro gasto com seus estudos. A mãe não queria ele malvestido, lhe fazia roupas; o pai o ensinou a dirigir e fazia questão de ele ir a certos lugares, principalmente quando ia fazer trabalhos em grupos, de carro. Emiliano afastava com delicadeza as interessadas em namorá-lo. Gostava das meninas, mas não queria que nada o afastasse de seus objetivos.

No segundo ano, prestou, na época do vestibular, como treineiro. Havia, na escola, provas que foram aplicadas em anos anteriores, então as pegou e as estudou. Ele achou difícil, principalmente porque necessitaria de muitos pontos para entrar no curso de Medicina. Mas obteve um bom resultado como treineiro.

Não participou da festa de formatura, mas, sim, da entrega do diploma. Sua família foi, e todos estavam contentes.

Naquele ano não conseguiu passar, e todos em casa o consolaram.

— Você, meu filho, fez muitos pontos, passaria em muitas engenharias — observou Tobias.

— Não desanime, meu filho. Faça um cursinho e que seja o melhor! — incentivou a mãe.

— Sinto mais por vocês — lamentou Emiliano.

— Pois não sinta e continue tentando. Você conseguirá! — determinou Lauricéa.

Fez o cursinho, estudou muito, havia terminado os cursos de idiomas, falava e escrevia bem francês, inglês e espanhol.

Emiliano saía pouco de casa: ia tomar passes e assistir palestras no centro espírita uma vez por semana; aos sábados, à noite, acompanhava os pais e Lauricéa ao cinema; às vezes, no domingo, à tarde, ia com o pai pescar. Ia mais para sentir a natureza, o pai costumava ir a um lugar bonito, um rio margeado de árvores, gostava de ficar sentado ou deitado na grama olhando o céu, as árvores, isto o descansava.

Passou, na segunda vez que prestou, na universidade que queria, ia cursar medicina. Continuou estudando muito, mas menos do que no cursinho. Não pagava a universidade, porém no curso havia gastos. Os pais e irmãs não se queixavam, estavam todos contentes por ele estudar.

A família decidiu ir passar uns dias na praia. Emiliano entendeu que de fato precisava descansar. Gostou muito do passeio. Amava sua família, sentia que eram unidos e acreditava quando sua mãe falava que já haviam vivido juntos.

Na universidade, focou nos estudos, saía pouco com os colegas, preferia ficar em casa e ir pescar com o pai no domingo. Todos comentavam que ele tivera sorte de passar na universidade da cidade em que morava e não ter de sair de casa.

Sempre que estudantes podiam fazer algum trabalho voluntário, Emiliano era o primeiro a se inscrever.

"Quero sanar dores!", pensava convicto. "Se anteriormente espalhei dores, quero saná-las".

Não teve contratempos nos seus estudos. Fez amigos, a turma se tornou unida e costumavam se ajudar. Novamente evitou namorar. Mas acabou por prestar atenção numa colega, a Juliana. Ela era especial; como ela era de família pobre, estudara com dificuldades, ganhara uma bolsa de estudos para fazer o segundo grau. Ela morava no alojamento da universidade, pegava livros emprestados, e a turma passou a ajudá-la, três garotas davam roupas e todos lhe davam alimentos e até dinheiro. Esforçada, estudava muito. Emiliano e ela tiveram um relacionamento, porém sabiam que iam se separar quando se formassem e resolveram não assumir um namoro. Ele já tinha decidido o que queria fazer, e Juliana prometera clinicar na cidade em que morava sua família, porque o prefeito e algumas pessoas a estavam ajudando a estudar. Foram ficando juntos. Ele a levou muitas vezes, principalmente aos domingos, para almoçar em sua casa. Ana e Tobias queriam que o namoro se oficializasse, mas isto não ocorreu.

Uma vez eles, os estudantes, estavam a caminho de uma sala de aula, choveu e todos correram. Emiliano chegou ofegante, ele achou que não era normal, mas não comentou. Estava cursando o quinto período. A turma costumava consultar uns aos outros, monitorados por um professor.

— Estou com dor aqui — fingia um colega.

O que consultava fazia indagações, prestava atenção nas respostas, pedia exames e arriscava um diagnóstico. Divertiam-se e aprendiam.

Emiliano disse ao colega que ia examiná-lo:

— Estou com dores na coluna.

Mas, ao verificar a pressão dele, esta estava baixa.

Quando terminou a aula, Emiliano pediu para falar com o professor.

— Mestre, estou de fato com a pressão baixa e meu coração não está com os batimentos corretos.

O professor o examinou e pediu vários exames. Emiliano os fez e, quando ficaram prontos, ele olhou e entendeu que estava doente. Quis saber a opinião do professor.

— Emiliano, você sabe o que tem, não é? — o professor quis saber a opinião dele.

— Sim, senhor.

— Com certeza você nasceu com essa deficiência no coração. Terá de tomar medicação para a pressão arterial, para que esta fique normal, e outro remédio para seu coração.

— O que me aconselha? — perguntou Emiliano.

— Pode consultar um especialista; se quiser tenho um para lhe indicar, porém não creio que ele vá receitar algo diferente.

— Posso morrer a qualquer hora? — Emiliano tentou ficar calmo.

— Pode, como qualquer um de nós. Estou aqui conversando com você, posso ir embora, sofrer um acidente e falecer, ou ter um enfarto. Você está aqui conversando comigo, isto pode ocorrer daqui a vinte, trinta ou cinquenta anos. Não deve pensar nisto. É grave, você sabe, mas não está condenado.

— O senhor acha que devo desistir do curso?

— O quê?! — o professor indignou-se. — De jeito nenhum! Continue estudando, fazendo tudo o que precise para se tornar um excelente médico. Você não fuma, não bebe, não se excede em nada; se viveu até agora sem nada sentir, deverá continuar. Não comente com os seus colegas. É segredo nosso.

Emiliano consultou livros, pesquisou e resolveu que o melhor era fazer o que o professor recomendara. Passou a ser mais cuidadoso. Não contou nada em casa. Somente Juliana soube.

Tornaram-se, sua turma, todos muito amigos. O curso decorreu sem problemas. Emiliano, sempre cuidadoso, tomava os remédios e estava sempre atento ao tratamento.

O tempo passou, ele sempre passa, e o período de estudos passou.

Sua formatura foi emocionante, a família toda se emocionou e chorou, estavam alegres. Emiliano se esforçou para se conter e não chorar também. A turma se despediu; embora contentes, sentiam a separação. Não foi fácil se despedir de Juliana, ela estava sozinha na formatura, ninguém de sua família pudera ir e ela ia retornar à sua cidade no outro dia. Prometeram se escrever de vez em quando, e ela fez Emiliano prometer que iria sempre se cuidar.

Emiliano conseguiu fazer sua residência num hospital público. Era um profissional atencioso, cuidadoso e ávido por aprender.

"Hospital é um local de dores, muitas pessoas saem daqui aliviadas, tiveram suas enfermidades sanadas ou melhoradas;

outros desencarnaram, porém a maioria dos internados estão preocupados e sofridos", concluiu Emiliano.

Optou por ser clínico geral. Logo passou a ser respeitado pelos enfermeiros, os médicos confiavam nele. Ficava todos os dias mais do que o horário que tinha de ficar. Passou a receber ordenado e fez questão de dar para a mãe, que não aceitou; ele deixou em casa. Sentiu-se aliviado por Lauricéa não precisar mais ajudá-lo.

— Lauricéa, minha irmã, devo-lhe muito. Amo-a! Irmãzinha querida!

— Não me deve nada, Emiliano. Eu também o amo e estou contente por você ser médico!

Acabando a residência, arrumou dois empregos: um como médico num Posto de Saúde da prefeitura, seis dias por semana e por seis horas; e, também por seis horas, no hospital, às sextas-feiras, sábados, domingos e segundas-feiras, como médico de clínica geral.

Emiliano chegava ao posto uma hora antes e, terça, quarta e quinta-feira, quando ia ao hospital, ficava de três a quatro horas a mais. Tinha muitos enfermos para poucos médicos e infelizmente alguns não cumpriam o horário. Atencioso, continuou a escutar mais do que falar e passou a ser procurado; ele atendia com carinho e passou, com seu ordenado, a comprar alguns remédios para determinados doentes.

Emiliano continuou atento à sua doença, ele somente sentia ofegar se fizesse algum esforço físico.

Nas suas primeiras férias, ele viajou, foi a um hospital de renome de uma cidade grande, onde marcou uma consulta com um médico especialista estudioso. Falou em casa que ia viajar um pouco.

O médico olhou os exames que ele levou, fez outros, com aparelhos modernos, e o resultado foi que ele deveria continuar tomando as mesmas medicações e continuar com os cuidados.

Emiliano se tranquilizou.

"É minha obrigação cuidar de minha saúde e o farei."

Ficou dois anos neste ritmo de trabalho. Tobias queria que ele abrisse um consultório, então Emiliano aproveitou para falar parte de seus planos:

— Papai, mamãe, estou aprendendo muito nesses trabalhos. Quando estudava, aprendi na teoria; na prática, é muito mais interessante. É clinicando que de fato se aprende. Estou feliz fazendo o que faço e com certeza ficarei mais quando concretizar meu sonho. Estou aprendendo, papai!

Emiliano, quando falava muito, todos ficavam calados escutando, ele agia assim clinicando, escutava muito. Ana pensou que o filho estava aprendendo para depois fazer algo que, para ele, seria importante. Tobias pensou que o filho queria se preparar mais e não entendeu quando o filho perguntou:

— Vocês de fato estão bem financeiramente? Precisam que eu os ajude?

— Não! — responderam os dois juntos.

— Não precisamos, meu filho — foi Tobias quem explicou. — Graças a Deus pudemos arcar com a despesa de seus estudos, e sem sacrifício. Irei me aposentar e continuar trabalhando, temos esta casa para morar. Fique, filho, com o dinheiro que recebe de seus empregos. Faça algo para você. Compre uma casa ou apartamento. Não está agora no tempo de namorar, arrumar uma boa moça, casar e ter uma família?

— Agora não! — Emiliano foi lacônico como de costume.

Lembrou de Juliana e sorriu. Os dois se correspondiam, pelo menos com uma carta por mês. Ela trabalhava muito e estava feliz por estar fazendo o que gostava; na sua última carta, escrevera que estava saindo com outro médico. Emiliano desejou que desse certo. E, como antes, o motivo para não ter alguém era o mesmo. Não queria deixar mais uma pessoa a sofrer quando ele desencarnasse, ou filhos pequenos. Resolveu não se envolver amorosamente com ninguém. Interessadas não faltavam e, sempre com delicadeza, afastava as mais audaciosas, principalmente quando escutava:

— Como é difícil encontrar com você! Trabalha muito! Será que preciso ficar doente para receber sua atenção?

"Imagina namorar uma garota assim, que já implica com que eu faço?"

Emiliano atendeu um senhor, tinha sessenta e oito anos, estava com ferimentos, disse que caíra no quintal. Foi constatado que não tinha fraturas. Suturou dois cortes e, quando a enfermeira foi fazer curativos, Emiliano pediu a ela:

— Leve-o depois para o consultório em que estou atendendo. Não o deixe ir embora. Pegue para ele estes remédios.

Quando o senhor retornou à sala em que Emiliano atendia, foi indagado:

— O senhor não quer me contar o que de fato aconteceu? Seus ferimentos não foram em decorrência de um tombo. Teve sorte de não ter fraturado nenhum osso.

O senhor abaixou a cabeça e enxugou o rosto, lágrimas escorreram. Emiliano insistiu, falando em tom carinhoso:

— Na ficha que preencheu, o senhor deu a informação de que é viúvo há dez anos, não tem casa para morar, aluga uma e tem três filhos e duas filhas, que moram longe e tem pouco contato com eles; mora com um neto de vinte e um anos ou ele mora com o senhor. Não quer me contar o que está acontecendo? Podemos ajudá-lo. O senhor foi espancado, não foi?

Emiliano, quando falava assim, o fazia devagar e olhando para a pessoa.

O senhor chorou, Emiliano esperou; quando ele parou, insistiu:

— Por favor, conte, prometo ajudá-lo.

— Não quero polícia nisso — o senhor falou com a cabeça baixa.

— Prometo ao senhor.

— Meus filhos se casaram — contou o senhor —, tomaram rumo na vida deles. Quis o destino, Deus, que eles se mudassem de cidade. Criamos os filhos com sacrifício, sofri ao ficar viúvo. Moro há trinta anos no mesmo lugar, tenho amigos e bons vizinhos. O bairro em que moro foi ficando perigoso, com bandidos e traficantes, mas eles não incomodam os vizinhos. Um dos meus filhos trouxe este neto para ficar comigo porque ele estava lhe dando muito trabalho. Foi então que minha vida se tornou muito difícil. Estava vivendo bem com minha aposentadoria, sustentar mais um passou a ser um problema. Ele come muito. Depois de dois meses que estava morando comigo, ele se enturmou com os traficantes, ele é usuário. Passou a me roubar, vender coisas minhas e exigir dinheiro. Quando recebo minha aposentadoria, pago a energia, água e o aluguel e ele exige o resto e ainda comida. É a terceira vez que ele me bate.

— Isso não vai ficar assim! — Emiliano se indignou.

— O senhor prometeu não denunciá-lo à polícia; pelo que sei de outros casos assim, não adianta. Depois, ele é meu neto. É boa pessoa; se não fossem as drogas...

— Não vou denunciá-lo. O senhor não quer ir para um abrigo de idosos?

— Asilo? — o senhor quis entender.

— Uma casa de repouso para idosos. O senhor pagará com sua aposentadoria. Lá terá companhia, outros idosos, alimentação e não terá de trabalhar a não ser que queira, como ajudar na horta, jardim, fazer artesanatos, algo assim.

— Penso que é o melhor! — o senhor suspirou.

Emiliano pediu para a atendente telefonar para o abrigo e, com a resposta de que tinham vagas, o médico o indagou novamente se ele queria ir; com a afirmativa dele, Emiliano decidiu:

— O senhor irá para lá agora. Uma de nossas funcionárias irá à sua casa, com dois seguranças, pegar tudo o que quiser de seu lar, o senhor dirá para eles o que trazer. A funcionária devolverá a chave para o proprietário e dirá para ele ficar com os móveis e utensílios domésticos para pagar a água, energia e os dias de aluguel. Escreva um bilhete ou diga à funcionária para o proprietário pegar o que for do seu neto, como roupas, entregar para ele e dizer que o senhor está hospitalizado e que, quando sair do hospital, irá embora da cidade. Para seus amigos e vizinhos, dirá que depois entrará em contato com eles. O senhor entendeu? Se isto for feito, será difícil voltar, não terá mais a casa.

— Queria fazer isso e não sabia como. O doutor me ajudou. Muito obrigado! Deus lhe pague!

Este senhor queria encontrar uma solução e ficou agradecido por alguém fazer por ele. A funcionária e dois seguranças foram lá, não viram o neto e fizeram o que o senhor recomendara. Emiliano avisou o abrigo que pagaria os dias, que depois ele o faria com sua aposentadoria e que de jeito nenhum deixassem o neto entrar no abrigo; se ele insistisse, que chamassem a polícia.

Dois meses depois Emiliano recebeu uma carta desse senhor o agradecendo. Escreveu que estava muito contente no abrigo e que o neto não o procurara. Quando se comunicou com os vizinhos e amigos e recebeu visitas, contaram que o neto se assustara quando voltou para casa, encontrou-a fechada e o proprietário lhe deu suas roupas, dizendo que o avô estava hospitalizado e em estado grave. Disseram que o neto ficou com medo, dormiu na rua, passou fome e depois voltou para a casa do pai. Contou que ele escreveu para os filhos e todos eles concordaram que foi a melhor solução ele ter ido para o abrigo.

"Um dos filhos poderia ter ficado com ele. Isso é triste! Mas o importante é ele estar bem", pensou Emiliano.

Ele atendeu um menino de quatro anos, ele e a mãe estavam esperando o posto abrir. E como Emiliano chegara antes do pediatra, atendeu o garoto, porque ele estava chorando de dor; bastou o médico olhar para o braço esquerdo dele para ver que estava fraturado. Tomou as providências, deu ao garoto uma medicação para suavizar dores e pediu uma ambulância para levá-lo ao hospital.

— O que aconteceu, mãe? — perguntou Emiliano.

— Ele caiu...

— Não, senhora, ele não caiu, alguém torceu o braço dele. Quem foi? A senhora?

— Eu não! — a mãe chorou.

— Quem? — insistiu o médico.

— Preciso falar?

— Vou comunicar à polícia.

— Não faça isso, doutor. Por Deus! — pediu a mãe.

— Quem quer proteger?

— Nós, meus filhos e eu.

— É melhor falar — aconselhou Emiliano. — Daqui a pouco a ambulância chegará e os levará para o hospital, lá serão feitos exames. A senhora tem mais filhos?

— Tenho três, cada um de um pai. Este é o mais velho; tenho outro menino, de dois anos e seis meses; e a menininha de oito meses, que é filha deste homem com quem estou agora.

Emiliano examinou o garoto, que, agora com o braço imobilizado e com a medicação, estava sonolento.

— É uma criança linda! — comentou Emiliano. — Você, meu garoto, irá ficar bem. Vou ajudá-lo para não ser mais surrado. — Virou para a mãe e comentou: — Este menino tem sinais de surras. Mãe, preste atenção no que está fazendo ou deixando fazerem. Ofereço ajuda! Saia desse relacionamento! — voltou a atenção para o garoto. — Meu jovem rapaz, garotão, você irá para o hospital, e de ambulância! Que aventura! Se quiser, posso pedir para eles ligarem a sirene. Quer? Vai ser muito legal! Você quer se livrar dessas surras?

— Não posso falar, mamãe proibiu. Agora está doendo pouco — respondeu o menino.

— Logo não vai doer mais — afirmou Emiliano.

Afastou-se do garoto, olhou para a mulher, ela era jovem, vinte e três anos.

— Mãe! — disse Emiliano. — Você é mãe! E quando se é mãe, isto deve ser a coisa mais importante para uma mulher. Você trouxe seu filho com o braço quebrado, foi torcido, poderia o estar levando para o cemitério. Ofereço ajuda.

— Doutor, se for à polícia, eles o repreendem, e o máximo que ficará preso é por três dias e, quando ele sair, descontará. Como enfrentá-lo?

— Você tem família? — Emiliano se interessou em saber.

— Tenho — respondeu a mulher. — Meus pais eram, talvez sejam ainda, na minha opinião, fanáticos por uma religião em que não se podia fazer nada. Revoltei-me e passei a sair escondida de casa para passear, namorar e fiquei grávida de um garoto. Meus pais me expulsaram de casa, fui para a residência dele e não deu certo; fui para uma instituição, tive o nenê e o dei para adoção. Orgulhosa, não quis voltar para casa, também porque meus pais não me procuraram. Vim para esta cidade, me prostituí para ter um lugar para morar e alimentos. Por mais que tenha evitado, tive este menino, então fui expulsa da casa de prostituição, arrumei um lugar para morar e coloquei meu filho numa creche. Arrumei um namorado, fomos morar juntos e tive outro menino; separamo-nos, arrumei este e tive a menina. Este homem nos sustenta, mas é violento, me bate e, por qualquer motivo, nele.

— Não sabe o que fazer? — Emiliano se apiedou.

— Não, senhor.

— Talvez eu saiba, quero ajudá-la — decidiu Emiliano. — Você tem com quem deixar seus outros filhos, para acompanhá-lo ao hospital?

— Tenho, eles ficaram com uma vizinha, que os levará à creche junto com os filhos dela — respondeu a mãe.

— A ambulância chegou, vá com seu filho. Avise este homem que teve de ir ao hospital para que engessassem o braço do menino e que todos acreditaram que ele caiu.

A ambulância os levou para o hospital, Emiliano atendeu todos os que estavam agendados e, naquele dia, não ficou mais, saiu no horário e também foi para o hospital; lá procurou pela mulher.

— Meu filho irá ser liberado, mas me informaram que seria o senhor a lhe dar alta. Engessaram o braço dele — informou a mulher assim que viu Emiliano.

— Vim para conversar com a senhora. Não pode ficar com um homem violento assim. Por que não tenta voltar para seus pais?

— Penso que eles não me querem — ela suspirou.

— Pense! Somente temos certeza de algo quando escutamos. Você tem como se comunicar com eles?

— Meu pai trabalha numa fábrica que tem telefone. Tenho o número do telefone aqui comigo, está na minha bolsa. Muitas vezes pensei em ligar, mas não tive coragem.

— Vamos a um orelhão, podemos deixar seu filho aqui.

Foram, ligaram e Emiliano quis falar primeiro.

— Senhor, sou o médico que atendeu um garoto, seu neto, filho de sua filha. Ele teve o braço fraturado. Sua filha precisa dos pais. Lembro-o que todos nós somos filhos de Deus antes de sermos dos pais. Peço-lhe para recordar a passagem evangélica do filho pródigo, da alegria da volta de um filho. O senhor não pode ajudá-la?

O senhor chorou e perguntou:

— Ela quer voltar?

— Sua filha precisa de ajuda e também seus três netos. Crianças lindas! Atualmente ela mora com um homem violento, que a maltrata, e é surrada; ontem ele quebrou o braço de seu neto.

— Meu Deus! — exclamou o homem.

— Ela vai falar com o senhor.

Emiliano passou o telefone para ela, que estava chorando.

— Perdoe-me, papai!

— Volte, filha, vamos receber você com todo nosso amor e traga seus filhos.

Como ela, chorando, não conseguia falar, Emiliano pegou o telefone.

— Senhor, ela e as crianças irão para aí. O senhor tem outro telefone para ela se comunicar com o senhor? Tem! Ótimo! Vou anotar.

— O que o senhor é dela? — o homem quis saber.

— Nada! A não ser irmão, porque somos filhos de Deus. Conheci-os hoje num posto de atendimento, consultei seu neto com o braço quebrado.

— Obrigado! Quero falar para o doutor que não somos mais, como fomos, fiéis à igreja, resolvemos ser fiéis a Deus. Vamos aceitá-los e cuidar deles. Minha filha nunca, por nós, foi surrada.

Pai e filha falaram mais um pouco. Depois os dois voltaram ao hospital, pegaram o garoto e, como não almoçaram, foram a um restaurante e se alimentaram. Ele pagou.

— Vamos agora ao posto. Lá você telefona à creche informando que mudará de cidade e que seus filhos não irão mais. Com dois seguranças, irá à casa que mora e pegará tudo o que quer, que conseguirá levar na viagem. Escreva um bilhete informando que está indo para uma casa-abrigo e diga a mesma coisa para a vizinha, passe na creche e traga as crianças. Agora vamos à rodoviária.

Foram. Nesta época, Emiliano comprara um carro, usado, mas bom. Ele comprou quatro passagens, o ônibus ia direto para a cidade onde moravam os pais dela, partiriam às dezoito horas e trinta minutos. Rápidos, foram ao posto e, de lá, telefonou novamente para o pai dela avisando o horário que chegariam. Ela foi com dois seguranças à casa em que morava e voltou com dois sacos e uma mala. Pegou as crianças na creche. Emiliano os levou à rodoviária, comprou lanches para eles, os colocou no ônibus e deu uma quantia de dinheiro para ela. Escutou agradecimentos. Voltou contente para seu lar, porque a felicidade verdadeira é aquela que resulta em bem para outros.

Dois anos se passaram, Emiliano aprendeu muito e também ajudou pessoas nos diversos atendimentos.

Juliana e ele escassearam as notícias, ela se casou, e ele decidiu que era tempo de partir.

Resolveu falar com seus pais o que queria fazer. Aproveitou uma noite que os três, seus pais e ele, após o jantar, estavam sentados na sala; ele tirou um papel do bolso e leu:

— Fundada em vinte e dois de dezembro de mil novecentos e setenta e um, hoje sede em Genebra, na Suíça, a organização foi criada por jovens médicos e jornalistas franceses, liderados pelo médico francês Bernard Kouchner, que tinham ido a Biafra, sudeste da Nigéria, com a Cruz Vermelha, para tentar ajudar a população. É uma organização internacional, não governamental e sem fins lucrativos, que oferece ajuda médica e humanitária a populações em situação de emergência. Chama-se esta organização de: Médicos Sem Fronteiras.

Emiliano dobrou o papel, colocou-o novamente no bolso e voltou a falar:

— Papai, mamãe, devo ficar uns tempos fora do país, ser um revolucionário na equipe dos Médicos Sem Fronteiras.

Os dois, pai e mãe, escutaram calados; depois de segundos, Ana conseguiu dizer:

— Como aqueles médicos que você leu, que vão clinicar em locais de calamidades, de guerras? Meu Deus!

— Não é bem assim...

— O que é isso, meu filho? Para quê? — Tobias o interrompeu.

Olharam assustados para o filho, que resolveu explicar, falando compassadamente:

— Desde o terceiro ano, no sexto período da universidade, em que vimos um filme e lemos folhetos que a universidade recebeu, que me interessei. Será, para mim, um grande aprendizado e uma oportunidade. Não há perigo, mesmo em lugares de conflito, eles respeitam hospitais, a equipe médica e a enfermagem. Gostaria que aceitassem, mas não quero preocupá-los. É um sonho! É algo que quero muito fazer! Porém, se forem contra mesmo, não irei, não quero dar nenhum desgosto a vocês.

— Se você não for, ficará sentido, não é? — Ana se preocupou.

— Penso que deixarei de fazer algo que teria de fazer — respondeu o filho.

— Quando isto acontece, não nos sentimos bem — deduziu a mãe.

— Meu Deus! Piedade! Que família! Ana e Maria ficam muito no centro espírita, ou seja, vão muito. Lauricéa, na creche ou no abrigo. Agora você quer ir para longe!

Ana e Emiliano o olharam, ele se aborreceu pelo comentário e tratou de consertar:

— Que família, meu Deus! Maravilhosa! Ana e eu nos amamos e tivemos três filhos mais maravilhosos que nós, que o nosso amor!

— Vamos pensar no assunto, vamos digerir a novidade — determinou Ana.

No outro dia, todos da família sabiam e opinaram: para uns, era perigoso; outros achavam que não; e mudavam de opinião. Emiliano escutava calado, às vezes ria. Decidiu que iria. Pediu mais informações e começou a se preparar. Com quase tudo arrumado, deu aviso-prévio nos dois empregos. Todos lamentaram sua saída. Isto sempre acontece com trabalhadores dedicados e atenciosos.

A mãe se queixava que ficaria sem vê-lo por muito tempo.

— Mamãe, não será por muito tempo. Tudo que é marcado no tempo, no futuro, ele se torna um dia presente. Depois, mamãe, eu estarei realizando um sonho. Temos, aqui em casa, espalhados, *O Evangelho segundo o espiritismo* e *O livro dos médiuns*. Peguei o segundo, abri e li, meditei sobre este texto, marquei e vou lê-lo:

Mostrou à mãe *O livro dos médiuns*, abriu na segunda parte, capítulo vinte e seis, na nota explicativa de J. Herculano Pires, número seis.

— "O problema do tempo está bem definido em *A gênese*, capítulo seis, número um: 'O tempo é a sucessão das coisas'. No próprio plano material, o tempo varia de um lugar para outro e, mais ainda, de um mundo para outro. O tempo do mundo espiritual é forçosamente diferente do nosso."

Emiliano fez uma pausa, abriu outro livro e mostrou à mãe: era *A gênese*, de Allan Kardec.

— Quando li essa anotação, peguei o livro *A gênese* e encontrei, no sexto capítulo, "Uranografia geral"; o livro todo é uma fonte inesgotável de conhecimento, mas foquei neste capítulo, no item um: "O espaço e o tempo". Vou ler o que risquei: "O espaço é a extensão que separa dois corpos"; "O tempo é apenas a relação das coisas transitórias e dependendo unicamente das coisas que se medem"; "O tempo é uma gota d'água que cai da nuvem no mar e cuja queda é medida".

Os dois pensaram no que ouviram.

Emiliano estava animado; a família ora se alegrava, ora se preocupava e lamentavam sua ausência física.

Com tudo arrumado, chegou o dia da viagem. Os pais, Lauricéa e Gilberto o levaram à capital do estado, onde embarcaria; ficaram com ele até o horário do embarque, escutou recomendações e se despediu com abraços. Sozinho, foi para a fila do embarque.

CAPÍTULO 14

UM TRABALHO DIFERENTE

A viagem foi muito cansativa, teve de fazer baldeação, demorou trinta e duas horas para chegar. Emiliano se cansou muito. No aeroporto do seu destino, percebeu que ali havia de fato muitas diferenças sociais, econômicas e, para ele, de costumes. Na saída, no desembarque, viu um moço com um cartaz e nele escrito "Doc Milino"; julgou ser ele, cumprimentou o moço que segurava o cartaz em inglês, ele respondeu também em inglês, depois em outro idioma, a língua nativa dele, e sorriu. Emiliano gostou dele, que pegou suas duas malas e mostrou para onde iriam. Pararam em frente a um veículo velho, o moço se apresentou falando em inglês:

— Sou Uli!

Emiliano se acomodou no veículo, o moço colocou as malas no bagageiro, e partiram, indo devagar; o recém-chegado tentou não se assustar, mas admirou-se com o que via: as ruas sujas, com lixos e entulhos, e muito esburacadas; casas simples, pobres e algumas danificadas. Uli, vendo-o observando, tentou explicar, porém seu inglês não era nada bom.

— Bombas, brigas destruíram casas, foi triste, a reconstrução é demorada.

Viu esgoto nas ruas e, naquele horário local, quinze horas e vinte e cinco minutos, somente algumas pessoas transitando, a maioria mulheres e crianças. Esteve tão concentrado vendo tudo que, para ele, chegaram rápido ao hospital: para os moradores, era uma construção grande, mas, para o recém-chegado, um hospital pequeno. Passaram pela entrada, e Uli parou numa porta lateral, desceu, pegou as duas malas e convidou, com um gesto de mão, Emiliano a entrar. A porta estava fechada, Uli a destrancou e entraram numa sala; ele ia tentar explicar quando um senhor entrou no local, cumprimentou, sorrindo, Emiliano e, com alegria, o abraçou e o saudou em inglês.

— Sou também médico, chamo-me Raid, sou indiano. Estou aqui há um bom tempo. Doutor Emiliano, estou contente por tê-lo aqui conosco. Esta parte do hospital é nossa moradia, vou ajudá-lo a se acomodar no quarto que ocupará. Com certeza está cansado e deve descansar.

— Doutor Raid — chamou uma enfermeira que entrou na sala e, quando viu o recém-chegado, o cumprimentou. — Desculpe-me, doutor, seja bem-vindo. Boa tarde! Doutor Raid, o senhor está sendo esperado. A paciente do leito dezesseis acordou e não está bem. O senhor vem comigo?

— Desculpe-me, doutor Emiliciano. Como é mesmo o seu nome? Emiliano? Pedirei para Uli mostrar nossas acomodações a você, espero ter tempo para conversarmos ainda hoje, ou melhor, amanhã, você deve estar cansado. Fique à vontade!

Afastou-se rápido por uma porta que, com certeza, era o caminho para dentro do hospital. Emiliano soube que Raid estava como diretor daquele hospital. Uli pegou novamente as malas, abriu uma porta e se defrontaram com um corredor. Uli abriu uma das portas, era um quarto simples, com uma cama de solteiro, uma mesinha, uma cadeira e uma arara, ou melhor, um roliço de madeira num dos cantos, que, com certeza, era para pendurar roupas. Seu cicerone colocou as malas no chão e abriu uma pequena janela. Emiliano viu, em cima da cama, duas toalhas de banho.

— Vou lhe mostrar o banheiro — Uli falava devagar, tentando se expressar em inglês.

Voltaram ao corredor. Emiliano contou as portas, sete de cada lado e, nos finais delas, os banheiros: no da direita, escrito em inglês, francês e no idioma nativo, feminino; no do outro lado, masculino. Entraram no masculino. No banheiro, havia três repartições: uma com o vaso sanitário, outra com chuveiro e, na entrada, uma pia.

— Tome banho, doutor, e vá descansar. Levarei alimentos no quarto para o senhor. Amanhã, descansado, conhecerá o hospital.

Emiliano viu que não havia instalação elétrica no chuveiro. Uli explicou:

— Aqui faz muito calor, hoje a temperatura está agradável, a água natural não é fria. Temos energia elétrica, que está sempre faltando.

Emiliano observou, havia lâmpadas no teto. Sorriu.

— O senhor precisa de alguma coisa? Não! Então vou providenciar algo para alimentar.

Uli saiu, Emiliano o viu andar ligeiro e passar pela porta. Resolveu abrir suas malas e pegar somente o que iria precisar, estava de fato cansado. Fez a barba, tomou banho, e realmente a água não estava tão fria quanto pensara. Voltou ao quarto e lá estava uma bandeja, tinha maçã, chá, pão e uma tigela com caldo. Alimentou-se, era cedo para dormir, porém sentiu que precisava se deitar e esticar o corpo; abriu a mala para pegar seu pijama e viu um livro, era *O Evangelho segundo o espiritismo*, que a mãe havia lhe dado para levar na viagem. Leu pela décima vez a dedicatória que sua mãe escrevera: "Meu filho Emiliano, onde estiver, meu amor estará com você o iluminando. Que Jesus o abençoe. Sua mãe, Ana". Abriu o livro aleatoriamente e leu:

"Se os homens se amassem reciprocamente, a caridade seria melhor praticada. Mas, para isso, seria necessário que vos esforçásseis no sentido de livrar o vosso coração dessa couraça que o envolve, a fim de torná-lo mais sensível ao sofrimento do próximo. (...) Começai por dar o exemplo vós mesmos. Sede caridosos para com todos, indistintamente. Esforçai-vos para não atentar nos que vos olham com desdém. Deixai a Deus cuidar de toda a justiça, pois cada dia, no seu reino, Ele separa o joio do trigo. (...) Sem a caridade não há tranquilidade na vida social, e digo mais, não há segurança."[1]

— Que bonito! Que texto esclarecedor!

Fechou a janela e se deitou, deliciando-se ao se esticar. Orou e dormiu.

Acordou descansado, o quarto estava escuro, acendeu a luz, olhou as horas, eram quatro. Resolveu levantar e, tentando não fazer barulho, foi ao banheiro, trocou de roupa, foi à sala da frente, abriu a porta e se deparou com uma enfermaria. Muitos leitos estavam ocupados, e o local era iluminado com uma luz fraca.

Viu uma enfermeira, que atendia uma mulher. Emiliano a cumprimentou.

— Sou Michaela, francesa. Fala francês? — arrastou em inglês.

— Sim, falo — respondeu Emiliano em francês.

Michaela sorriu.

— Micha — disse a enferma e falou mais, porém Emiliano não entendeu.

Ele, vendo a perna dela enfaixada, pediu à enfermeira:

— Deixe-me ajudá-la.

---

1 N. A. E.: O texto que Emiliano leu está no capítulo 11, item 12, Pascal, Sens, 1862.

Devagar, ele tirou o curativo e viu um ferimento infecciona-do. Auscultou o coração, o pulmão, mediu a temperatura, e a paciente estava febril.

— Estamos com falta de remédios — explicou Michaela —, vou lhe mostrar a nossa farmácia. Acompanhe-me.

A enfermeira atravessou corredores, ele atrás dela, e entra-ram numa sala. Emiliano, observando, viu que na sala havia uma escrivaninha, seis cadeiras e dois armários. Michaela abriu um deles e mostrou:

— Aqui temos papéis, livros de contabilidade etc. Neste outro — abriu a porta —, remédios.

Emiliano olhou, arregalou os olhos, abriu a boca. Demorou dois segundos para expressar:

— Vocês têm somente isso de medicação?!

— Sim, é o que temos no momento, estamos com falta deles. Não demos antibiótico para aquela mulher porque temos so-mente este, que é para um jovem. Nossa maior dificuldade é a falta de medicamentos. Não estranhe ao ver que aqui usamos ervas, chás, remédios caseiros. Estávamos esperançosos de re-ceber medicações ontem, mas, infelizmente, estas não chegaram; aguardamos para amanhã.

— Posso limpar o ferimento daquela senhora?

— Sim, pode, como também pode clinicar, tentarei ficar por perto para ajudá-lo, traduzindo o que eles falam, embora às vezes precise também de intérprete. Vamos voltar para a enfermaria.

Emiliano acompanhou-a e foi atender a mulher; lavou a perna dela e, com cuidado, orando, para que as dores da senhora fossem amenizadas, limpou o ferimento. Ela sentiu dor, porém se aliviou depois e dormiu.

Raid foi até ele, o convidou para tomarem o desjejum e de-pois lhe mostrou o hospital, explicando como funcionava. Emi-liano percebeu que ali faltava tudo: roupas, alimentos, remédios, aparelhos para exames. Ajudou Raid em duas cirurgias, um parto e nas consultas. O horário para se alimentar era irregular. No outro dia, Emiliano fez seu horário, sabia que precisava se alimentar em horários certos, dormir, descansar e tomar seus remédios.

A medicação chegou, e ele pôde, aliviado, a dar para a mulher, a ferida sarou e ela teve alta.

"Se antes nos postos de atendimento julgava ver muitos problemas, dificuldades, hoje vejo que lá é muitas vezes melhor do que aqui", concluiu.

Em uma semana que ali estava, desencarnaram duas crianças, uma de dois anos e a outra com cinco anos, mas nem deu para o médico recém-chegado se entristecer; aquele dia foi corrido, muitos doentes e, no final do expediente, à noite, os estoques de remédios estavam quase zerados, Raid teve de escolher quem seria medicado e quem deixaria de ser, que com certeza desencarnaria.

Os dois médicos estavam cansados, jantaram, e Emiliano lamentou:

— Dois garotos faleceram! Poderiam continuar vivos na sua trajetória do corpo carnal se tivéssemos medicamentos. Não deu tempo para eu lamentar a perda desses dois meninos. Hoje tivemos tanto trabalho! Você não sentiu os falecimentos dos dois?

— Procure fazer como eu, Milino, desculpe-me, não consigo lembrar o seu nome, é longo.

— Pode me chamar como quiser, Raid. De fato meu nome é muito diferente e longo.

— Milano — Raid voltou ao assunto —, tento, me esforço para fazer melhor o meu trabalho, esqueço as perdas e mentalizo, para me sustentar, nas tentativas com êxito. Aqueles dois meninos chegaram aqui muito mal, em estado crítico, lutamos e perdemos, porém hoje demos alta para cinco pessoas, que se curaram. Ficaria triste se não tivesse feito o que me foi possível, mas fiz. Faça como eu, Milano, agradeça a Deus por estar fazendo o bem, por estar do outro lado, o lado de poder fazer, faça o que pode e deixe os resultados para Deus.

Emiliano estava tão cansado que tomou banho e foi dormir. No outro dia, o hospital estava mais sossegado; saiu com Michaela andando a pé, ambos vestiam o uniforme do hospital para serem identificados e respeitados. A enfermeira o levou para conhecer a cidade. A diferença era demais: na periferia, muita pobreza; o comércio, variado, mas simples; a elite morava razoavelmente bem. A sede do governo era muito vigiada, num prédio de construção robusta e bonita. Compraram alimentos e voltaram para o hospital. Emiliano não gostou da cidade, capital do país, do que viu. Soube que havia mais um hospital, do outro lado, particular, para atender pessoas ricas.

Todos os voluntários trabalhavam de dez a doze horas por dia e os sete dias da semana, folgavam raramente e por algumas horas, como Michaela e Emiliano o fizeram para conhecer a cidade. Ele escrevia para os familiares e ficava contente com as respostas. Telefonava uma vez por mês, em horário marcado, para ficarem esperando na casa de seus pais. A ligação não podia ultrapassar dez minutos.

Quando tinha medicamentos no hospital era um alívio, e também alimentos. Emiliano passou a fazer tudo no hospital; atendia de fato como clínico geral, mas lamentava que, pelo muito trabalho, não podia conversar como gostava: escutar os enfermos, saber os problemas particulares deles. Com facilidade para aprender idiomas, já entendia o que eles diziam.

Pelas notícias, todos da família estavam bem; ele, para os seus, dizia também estar; de fato sua saúde estava, tomava os remédios e se organizara para ter horários de descanso. Não contara para a família como era a realidade no hospital em que trabalhava, somente que tinha muito trabalho. Havia poucos atendimentos de idosos, ali as pessoas desencarnavam, em média, com cinquenta anos. Atendiam muitas crianças e adultos. As crianças eram, a maioria, atendidas por uma pediatra inglesa. A maioria das doenças era infecciosa, pulmonar, câncer, e muitas por ferimentos e desnutrição.

Aconteceu um acidente de trem, disseram que foi por uma pedra colocada nos trilhos e que prenderam três homens, que confessaram tê-la colocado; eles foram fuzilados pela polícia. Desencarnaram dezoito pessoas, e houve muitos feridos. O outro hospital recebeu alguns acidentados. Os que não precisavam de internação foram atendidos por três enfermeiros. O hospital recebeu quarenta e seis feridos.

— Ainda bem que recebemos remédios dois dias atrás! — expressou Raid.

Médicos e enfermeiros de cidades vizinhas foram ajudar, e o país recebeu ajuda de medicamentos. Foram dias de trabalho intenso, em que lutaram contra a morte.

Quando sossegou, os médicos e enfermeiros das cidades vizinhas retornaram, e o hospital voltou à rotina; primeiro foi Raid, que tirou dois dias para descansar; Emiliano foi o quinto.

— Cansamos, fizemos de tudo para salvar pessoas, tirá-las do sofrimento, só posso agradecer! — Raid estava agradecido.

A maioria das pessoas atendidas agradecia a todos: médicos, enfermeiros e funcionários. Eles de fato eram gratos. E como Raid recomendava, sempre, em todas as situações, recebiam os votos de gratidão com sorrisos.

— A gratidão — dizia Raid — é um sentimento forte, que não deve ser recusado, a energia do grato o fortalece e também o benfeitor. Eles se alegram quando se aceita o seu agradecimento. Este ato é reflexo de amor, e os envolvidos, gratos e benfeitores, se unem por momentos por uma energia maior, penso que é a benção de Deus.

Fazia oito meses que Emiliano estava ali, sentia-se bem trabalhando, ajudando, tentando sanar dores; para ele, os dias passaram rápido. Isto ocorre quando ocupamos bem o tempo.

Raid o chamou para uma conversa após o jantar.

— Conversaremos um pouco, Milano, depois faremos as visitas da noite. Estou aqui há sete anos, vim para ficar uns meses, e os anos foram passando... Recebemos voluntários que vêm e vão. Os americanos, quando vêm, trazem muitos remédios, aparelhos, alimentos, é uma benção. O governo daqui, pelo que deve ter visto, não é nada bom ou democrático; com a chegada dos americanos, eles tentam ser melhores, mais humanos. Uma equipe de oito médicos e treze enfermeiros chegará no final do mês, exatamente a catorze dias. Normalmente eles se dividem, uns ficam aqui na capital do país, outros em duas cidades maiores. Infelizmente, uns logo vão embora, não se adaptam, e outros permanecem o tempo que determinaram. São considerados sortudos os que necessitam de atendimento quando eles estão aqui.

— Vêm e vão, e você continua — comentou Emiliano.

— Sim, devo ficar, não irei embora. Na Índia também necessitamos de médicos, mas foi aqui que fiz minha morada, meu ninho. Recebo pedido de ajuda de muitas comunidades, onde faltam até prédios para hospitais. Recebi ontem um pedido de um lugar distante, onde o médico atende muitas pessoas, é o único pela região. Você não quer ir para lá? Conhecerá outro lugar. O trabalho será o mesmo. Se quiser ir, Uli o acompanhará, ele não gosta dos americanos. Ele estava noivo, apaixonado, e a moça o trocou por outro, será bom ele mudar de ares.

— Vou pensar.

— Aqui está um mapa localizando o lugar, como chegar lá, e umas fotos da região. Veja e pense. Vamos agora fazer nossa ronda.

— Os americanos se alojam aqui? — Emiliano quis saber.

— Normalmente eles se hospedam em hotéis, são poucos os que ficam aqui conosco; isto não ocorre somente com os americanos, alguns voluntários de outros países fazem isto também. Eles são dedicados e nos ajudam muito.

Emiliano pensou que seria muito bom uma nova equipe ali, seriam eles com certeza muito úteis; pegou o mapa, viu as fotos. O hospital era uma casa simples, onde moravam médicos e enfermeiros, os doentes ficavam em tendas. O lugar era bonito, e havia três cidadezinhas perto do hospital; este lugar era limpo, havia um rio perto, árvores e algumas plantações. As cartas demorariam mais e, para falar com os pais, teria de se locomover, ir a uma cidade próxima, uma viagem a cavalo de uma hora para ir e outra para voltar.

Aquela noite orou muito, leu o Evangelho e decidiu ir, ficaria de cinco a seis meses, ou o tempo que os americanos ficassem. Comunicou a Raid, escreveu para os pais, telefonou para eles, arrumou tudo, e ele com Uli partiram, primeiro de trem, numa viagem de três horas e trinta minutos, em que a locomotiva foi parando pelas cidadezinhas. Ao chegar aonde iam descer, foram esperados por um homem, que os cumprimentou e apontou, iriam continuar a viagem a cavalo.

— Ainda bem que trouxemos lanches e água! — exclamou Emiliano.

Os três seguiram a viagem em ritmo cadenciado. Era a primeira vez que Emiliano usava um animal como meio de transporte; no começo, sentiu medo, depois confiou. Dividiu com o guia os alimentos e água que levaram. Cavalgaram por uma hora e vinte minutos para chegar. A aldeia era pequena e logo viram o hospital pelas tendas. O homem que fora recebê-los ajudou Emiliano a descer da sela e o convidou para entrar na casa. Tudo ali era precário. A casa, com móveis rústicos e poucos objetos, consistia em sala, cozinha e mais dois cômodos, um quarto masculino e outro feminino. O homem que fora buscá-los falou com Uli; Emiliano já entendia bastante o que eles falavam, mas, com ele se expressando rápido, Uli teve de traduzir.

— Ele quer saber como chamar o doutor, disse que não entendeu seu nome. Não podemos abreviá-lo? Seu nome é muito comprido.

— Sim, pode — autorizou o recém-chegado.

— Então será Doquimim — sorriu Uli.

Era "doc", em inglês, "médico", e "mim", do nome dele; ele pronunciou assim, Doquimim, e assim ele passou a ser chamado.

— Ele também — continuou Uli a traduzir— disse que a casa é pequena, ali é o seu leito; naquele banco pode colocar sua mala e, naquela arara, pendurar as roupas. Também ficarei aqui, nessa cama — mostrou o outro leito. — Eles fazem as refeições na sala, temos um rádio, o telefone é numa outra cidadezinha. O Doquijon está em atendimento, foi fazer um parto, é ele que cuida de tudo. Se Doquimim quiser comer, tem alimentos no fogão e pode descansar.

— E o banheiro? — perguntou Emiliano.

— Lá fora — sorriu o homem.

Os três foram para a área de trás e viram quatro latrinas. Novamente, Uli traduziu:

— Essas duas, à esquerda, são para os médicos e enfermeiros, uma masculina e a outra feminina, igual a essas outras duas, que são para os doentes. Para tomar banho, use aquele quadrado, leve água no balde e, se quiser, pode esquentá-la.

Emiliano quis conhecer as tendas, viu uma enfermeira e se apresentou, ela era francesa.

— Seja bem-vindo! Hoje aqui está tranquilo.

Logo ia escurecer, então Emiliano resolveu tomar banho; esquentou água, o fogão estava aceso, uma mulher ia preparar o jantar.

Emiliano tomou banho e se sentiu melhor.

"Como uma ducha quente de um chuveiro elétrico é prazerosa! Que saudade sinto de um!", pensou.

Jantou arroz muito cozido com carnes e legumes. Ali todos comiam o mesmo alimento. Doquijon chegou e, sorrindo, abraçou Emiliano, desejando boa estadia.

— Sinto pelas instalações, infelizmente não podemos acomodá-lo melhor.

— Vi que trouxe dois rapazes doentes. Quer ajuda? — perguntou o recém-chegado.

— Com certeza está cansado. Vou jantar e medicá-los, amanhã você me ajudará, um deles necessita de uma cirurgia.

Emiliano de fato estava cansado e foi dormir. Acordou cedinho; todos, era rotina, dormiam cedo e acordavam também. Não havia eletricidade, ali era clareado por lampiões. Por isso, assim que o sol aparecia no horizonte, começavam as atividades.

Emiliano se admirou, apesar de o hospital ser nas tendas, Doquijon organizava tudo muito bem, uma tenda era para cirurgia, outra para partos, outra para curativos e mais três grandes, as enfermarias: a masculina, que era a maior; a do meio, a infantil; e a outra, feminina. Viu duas mulheres limpando e outras duas lavando roupas.

— São nativas e recebem salário — disse Doquijon ao vê-lo observar tudo. — Chamo-me Jonattan, sou inglês. Aqui eles sentem dificuldades com nomes longos, logo abreviam. Ajuda-me na cirurgia? Esse jovem está com o apêndice inflamado. Vamos operá-lo.

Emiliano notou que ali tinha mais aparelhos do que o outro hospital em que estivera: viu um para radiografias, outro para eletro e também para medir pressão. Jonattan explicou:

— Aprendemos, aprendi, a me concentrar no doente e querer ajudá-lo, a pegá-lo e, com as mãos, tentar entender o que o corpo dele quer dizer. Tenho errado pouco e não sinto ser erro, porque, quando não dá certo, não foi por falta de cuidados, então o erro não existe. Pelo que ele está sentindo, é apêndice.

— Aqui tem medicações — Emiliano se surpreendeu.

— Não nos faltam remédios — concordou Jonattan.

O jovem, um mocinho de dezesseis anos, foi preparado, e Jonattan o operou com precisão; de fato o apêndice estava inflamado.

— Parabéns, Jonattan, fez um excelente trabalho! — elogiou Emiliano.

Jonattan sorriu. O trabalho não foi muito naquele dia, mas, no dia seguinte, logo pela manhã, o organizador do hospital avisou:

— Hoje receberemos enfermos de uma cidadezinha. São três pequenos lugarejos que nos cercam, e, se não tem emergência, segunda, quarta e sexta-feira, cada uma delas nos manda doentes, eles vêm de carroça. A maioria são consultas, porém alguns ficam conosco.

De fato logo chegou uma carroça grande puxada por quatro cavalos e desceram oito pessoas. Jonattan os separou, atenderia primeiro os mais urgentes.

— Doquimim, fique comigo por hoje para ver como costumamos fazer.

Emiliano ficou atento, ajudou a suturar cortes, medir pressão, contar pulsações. Pararam para o almoço, retornaram aos atendimentos, e somente uma criança com desidratação ficou internada, e a mãe ficou junto.

Assim, se tornou rotina o trabalho; no primeiro domingo do mês, Emiliano ia à cidade que tinha telefone, para ligar para a família, e escrevia cartas, estas demoravam. A mãe passou a pedir para ele voltar, mas Emiliano preferiu ser sincero, iria ficar mais tempo ali, naquele povoado.

O que gostava ali era que podia caminhar pela região, gostava de ver as plantações, árvores, o riacho, amava a natureza. O que menos gostou foi não ter privacidade, dormia num quarto com Uli, Jonattan e, dependendo, com mais dois ou três homens. A comida não era variada, estranhou o preparo e o tempero no início, depois se acostumou e aprendeu a comer legumes crus e frutas. Uli aprendeu para ser enfermeiro, arrumou uma namorada, uma moça da aldeia, e, depois de três meses, casou, continuou trabalhando no hospital. Jonattan o remunerava.

Um dia Emiliano perguntou a Jonattan:

— Embora sejam precárias nossas instalações, não nos faltam medicamentos, como vi no hospital da capital. Por quê?

— É verdade, graças ao Bom Deus, medicamentos não nos faltam. Vou lhe explicar o que acontece. Tenho dinheiro, que uso aos poucos para dar emprego aos nativos, e recebo remédios de amigos ingleses. Por isso, recuso as medicações que os Médicos Sem Fronteiras ou a Organização das Nações Unidas (ONU) enviam.

— Pretende ficar muito tempo aqui? — Emiliano, curioso, quis saber.

— Não irei mais embora; sendo assim, irei morrer aqui, serei enterrado no campanário da aldeia. Está curioso, Doquimim, para saber por que vim para cá e não penso em ir embora? Também estou curioso para saber por que veio.

— Eu — Emiliano sorriu —, quando estudava, vi filmes sobre este trabalho e senti vontade de vir, fazer algo diferente. Estou gostando muito e penso em ficar mais tempo por aqui.

— A maioria vem por isto, vontade de fazer algo diferente, de fazer o bem. Vi os remédios que toma. Sabe que está doente, não é?

— Estou, mas não sou doente, não sinto. Também descobri quando estudava e tenho me cuidado.

— Devemos, nós, médicos, nos cuidar. Eu tenho motivo para ter vindo. Uma história, que já julguei triste, agora, quando me lembro, vejo como um acontecimento equivocado. Vou contá-la. Você se admirou com a minha precisão como cirurgião. De fato, o sou. Num hospital em Londres, fui um ótimo cirurgião. Já de família rica, com a medicina, me tornei mais ainda e me casei com uma linda moça; embora tivesse uma vida social intensa, não descuidava do meu trabalho, porém passei a clinicar somente para os que podiam pagar, meu preço era caro. Tivemos uma filha; por problema de saúde de minha esposa, optamos por ter somente aquela filha, que era linda, parecida fisicamente com a mãe, e eu costumava dizer que era inteligente como o pai. Minha vida transcorria, para mim, perfeita. Trabalhava muito, amava minha filha, exibia a esposa, foi somente depois que percebi que não dava atenção a elas.

Jonattan fez uma pausa e suspirou, para, em seguida, voltar ao seu relato:

— Gostava da fama, era considerado um excelente cirurgião e o tempo passou rápido. Um dia, findando meu horário de trabalho, saí logo, tinha um encontro com amigos num clube, estas reuniões eram todas as quintas-feiras e somente para homens; eu gostava, o grupo era amigo, e todos, como eu, bem-sucedidos e ricos. Minha filha, nessa época, estava com catorze anos, logo completaria quinze. Minha esposa estava preparando uma grande festa de aniversário para ela. Estava chegando no clube quando meu bipe tocou, era o sinal de que deveria retornar rápido ao hospital ou telefonar. Preferi telefonar ao chegar no clube. Escutei da atendente: "Doutor, houve um acidente de moto com dois jovens, um rapaz e uma garota, que estava na garupa. O moço sofreu fraturas, mas a mocinha está mal, precisando de uma cirurgia urgente". Pensei: "Esses jovens imprudentes! Todos sabem que motocicletas são perigosas. Que se danem! Não vou!". Disse à atendente que não poderia ir, que ela fosse operada pelo plantonista. A atendente ainda tentou me convencer: "Doutor, ela é jovem, bonita, e seu caso é grave, penso que não é cirurgia para o plantonista. Não dá para o doutor voltar ao hospital?". "Não!", fui determinado e desliguei o telefone. Fui à reunião. Estava para ir para casa quando fui chamado para atender o telefone, ainda brinquei: "Não me dão sossego!". Escutei: "É o resultado de ser excelente médico!". Atendi, era minha esposa, que, desesperada, chorando, disse que nossa filha havia sofrido um acidente e falecera. Gelei. Consegui perguntar onde ela estava, minha esposa disse que era no hospital em que trabalhava. Corri para lá. A jovem bonita que estava na garupa da moto, que fui chamado para atender e recusei, era minha filha. A notícia se espalhou. Talvez tivesse conseguido salvá-la, porque teria, ao saber que era ela, conseguido reforços de colegas e a operado. Não posso ter certeza se teria conseguido, mas teria condições. O plantonista, inexperiente, que não era hábil cirurgião, até tentou. Nós, minha esposa e eu, nunca pensamos que nossa filha pudesse estar numa moto. O rapaz era nosso vizinho, pegou escondido a motocicleta de seu tio e a convidou para uma volta. Ela foi. O garoto sobreviveu, mas ficou com sequelas. Foi um período de desespero em que passei atordoado. Quinze dias depois, minha esposa conversou comigo, disse que não me perdoava, pediu a separação e disse mais: que há tempos não me amava e que não se separava por causa de nossa filha; e me acusou de gostar mais das reuniões, da fama, do que delas; e que nunca deveria ter recusado um atendimento. Escutei calado, ela foi embora, nos separamos, dividimos os bens e não a vi mais. No hospital, houve muitos comentários e sentia todos me observando. Uma enfermeira havia servido no Médicos Sem Fronteiras, regressara havia poucos dias; conversei com ela, resolvi me inscrever como voluntário, mudar um pouco, passar um tempo fora do país para tentar esquecer. Organizei o meu financeiro, sou sócio do hospital e tenho casa, apartamentos, que estão alugados. Vim para este país, fiquei na capital e, numa necessidade, vim pra este lugarejo e fui ficando. Recebo algumas notícias de Londres, minha ex-esposa casou-se de novo. Com o dinheiro que recebo do hospital, dois médicos amigos compram medicamentos, me enviam, e uso o dinheiro que recebo para os gastos aqui. Quando eu falecer, deixei tudo acertado, eles venderão o que está em meu nome e doarão para os Médicos Sem Fronteiras. É esta a minha história!

Os dois ficaram calados por instantes, depois Emiliano se atreveu a perguntar:

— Você superou a morte de sua filha?

— Sim. Sofri muito, me arrependi e pensava muito que deveria ter atendido todos os chamados; infelizmente havia feito isto, me recusado a atender outros que também eram alguém especial para outras pessoas. Aqui nunca recusei atender e o faço sempre da melhor forma que posso, que consigo. Uma tarde estava atendendo uma jovem de treze anos, vítima de estupro, e, quando acabei, ela tentou sorrir, agradeceu e me deu um maravilhoso presente. Disse: "Doquijon, ao seu lado está uma mocinha linda, branca, cabelos louros, tudo nela é delicado; ela apontou para a testa e vi uma pinta marrom, redondinha do lado esquerdo, aí senti o que ela queria; a jovenzinha disse para a minha mente: 'Cie, diga ao Doquijon que eu o amo, estou contente pelo trabalho dele e não quero que se culpe, que eu peço a benção'. E ela foi sumindo devagar e sorrindo". Escutei e fui me comovendo, não consegui falar, fui para o quarto e chorei, mas, dessa vez, diferente, foi um choro de alívio. Tranquilizei-me e nunca mais me atormentei pelo remorso. Porque, Doquimim, Cie descreveu minha filha, e ela tinha, do lado esquerdo da testa, uma pinta marrom redonda. Esse acontecimento foi um presente de Deus para mim. E, naquele dia, decidi que não ia embora, ficaria aqui e morreria nesta cidadezinha.

— Cie não é nossa empregada? — Emiliano quis entender.

— Sim, é. Aqui os estupros acontecem com frequência. As estupradas normalmente são rejeitadas para o casamento e visadas para outros estupros. Pedi para os pais de Cie para ela ficar conosco. É uma boa mocinha, faz bem seu trabalho e aqui ninguém a estupra.

— Como é difícil entender esse fato! — exclamou Emiliano.

— São costumes diferentes e temos que entender que são realizados por ignorância, porém não deixam de ser atos maldosos.

"Um excelente cirurgião poderia estar num grande hospital salvando vidas", pensou Emiliano olhando para Jonattan.

— Qual a vida mais importante? A daqui ou a de um centro maior? Acredito que, para Deus, não tem, todos são seus filhos, e Ele nos ama igualmente.

Emiliano se surpreendeu, ele respondeu o que pensava. Concordou com a cabeça, de fato não existe doente mais ou menos importante, todos são enfermos.

Deitaram-se, Emiliano demorou a dormir, ficou pensando nos acontecimentos da vida do médico amigo.

No outro dia, assim que Emiliano foi para as tendas, viu Jonattan examinando um garoto.

— Tuti, você de novo?!

Ao escutá-lo, Emiliano prestou atenção no menino, que tinha um ferimento na perna esquerda. O jovem tentou sorrir, mas estava com dores. Emiliano foi ajudar a limpar o ferimento, anestesiar e suturar.

— O que aconteceu? — perguntou Jonattan ao garoto.

Emiliano, que sempre gostou e tinha facilidade para aprender idiomas, compreendia o que eles falavam, principalmente no que se referia ao atendimento.

— Não vi a cerca, pulei, e a ponta do arame me feriu.

O garoto tinha muitas cicatrizes e, após suturá-lo, Jonattan, em inglês, explicou:

— Tuti é um garoto, como dizem, sem sorte, penso que é fadado a acidentes. Mora perto, num sítio, seus pais são empregados, ele tem seis irmãos. Às vezes me parece inteligente; outras, com deficiência mental. Como todas as crianças daqui, começou a trabalhar com sete anos. Veja a cicatriz no braço esquerdo, é queimadura, contou que se queimou com água quente. — Virando para o garoto, perguntou: — Pronto, acabamos. Tuti, você agora irá descansar. Quer ficar aqui uns dias?

— Quero, Doquijon, obrigado — afirmou Tuti.

Jonattan disse ao pai dele, que o trouxera, que não era grave, mas que Tuti ficaria por cinco dias internado para ser medicado.

No outro dia Emiliano perguntou a Tuti o porquê de ele gostar de ficar no hospital.

— É porque aqui tenho sossego, as vozes não conseguem me perturbar.

"Ele deve ser obsediado", concluiu Emiliano. "Talvez aqui esteja, de alguma forma, protegido. Vou orar por todos."

Uma enfermeira que servia ali como voluntária, Juliete, ia embora, ficara por dois anos. Jonattan pediu uma outra, enfermeira era importante ali, a maioria das mulheres não gostava de ser atendida por homens. Ela também tinha sua história, contou para Emiliano:

— Formei-me com vinte e três anos para enfermeira, gosto demais desta profissão, trabalhava num hospital, e tudo estava bem: estava noiva e amava meu noivo, fizemos planos para nos casar e somente depois entendi que era eu que fazia os planos, e ele concordava, alheio. Um dia, por motivo administrativo do hospital, saí três horas mais cedo e voltei para casa. Morava com minha mãe, que era divorciada, e eu me relacionava bem com meu pai, o via sempre. Abri a porta do apartamento e escutei cochichos, alguém estava tendo relações sexuais. Imaginei que minha mãe estava tendo um encontro amoroso e pensei: "Por que será que está escondendo de mim?". Resolvi não entrar e voltar mais tarde, mas, quando olhei a poltrona, vi uma jaqueta e reconheci ser de meu noivo. "Ele esqueceu ontem", pensei. Ia sair quando escutei a voz dele. Encostei a porta de entrada e, andando devagar, aproximei-me da porta do quarto de mamãe, que estava encostada, e vi os dois, minha mãe e o meu noivo. Voltei devagar e saí. Sentei na mureta do prédio, mas estava frio, então fui para um bar em frente, lanchei e, quando o vi sair, voltei ao apartamento, me senti estranha, como se o ocorrido fora com outra pessoa; falando vagarosamente, disse à minha mãe o que vira. Ela chorou, me pediu perdão, afirmou que o amava e que os dois planejavam me contar. Respondi que nunca os perdoaria. Arrumei uma mala com minhas roupas e fui para a casa do meu pai. Papai sentia rancor de minha mãe, dizia que fora traído, mamãe contava outra história, mas, depois do ocorrido, dei razão para papai. Telefonei para meu ex-noivo, xinguei. Fui ao banco, retirei todo o dinheiro que nós dois estávamos guardando. Percebi que não daria certo morar com papai, não gostava da mulher dele. Um grupo do hospital viria para cá como voluntário, resolvi me juntar a eles, fazer algo diferente num país distante. Vim. Correspondo-me com meu genitor, ele me escreveu que mamãe e meu ex-noivo estão juntos. Ele, o traidor, me escreveu uma vez, abri a carta com cuidado e li, ele me pedia perdão, devolvi a carta. Mamãe escreveu muitas vezes, sempre me pedindo que a desculpasse, eu não respondi. Um ex-colega, fizemos a universidade juntos, me escreveu, e passamos a nos corresponder, descobrimos que temos muito em comum, ele confessou que sempre me amou. Ele mora no interior da França e me arrumou emprego no hospital que trabalha. Avisei papai que estou voltando. Avisarei minha mãe quando estiver lá, quero visitá-la para dizer que a perdoei, mas que não quero me relacionar com nenhum dos dois. O melhor é eles terem a vida deles, e eu, a minha. Não sei se dará certo o meu relacionamento com esse rapaz que foi meu colega; namorar por correspondência é uma coisa, conviver é outra, mas estou voltando com vontade de acertar. Aqui compreendi que a vida é muito importante, que o tempo passa depressa e que não devemos ter rancor, que devemos dar valor a fatos bons. Sou grata ao Doquijon por ter me ajudado. Nunca mais quero sentir mágoa ou ser causa para alguém sentir. Amo a vida!

Ela foi embora e escrevia sempre para os dois amigos médicos. Contou que tudo dera certo tanto no emprego como no namoro. Tempos depois, ela se casou, teve duas filhas e mandou fotos delas. Ela, perdoando, se deu uma nova oportunidade, refez sua vida e foi feliz. Contou que a mãe e seu ex-noivo se separaram, ela falava de vez em quando com a mãe pelo telefone, mas não quis mais se relacionar com ela.

Chegou, dois meses depois que Juliete fora embora, uma senhora de quarenta e oito anos, uma suíça, para os ajudar como enfermeira. Ela tinha modos rudes, e Jonattan, com delicadeza, foi fazendo ela ser mais delicada. Esta enfermeira chegou para fazer algo diferente e por curiosidade e achou um trabalho muito interessante. Ela era viúva, tinha um único filho médico e dois netos. Esta enfermeira foi ficando; após três anos, foi visitar a família e voltou. Tornou-se uma pessoa alegre, que estava sempre cantando.

Um homem chegou ao hospital carregado, estava muito ferido, havia sido surrado. Os dois médicos cuidaram dele por horas, suturando e enfaixando.

— Que surra! — exclamou Emiliano. — O que será que aconteceu?

— Infelizmente, existem alguns castigos por aqui. Ele deve ter feito algo de errado, não obedeceu ordens ou roubou de seu bando. Penso que não era para ter sobrevivido.

Jonattan o deixou num canto escondido, ele acordou no outro dia sentindo dores, foi medicado e contou que, ao ir cobrar uma dívida que era para receber ou matar, ele deixara o homem e a família fugirem. Três dias depois, cinco homens, a cavalo, pararam em frente ao hospital. Jonattan foi conversar com eles.

— Viemos, Doquijon, buscar o homem que está aí.

— Infelizmente ele não pode sair daqui — Jonattan respondeu tranquilamente.

— O senhor não vai nos entregá-lo?

— Não! — exclamou o médico, aproximando-se do homem que falava.

— Doquijon, respeito o senhor, fez os dois partos de minha mulher, salvou a vida de minha mãe, socorreu meu filho. Nós todos devemos favor ao doutor; se não quer nos entregar esse ser maligno, tudo bem, um dia ele sairá. Boa tarde, Doquijon!

Vendo Emiliano preocupado, Jonattan explicou:

— Esse homem que falou comigo é um chefe, não sei o que fazem, não quero saber, penso que é perigoso me intrometer nesses assuntos. Penso que deve ser contrabando de armas ou drogas.

— Você não sentiu medo? — Emiliano quis saber.

— Não! Conheço todos eles, gosto deles e, pelo que senti, eles gostam de mim. Tenho agora de pensar em como salvar a vida do nosso paciente.

Resolveu, deu dinheiro a ele e fez planos: Uli iria com ele, a cavalo, à noite, à cidade por que passava o trem, o colocaria no trem e voltaria. Ele seguiria para a capital e pegaria outro trem para um outro lugar distante. Sobreviveria por dias com o dinheiro que levaria, depois teria de trabalhar. Jonattan lhe deu muitos conselhos, e ele prometeu ser honesto.

Dois dias depois, todos souberam que ele fugira. O grupo não foi procurá-lo.

— Será que eles desistiram? — Emiliano ficou curioso.

— Penso que eles se deram por satisfeitos pela surra que ele levou e acreditam que não vale a pena procurá-lo, porém, se um dia ele voltar para cá, com certeza será morto — respondeu Jonattan.

Uma mocinha passou a ir muito ao hospital e fazer de tudo para ficar perto de Emiliano, que, ao perceber, resolveu conversar com ela. Foi direto ao assunto:

— Está vindo aqui por minha causa? O que quer, garota?

— Casar e ir embora com você — respondeu ela.

— Está enganada. Primeiro, não quero me casar. Segundo, não irei embora daqui. Desista!

Ela se decepcionou, abaixou a cabeça e se afastou.

"Ela pensa que indo embora será feliz. De fato, viver aqui não é fácil, mas não será feliz em outro país distante, onde tudo lhe será diferente. Não posso fazer isso. Não quero me envolver com ninguém nem levar alguém comigo quando regressar."

Sua mãe, tanto nas cartas quanto pelo telefone, perguntava quando ele voltaria. Emiliano respondia sempre a mesma coisa: "um dia". O tempo foi passando e ele foi gravando os acontecimentos mais importantes, de forma nítida, os ensinamentos, o que ele aprendia no dia a dia no hospital, nos atendimentos que fazia.

Havia períodos de muito trabalho, era uma pandemia, surto gripal, e outros mais tranquilos; quando isto ocorria, Emiliano saía pelo campo, gostava de se deitar na grama perto do rio. O que ainda o incomodava, e sempre o incomodou, era não ter um espaço somente seu, dormir com outras pessoas, banhar-se no cercado e usar a latrina. Às vezes sentia falta da comida que sua mãe fazia, ali se alimentava muito de legumes, sementes e frutas.

Emiliano sempre, num intervalo de sossego, via Jonattan ler a Bíblia e acabou por indagá-lo:

— Amigo, você é religioso? Que religião segue?

— Nenhuma — respondeu o médico, fechou o livro, olhou para Emiliano e elucidou: — Não tenho rótulo religioso, porém penso que sou, e muito. Explico: de fato, leio a Bíblia, mais os Evangelhos. Leio e medito. Gosto de fazê-lo e focar nas entrelinhas, ou seja, nos ensinamentos do Mestre Jesus que são pouco citados. Tento compreender o que leio. Também me esforço para fazer o que Jesus recomendou: Amar!

— O que estava meditando antes de eu o interromper? — Emiliano quis saber.

— Um texto de Mateus, capítulo treze, versículos de trinta a quarenta, em que os fariseus, quando viram que Jesus tinha calado os saduceus, perguntaram ao Mestre qual era o maior mandamento. Jesus responde que é o primeiro, amar a Deus, e que o segundo é semelhante, amar ao próximo. Concluí que é impossível amar a Deus sem amar as pessoas e, quando amamos as pessoas, amamos a Deus. Porque, ao fazer o bem ao próximo, fazemos a Deus e, mais importante, fazemos a nós. Para agirmos assim, precisamos somente de boa vontade e não deixar para depois, é no momento presente que temos de agir, ser e amar.

"Jonattan", - pensou Emiliano,- "se conhecesse o espiritismo, seria adepto da doutrina de Kardec. Com certeza, todos os que compreendem em profundidade os ensinamentos de Jesus são espíritas sem conhecer a Doutrina, porque o espiritismo é de fato o cumprimento das leis do amor, revive os ensinos do Mestre Nazareno e preza pela verdade."

— Jonattan, você acredita em reencarnação? — Emiliano quis saber.

— Posso fazer comparações, morei em outro país, estive na elite financeira. Como não acreditar, se creio nos ensinamentos de Jesus e que Deus é Misericordioso? Se não entendesse Suas Leis, seria ateu. Por que esta diferença que eu vejo? Como, vendo o que vemos aqui, neste pequeno hospital, todos os dias, não acreditar? O Criador não nos condenaria a um castigo eterno, mas nos dá oportunidades de aprender, que podem ser pelo amor ou, se recusadas, pela dor. É o que vemos aqui, um aprendizado pela dor, e muitos que ainda aqui estão continuam cometendo erros. Sinto por eu fazer tão pouco por essas pessoas que passam por um período sofrido.

— Para essas pessoas, você é a diferença! Melhor, um exemplo! — Emiliano exclamou com sinceridade.

— Obrigado! — Jonattan ensaiou um sorriso. — Isto me consola! Porque o que posso, faço! Uma vez, um médico ficou aqui por três meses e me disse: "É impossível consertar este lugar, ajudar a todos, então vou embora". Falei: "Veja as formigas, cada uma faz uma parte para o todo. O que você conseguir fazer, fará a diferença para aquele que receber". É assim que tento agir, e o tempo passa...

— O que é tempo para você? — indagou Emiliano.

— O tempo é uma sucessão de acontecimentos. O tempo somente existe na memória, a de cada um. Lembranças são somente úteis para cada um de nós, para o indivíduo que recorda, e para ninguém mais. Cada um de nós tem os seus fatos para recordar, e estes interessam somente a nós. A memória é o instrumento que Deus nos concedeu para que tivéssemos consciência de que existimos, sem ela não teríamos a consciência de nossa existência. Com a memória, nos desenvolvemos em todas as áreas. E, com o passar do tempo, pelos acontecimentos vividos, nutrimos a memória. O tempo é importante para mim, para todos nós. Penso, caro médico, que somente existe o agora, que é o degrau para a eternidade, e tudo que flui, acontece em nossa existência, é gravado, e na memória. Lembramos somente do ontem, não existem lembranças do amanhã. Amanhã será para cada um de nós o reflexo do que somos no presente, que rápido se torna passado. Temos o livre-arbítrio para fazer do nosso tempo o que quisermos; estes atos fixam-se na nossa memória, e estas lembranças servem somente para nós.

Jonattan voltou a ler a Bíblia, e Emiliano meditou sobre o que ouvira.

Por duas vezes os atendimentos no pequeno hospital foram tantos que trabalharam incessantemente. Um foi de um grupo de crianças que comeram um alimento estragado, tiveram intoxicação. Não havia medicamento para todas, tiveram de usar chás, soro caseiro, foram cinco dias em que os dois médicos dormiram pouco e não tiveram tempo nem para se alimentar direito. Mas o resultado foi gratificante, nenhuma das vinte e uma crianças internadas faleceu.

Outro acontecimento foi uma briga, por causa da qual chegaram muitos feridos por armas de fogo e facas. Na briga, desencarnaram cinco homens e dois no hospital. Foram dias difíceis, em que tiveram de separar os rivais em tendas diferentes.

Jonattan pediu ao hospital da capital do país medicamentos, ainda bem que recebeu. Alguns feridos ficaram internados por dias, e Jonattan tentou pacificar a rixa. A briga teve fim e, como sempre, com resultados de perdas e dores.

Ambos os atendimentos resultaram, para a equipe do hospital, em muito trabalho e cansaço, porém sentiram-se bem por ter dado certo.

Fazia oito anos e sete meses que Emiliano estava ali. Jonattan pediu para examiná-lo.

— Doquimin — concluiu o médico amigo —, você deve ter piorado, sua pressão arterial está normal, mas teve de aumentar a dosagem. Aconselho a voltar para o lar de seus pais.

— Por que, Jonattan? Pensa que posso desencarnar, ou seja, falecer?

— É o destino final de todos nós a partir do momento em que estamos vestidos do corpo físico, meu caro médico. Você aqui foi muito útil, ainda é, porém seria injusto com seu pai e mãe falecer aqui. Parta. Irei pedir outro médico para me ajudar.

Emiliano pensou muito, queria continuar ali, sentia paz ajudando pessoas, porém entendeu que Jonattan tinha razão, deveria voltar. No domingo, ao telefonar, avisou sua mãe, que chorou de alegria. Organizou tudo e marcou o dia, levaria somente uma troca de roupa e doou as restantes.

Sentiu se despedir de todos, dos trabalhadores e de Jonattan. Uli foi com ele, para trazer os cavalos de volta, até a cidade para pegar o trem.

Uma vez somente olhou para trás, viu todos na frente da casa o olhando, com certeza somente se dispersariam quando, na primeira curva, não conseguissem mais vê-lo. Ficou emocionado, quando se faz amigos, todas as partidas são sentidas. Emiliano enxugou o rosto, pois duas lágrimas teimaram em escorrer. Partiu.

CAPÍTULO 15

O RETORNO

Emiliano sentiu ter ido embora, partir, mas se consolou ao pensar na família. Na estação, despediu-se de Uli. Fez a viagem de trem sem problemas; na capital, foi para o aeroporto, onde havia reservado uma passagem, iria ficar sete dias em Londres.

Na capital londrina, foi para um hotel; no outro dia, saiu para comprar roupas e foi para o hospital onde Jonattan havia lhe marcado uma consulta e vários exames. Foi bem recebido no hospital, todos lá sabiam que ele estivera trabalhando com Jonattan e que eram amigos. Foi examinado, fez os exames e não ouviu nada de diferente, somente poderia dar algum resultado um transplante, mas era difícil e incerto. Conheceu outros medicamentos e optou, com o médico cardiologista, por mais um deles.

Marcou a passagem para o retorno e telefonou para a mãe avisando dia e hora de sua volta.

Quando chegou, os pais, Lauricéa e Gilberto o esperavam. Abraçaram-se emocionados e Emiliano tentou se conter. Na viagem de carro, eles falaram muito, contaram as novidades. Emiliano escutava.

— Pelo visto, você continua o mesmo, falando pouco — observou a irmã.

— Eu?! Não! É que está tão prazeroso escutá-los...

"Ninguém", pensou o recém-chegado, "nesses anos, comentou que eu falava pouco. Talvez tenha sido por trabalhar muito, ou lá eu falava mais, porém fiz o necessário. De fato, está sendo muito bom ouvi-los".

— Filho — pediu a mãe —, conte um pouquinho do seu trabalho. Ficou tanto tempo!

Atendendo à mãe, Emiliano começou falando do lugar.

— O hospital está localizado entre três cidadezinhas, fica na periferia de uma, o lugar é bonito, tem um rio perto que não é caudaloso, rodeado de árvores frutíferas e plantações. Os enfermos são, como em todos os lugares, muitos. Fiz muitas amizades, e o responsável é um médico inglês, o cirurgião Jonattan, que há anos está lá e pretende desencarnar servindo no hospital. Vivi tranquilo, vi muitas tristezas, dificuldades, mas focava nos atendimentos que davam certo, nas lágrimas que enxugava, na alegria de uma cura. Gostei de estar lá!

— Pretende voltar? — Lauricéa quis saber.

— Não — Emiliano foi lacônico.

Lembrou dos conselhos de Jonattan, de que era para retornar e desencarnar junto à família. E, pelos resultados dos exames, concluiu que deveria ficar com eles.

Maria e os filhos o esperavam no lar de seus pais, todos se alegraram com sua volta e, no outro dia, fizeram uma festa. Emiliano gostou demais de estar em casa, dos seus banhos de chuveiro, da luz, de dormir no seu quarto sozinho e da comida que sua mãe fazia; foi ao centro espírita e gostou muito de assistir palestra e receber o passe.

Após dez dias de descanso, começou a sentir vontade de voltar a trabalhar, foi à Secretaria de Saúde e saiu de lá empregado para atender, como pediu, uma unidade de atendimento na periferia. Passou a usar o carro de seu pai e, como fizera anteriormente, ia antes do horário e saía depois.

— Mamãe — perguntou pela segunda vez —, tem certeza de que não preciso ajudar com nada em casa?

— Tenho, meu filho. Por que pergunta?

— Com meu ordenado, farei minhas despesas, abastecerei o carro do papai, e o restante irei doar para os Médicos Sem Fronteiras.

Havia feito três meses que voltara; Emiliano aproveitou que, após o jantar, estavam ele e os pais em casa e contou a eles sobre a enfermidade que seu corpo tinha.

— Estava no curso de medicina quando, ao medir minha pressão e contar os batimentos cardíacos, percebi que havia algo errado com meu corpo; um dos meus professores me examinou, fiz muitos exames e constatei este problema.

Emiliano se calou, queria que os pais fizessem perguntas. Após alguns segundos de silêncio, a mãe indagou, falando baixinho:

— É grave? O que você tem é grave?

— Sim, é — Emiliano foi lacônico.

— Que irresponsabilidade, meu filho! Por que foi para longe? Por que trabalhou tanto? — Tobias se exaltou.

— O melhor conselho que escutei sobre este fato foi que deveria aproveitar bem o tempo fazendo o que tinha de ser feito. Foi o que fiz. Continuei estudando, me formei, trabalhei, ajudei muitas pessoas a se curarem. Não fui irresponsável. Imagine se eu tivesse, por isso, por esta doença, parado de estudar, ficado em casa, porque não podia fazer isso ou aquilo. Que inutilidade!

Talvez, como costuma ocorrer, teria dado muita importância à doença e ela se tornado forte, podia ser que ficasse deprimido e já tivesse desencarnado. Depois, lembro-os que todos nós iremos desencarnar e felizes são aqueles que voltam para o Plano Espiritual com uma boa bagagem, repleta de "obrigados" e "Deus lhe pague".

— Nisso você tem razão. Mas poderia ter ficado aqui conosco ou nos contado — advertiu a mãe.

— Se não tivesse ido, não teria realizado meu sonho. Se tivesse contado, somente os preocuparia. Tenho me cuidado. Nos dias em que fiquei em Londres, fui a um hospital recomendado em que Jonattan é sócio. Lembram, não é? Jonattan é o médico que trabalhou comigo. Lá, fiz os mais modernos exames e não deixei um dia de tomar a medicação. Por favor, não me vejam como um desencarnado ou — riu — alguém prestes a partir para o mundo espiritual. Desencarnarei quando chegar a hora, pode ser que eu os enterre.

Foi para o seu quarto, sabia que os pais estavam absorvendo a notícia. No outro dia, foi trabalhar e, ao voltar para casa, encontrou todos da família, até os sobrinhos, reunidos o aguardando. Todos já sabiam, mas não tocaram no assunto. Somente quando Maria e família foram embora que Lauricéa perguntou:

— O que você tem, meu irmão? Quero consultar para entender.

— Hum! Não falo! — Emiliano sorriu.

O que ficou diferente foi que a mãe ficava sempre o observando.

Escreveu para Jonattan contando o que fizera, os resultados dos exames; Jonattan também escreveu e por lá estava como sempre, sem novidades.

"Jonattan quis que eu retornasse, quis que viesse desencarnar junto à família."

Logo, fez da forma de viver uma rotina, trabalhava seis dias na semana, folgava um. Aos sábados, ia ao cinema; duas vezes por semana, ao centro espírita; e não saía mais. O tempo passou, completaram-se oito meses e dezesseis dias que estava com a família.

Atendera como de costume naquele dia, o último paciente saiu de sua sala, fechando a porta. Sentiu-se indisposto, abaixou a cabeça, a encostou na escrivaninha, e nada.

Seu perispírito se desligou do corpo físico; seu coração, silenciosamente, calmamente, parou. Emiliano não sentiu nada. Adormeceu.

Acordou disposto, num quarto diferente, que não era espaçoso: tinha a cama, a que estava deitado; uma mesinha de cabeceira; e, à frente, uma janela.

"Será que eu estou bem?", pensou.

Contou os batimentos de seu coração.

— *Normal! Como?!* — recontou.

Sentou-se, abriu a gaveta da mesinha, e lá tinha dois aparelhos, um para auscultar o coração e outro para medir a pressão.

— *Os batimentos do meu coração estão normais e fortes, a pressão está ótima. O que será que aconteceu?*

Lembrou que estava na sala de atendimento, colocou a cabeça na escrivaninha e dormiu. Ao lembrar da mãe, a sentiu triste.

"Desencarnei! Devo ter desencarnado. Mas não senti nada."

A porta se abriu e um homem entrou, sorriu e exclamou:

— *Seja bem-vindo!*

Emiliano sentiu conhecê-lo, mas não sabia de onde, como ou quem era.

— *Sou Daniel, médico, trabalhei com você no hospital.*

Novamente, o recém-desencarnado tentou lembrar e, à sua mente, veio que era o espírito médico desencarnado que os ajudava sempre. Foi abraçado. Emiliano sentiu que gostava dele.

— *Você já viu o jardim pela janela? Não?! Venha ver que bonito! Você está muito bem, graças a Deus. Você esteve com uma enfermidade física e não a tem mais. Quer alguma coisa?*

— *Desencarnei! Espero que meus familiares não estejam sofrendo.*

— *Quando se ama* — disse Daniel —, *sente-se a separação, não tem como não sentir; você foi, é, amado. Eles se consolam. Não se preocupe com seus familiares.*

— *Devo me preocupar com alguma coisa?* — Emiliano indagou com um pouco de receio.

— *Não! Você desencarnou, pôde ser socorrido, mereceu, tem entendimento de que a vida continua e está sadio, porque procedeu para estar assim. Quis vir cumprimentá-lo, mas tenho de voltar ao meu trabalho.*

Despediu-se com um "tchau". Emiliano recebeu muitas visitas, dos avós, dois tios, ex-pacientes, e logo estava apto a fazer pequenas tarefas ali mesmo, naquela parte do hospital do Plano Espiritual. Percebeu que muitos internos traziam, em si, no seu espírito, na memória, o reflexo das enfermidades que tiveram em seus corpos físicos, necessitando de atenção e orientação. Ele sabia que aqueles internos estavam bem diante de tantos outros que, imprudentes, desencarnaram com reflexos de erros, maldades e, nas suas bagagens, poucos atos benéficos. Foi levado para ver a família, fazia nove meses que mudara de plano, escolheu uma terça-feira em que a família se reunia para fazer o Evangelho no Lar. Normalmente era Ana ou Maria que lia um texto de *O Evangelho segundo o espiritismo*. Todos podiam comentar o que fora lido; após, oravam agradecendo ou faziam pedidos.

— Que meu Emiliano possa estar bem! Aproveite, meu filho, a vida no Plano Espiritual. Agradeço por você ter sido meu filho! — Ana se emocionou.

— Sinto que Emiliano está aqui! Meu irmão veio nos visitar! — Lauricéa se comoveu.

— *Eu a amo, irmãzinha! Eu os amo!* — expressou a visita desencarnada e a abraçou.

— Eu o amo! Mamãe, eu escutei Emiliano. Escutei, sim! — Lauricéa sorriu, alegre, com lágrimas nos olhos.

Todos se emocionaram. Ana orou e todos a acompanharam. A visita, contente por ter encontrado todos bem, retornou para a colônia que o abrigara.

Daniel foi novamente o visitar, e Emiliano lhe pediu:

— *Você não pode me levar para rever o hospital? Sinto-me saudoso de todos de lá.*

— *Irei pedir permissão; se puder, levo sim.*

Teve permissão e, no dia e hora marcados, Daniel foi buscá-lo. Volitaram com rapidez, Emiliano fora conduzido. O visitante se alegrou quando viu o lugar onde estivera por anos. Viu uma construção acima da casa e das tendas, seu cicerone o levou para conhecer. Ao lado das tendas, no Plano Espiritual, havia uma escada. Ele lembrou que, uma vez, ao atender uma garotinha de oito anos, ela contou para ele que, logo ali — mostrou o local com a mão —, havia uma escada que ia para uma casa bonita, que ela fora lá, e eles a medicaram. Emiliano subiu, ali era um mini-hospital, tudo muito limpo, de cores claras, vários leitos. Uma mulher que estava numa das camas chamou a atenção do visitante.

— *Essa senhora* — explicou Daniel — *desencarnou há vinte dias, não queria mudar de plano por ter cinco filhos; como mãe, quer estar perto deles: o mais velho tem doze anos, e o caçula, quatro anos. Estamos a ajudando, mas ela se recusa acreditar que seu corpo físico parou suas funções. Ali é um minilaboratório, e tratamos, neste espaço, nosso hospital, de muitos enfermos, a maioria são recém-desencarnados; outros, encarnados que estão nas tendas ou na região, quando seus corpos carnais adormecem, são trazidos para cá e medicados.*

Emiliano olhou tudo, gostou do que viu e quis saber:

— *Daniel, você ajuda sempre os enfermos?*

— *Tento! Nosso trabalho é parecido com que os médicos no Plano Físico fazem, alguns enfermos reagem, outros não. Mas o* que conseguimos fazer é gratificante. Venha, agora vamos ver Jonattan.

O visitante seguiu Daniel e viu Uli, que estava preocupado com um de seus filhos.

— O menininho dele, de oito meses, nasceu com uma deficiência e ele está preocupado. O garotinho é Down.

Viram Jonattan, e Emiliano sentiu vontade de abraçá-lo. O amigo irradiava a boa energia que é característica de pessoas boas, aquelas que fazem o bem. Ele atendia Tuti. Emiliano aproximou-se. Tuti, dessa vez, cortara a mão esquerda, perdera um dedo e cortara muito o outro. O garoto sorriu ao ver Jonattan.

— Tuti! Tuti! — exclamou o médico. — Você tem que prestar mais atenção para não se machucar tanto.

— Fui cortar capim e me feri. Doquijon cuida de mim?

— Sim, cuidarei.

— Tuti! Tuti! Inferno para você!

Daniel continuou tranquilo, Emiliano olhou de onde vinham as vozes, que em coro gritavam. Viu cinco desencarnados sujos, com energias escuras e maldosas, eles estavam atrás de uma cerca. A visita olhou bem; ali, anteriormente, não havia cercas; ao observar melhor, viu que o cerco não era para os encarnados.

— É uma proteção — explicou Daniel —, ultrapassam essa barreira os desencarnados que permitimos. Isto é para proteger o hospital. Vou conversar com esses desencarnados, venha comigo, continue com sua vibração que eles não o verão, mas a mim, sim, porque quero conversar com eles.

Emiliano acompanhou Daniel até a cerca, o médico desencarnado ultrapassou o cercado, aproximou-se deles e falou tranquilamente:

— Boa tarde, senhores!

— Você de novo?! Não tem o que fazer?! Por que vocês ajudam o Tuti? Para nós, ele será sempre Cabi, o Odioso! — resmungou um deles.

— *Para nós, para mim, todos são filhos do Pai Maior e carentes de misericórdia.*

— *Não comece com sua ladainha! Não acreditamos no que fala. Sabe bem o que Cabi nos fez, mas posso recordá-lo: ele foi um tirano, déspota, que nos oprimiu com muito trabalho, castigos etc. Agora tem outro corpo, mas é o mesmo.*

— *Ele já sofreu quando desencarnou, e a vida agora dele não é fácil. Mas não estou aqui para defendê-lo, todos os atos são cobrados. Estou aqui por vocês.*

— *Não me venha falar* — interrompeu um deles — *do nosso passado, que recebemos o que fizemos. O que me importa o que fiz? Importo-me com o que me fizeram.*

Emiliano pensou que, de fato, isso ocorre, e muito, lembramos do que nos fizeram e não o que fizemos de errado. Como também ocorre de recordar favores que fizemos e não os que recebemos.

— *É que continuam fazendo* — Daniel também o interrompeu. — *Estão agindo errado, continuam fazendo maldades. Esses atos equivocados de vocês lhes serão cobrados. Novamente ofereço ajuda. Quem quer vir comigo?*

— *Eu!* — disse um deles se aproximando de Daniel.

— *Venha!*

Daniel pegou na mão dele, atravessaram a cerca e foram para o posto de socorro. Lá, Daniel concentrou-se e dois espíritos socorristas vieram, adormeceram o socorrido e o levaram.

Emiliano observava tudo, e Daniel explicou:

— *Foram muitas as vezes em que conversei com esse grupo, a primeira vez que aqui vieram eram doze, hoje são quatro; esse que foi socorrido foi levado para um posto de socorro, onde receberá a ajuda e a orientação que precisa.*

— *E os outros?* — Emiliano quis saber.

— *Aquele de camisa vermelha é o líder; tem, de fato, muitas mágoas de Tuti; eles não entendem que Tuti tem sua dívida e que não precisa de ninguém para agravá-la. Ele, o chefe, quer* muito saber de sua esposa, ou seja, daquela que foi sua mulher, e não consegue encontrá-la. Eu a localizei, está encarnada não longe daqui, é filha de um oficial inglês, está com sete anos; agora ela está, ou melhor, sua família, com problemas, mas tudo indica que logo resolverão; com ela bem, o levarei para revê-la, penso que com certeza ele irá repensar o que está fazendo e aí espero que aceite ajuda.

— Num centro espírita, numa doutrinação, eles poderão entender e deixar de ser obsessores — comentou Emiliano.

— Conheço, pelo estudo, grupos espíritas; de fato, a doutrinação que eles fazem através de médiuns é de muita importância. Se pudesse, eu levaria aquele ali.

— Posso perguntar para o orientador da casa espírita que frequentei, que minha família frequenta, se eles podem doutriná-lo.

— Faça isso — pediu Daniel.

— Daqui? Agora?

— Claro! Concentre-se na casa, no orientador encarnado, e peça.

Emiliano o fez e, surpreso, recebeu a resposta de um dos trabalhadores desencarnados da casa de que podia levá-lo.

— Ótimo! — exclamou Daniel. — Quando formos regressar, pegarei esse desencarnado que está no momento como obsessor e o levaremos lá. Vamos agora ajudar essa mãe desencarnada.

— O que faço?

— Ore!

Os dois se aproximaram dela, e Daniel falou calmamente:

— Senhora, é filha de Deus, amada pelo Pai Maior, não se desespere. Aceite o que aconteceu. Seu corpo de carne e ossos parou suas funções. Continua viva porque sobrevivemos quando isso ocorre, porque o espírito não acaba, a vida continua.

A mulher recém-desencarnada continuou alheia, mas se aquietou com o passe de Daniel.

— O que irá acontecer com ela? Essa senhora está com os pensamentos confusos — Emiliano se apiedou.

— É, de fato, difícil, para uma mãe dedicada, com filhos pequenos, aceitar fácil a desencarnação. Ela veio ao hospital se tratar, mas estava muito enferma. Jonattan sentiu não ter conseguido curá-la. Deixei-a aqui e espero que fique conosco até se harmonizar, não quero que ela saia daqui e vá para o seu ex-lar terreno, onde o esposo e os filhos sofrem pela sua ausência. De fato, ela está com os pensamentos confusos. Lances de sua reencarnação anterior a esta vêm à sua mente. Essa senhora, anteriormente, foi uma empregada doméstica e quis ocupar o lugar da dona da casa; conquistou o marido e envenenou a mulher, que desencarnou e deixou três filhos pequenos. Ela se casou com seu ex-patrão e não foi boa madrasta, então teme que isso ocorra com seus filhos.

— Ela desencarnou envenenada? Foi assassinada? — Emiliano se interessou em saber.

— Não! Sua passagem de plano foi por doença. Ela foi perdoada por essa senhora e pelos filhos dela, seus enteados, porém ficou seu débito, espero que essas crianças órfãs de mãe não tenham uma má madrasta. Vimos hoje duas pessoas que, em vidas passadas, erraram: Tuti, que não foi perdoado e é perseguido, e essa senhora, que foi perdoada, porém ambos não fugirão da Lei de Causa e Efeito, de retorno. Se não pagarmos pelos nossos erros com muito amor, sentimento que se transforma em bons atos, a dor cobra.

Na tenda das crianças, havia três internadas: duas iriam logo para casa, estavam bem; o outro, um garotinho de quatro anos, recebia soro endovenoso, estava reagindo bem a uma desidratação. Estavam os três rindo, brincando com um joguinho. Emiliano os observou e sentiu que de fato estavam contentes. Daniel o esclareceu:

— Normalmente sentimos, por ver diferenças entre as muitas formas de se estar encarnado, pelas comparações. Esses três garotos têm como comparar, eles sabem, veem pessoas com *melhores condições financeiras, que possuem mais coisas, como: alimentos fartos, brinquedos, roupas, moram em casas melhores etc. Porém a maioria das pessoas por aqui não costuma muito focar no que lhes falta, mas no que tem. Aqueles que dão valor ao que têm, mesmo que seja pouco, não perdem tempo em sofrer, julgando merecer possuir. Vivendo assim, passam por períodos de tranquilidade e de alegria. Todos nós deveríamos agir assim, dar valor ao que temos ou ao que podemos desfrutar no momento, sem nos preocupar com o que o outro tem. Quando desejamos ter mais, perdemos de fato o tempo que poderíamos usar para amar o que dispomos.*

Uma senhora chegou com uma criança no colo. Jonattan rapidamente foi atendê-la. Esta mulher estava indo muitas vezes ao hospital levar o neto, filho de uma de suas filhas, que não quis a criança e a avó o pegou para criá-lo. O nenê, de onze meses, era muito doente, estava sempre necessitando de medicação e cuidados. Jonattan, com carinho, pegou a criança do colo da avó e foi examiná-la; percebeu logo que ela estava com muitos gases. A criança gemia. Jonattan deu uma medicação, pediu para fazer um chá e, com carinho, fez uma massagem na barriguinha dele.

— Vocês ainda não colocaram nome nele? — perguntou Jonattan.

— Não sabemos como chamá-lo, ele não se parece com nome nenhum.

— Por que não dar o nome de Jon?

— O do senhor, doutor? — a mulher se surpreendeu.

— Por que não? — Jonattan sorriu.

— Mas ele é feio... — a avó se encabulou.

— Se olharmos com amor, ele é lindo.

— Bem, se o doutor sugeriu, será Jon.

Emiliano olhava curioso, a criança era deficiente física e mental. A avó tinha razão: era feia, disforme, orelhas grandes, nariz achatado, sobrancelhas minúsculas, boca torta, pouco cabelo, corpo frágil, peso e tamanho bem abaixo para sua idade. A criança sentia dores e estava desconfortável. Logo estas passaram. Porém aquele espírito que no momento revestia um corpo físico muito enfermo sofria, também, por estar num ambiente totalmente diferente ao de sua última encarnação, por isso sentia ser adverso.

— Vovó de Jon — recomendou Jonattan —, a senhora, todas as vezes que notar a barriguinha dele volumosa, dê três gotas deste remédio e este chá. Se a senhora quiser, pode ir embora.

A mulher pegou a criança, agradeceu e foi para sua casa.

Daniel, vendo Emiliano tentando entender, explicou:

— *Com certeza, em seus estudos, irá aprender, isto para melhor compreensão, olhar um espírito, esteja ele encarnado ou desencarnado, e ver na sua memória, que o tempo não apaga, o que ele fez ou o que está planejando, pensando, e o seu passado, suas encarnações, principalmente as mais recentes.*

— *Quero aprender!* — Emiliano se entusiasmou.

— *Para isso precisa realmente estudar muito, treinar e nunca fazê-lo por curiosidade, mas somente para ajudar ou para compreender uma situação, como eu fiz com o pequeno Jon. Ele foi um político corrupto; por sua ganância, fez muitas pessoas passarem por dificuldades. Isto é um erro grave. Porque aquele que pode ser útil e não é cria em si débito, e este é alimentado quando se prejudica quando se podia beneficiar. Ele se sente deslocado, de fato está. Na sua encarnação anterior, ele esteve num país onde tudo era mais fácil, viveu na opulência, estava revestido de um corpo físico sadio.*

— *Foi ele quem escolheu estar aqui?* — curioso, Emiliano quis saber.

— *Não!* — Daniel continuou a elucidar. — *O tempo de plantação ruim finda, e a colheita deve ser feita. Ninguém se safa. Ele, esse espírito, numa oportunidade de aprender, veio, como* você viu; é a sua colheita, a de dores. O espírito não está aceitando, está revoltado, mas a colheita é obrigatória. Está previsto ele viver vinte anos nesse corpo. Embora essa previsão possa mudar, porque nada é de fato decisivo. Espero, desejo, que ele aceite e aprenda.

— Será que ele resgatará tudo o que deve nesses vinte anos?

— Penso que não, mas dependerá muito de ele aceitar, ser resignado; se isso ocorrer, ele poderá ser socorrido quando desencarnar e optar por outra forma de quitar suas dívidas. Pelo que vi de suas ações erradas, teria de ser muito mais anos para que ele se sinta liberto de seus atos maldosos. Talvez mais duas ou três reencarnações com muitas dificuldades. Depois ele terá de provar a si mesmo que aprendeu a lição que a dor está ensinando, então terá oportunidade de reparar com o trabalho no bem.

— Ele não é obsediado. Foi perdoado? — observou Emiliano.

— O pequeno Jon, pelos seus atos gananciosos, prejudicou muitas pessoas. Tirou merenda de crianças, as deixando com fome; deixou doentes sem remédios; fez muitos morarem em lugares de risco etc. Estes não ligaram suas dificuldades aos atos dele. Mas tem aqueles que sabem que foram prejudicados por ele e que sofreram. Alguns perdoaram, outros não. Um dos motivos de ele estar num país longe do que ele anteriormente teve por moradia é este: não ser encontrado por desafetos. Estes, que não perdoaram, podem encontrá-lo; talvez não se deem por satisfeitos com o sofrimento dele e desejem agravá-lo, então aí pode ocorrer uma obsessão. Temos, todos nós, livre-arbítrio, e perdoar é decisão somente de cada um.

— Quando se erra, fazendo alguém sofrer pelas atitudes maldosas, não se calcula o retorno! — Emiliano se entristeceu.

— Todas as religiões ensinam evitar o mal e fazer o bem. Até quem não tem religião tem em si, no seu íntimo, que se deve fazer o bem. Embora seja cobrado o mesmo erro de forma diferente, é cobrado. Lembro a você que Jesus ensinou que o servo *que sabia, que tinha consciência de que estava agindo errado, terá pena maior do que aquele que fez o mesmo erro, mas não sabia. Infelizmente, esse que está agora como criança sabia que estava errado e continuou com seus equívocos.*

— *Tenho dó de todos os que estão tendo o aprendizado pela dor* — lamentou Emiliano.

— *Por isso, meu caro amigo, que trabalhamos tanto tentando suavizar dores. Fique aqui perto de Jonattan que eu irei buscar o obsessor que o centro espírita receberá.*

Emiliano foi e percebeu como era bom ficar perto de Jonattan, não somente porque tinha amizade, mas pela sua vibração amorosa.

Logo Daniel retornou com o desencarnado adormecido nos braços. Volitaram e pararam no centro espírita, deixando o obsessor onde ele seria orientado e, com certeza, mudaria sua forma de pensar. Depois, Daniel o levou à colônia onde estava abrigado.

Emiliano pensou muito na visita que fizera e decidiu trabalhar com Daniel ou como ele. Pediu e recebeu a resposta:

— *Sim, poderá, porém antes tem de aprender.*

Ele entendeu que precisava aprender muito: como um médico desencarnado pode ajudar um encarnado doente, como lidar com espíritos enfermos, obsessores e até trevosos.

Passou a estudar e a trabalhar, fez cursos de enfermagem, de medicina, conheceu o Plano Espiritual e, sempre trabalhando, porque é na prática que se fixa a teoria. Foi visitar mais vezes o hospital onde Jonattan estava; como aprendera a volitar, foi sozinho.

— *Quando terminar meus estudos, virei, Daniel, ajudá-lo* — decidiu Emiliano.

— *Fará um estágio comigo. Aqui é um local pequeno, e dois trabalhadores seria exagero, porque faltam muitos, e em todos os locais, servidores. Necessita-se, meu caro aprendiz, de trabalhadores em todas as partes.*

Emiliano compreendeu. Aguardou ansioso o término do seu estudo para fazer parte da equipe desencarnada dos Médicos Sem Fronteiras. Queria aproveitar sua passagem pelo tempo e encher sua memória de lembranças de bons atos, porque o tempo passa, ou passamos por ele, mas, nossas lembranças, o tempo não apaga...

Relação de livros do autor Antônio Carlos
Pela médium Vera Lúcia Marinzeck de Carvalho

- Reconciliação
- Cativos e libertos
- Copos que andam
- Filho adotivo
- Muitos são os chamados
- Reparando erros de vidas passadas
- Palco das encarnações
- Escravo Bernardino
- A mansão da pedra torta
- O rochedo dos amantes
- Reflexo do passado
- Véu do passado
- Aqueles que amam
- Novamente juntos
- A casa do penhasco
- O mistério do sobrado
- Amai os inimigos
- O último jantar
- O jardim das rosas
- O sonâmbulo
- Sejamos felizes
- Por que comigo?
- O céu pode esperar
- A gruta das orquídeas
- O castelo dos sonhos

- Por que fui ateu
- O enigma da fazenda
- O cravo na lapela
- A casa do bosque
- Um novo recomeço
- O caminho de urze
- A órfã número sete
- A intrusa
- A senhora do solar
- Na sombra da montanha
- O caminho das estrelas
- O escravo - da África para a senzala
- O morro dos ventos
- Histórias do passado
- Meu pé de jabuticaba
- O que eles perderam
- Quando o passado nos alerta
- Retalhos
- A história de cada um
- Tudo passa
- Se não fosse assim... Como seria?
- Lembranças que o tempo não apaga
- Conforto para a alma
- As ruínas
- O Segredo
- À beira do caminho

AS RUÍNAS
Vera Lúcia Marinzeck de Carvalho
Do espírito Antônio Carlos

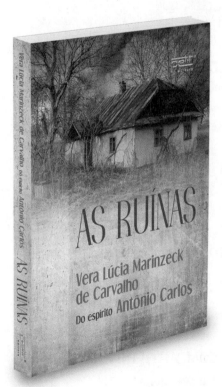

Romance | 15,5 x 22,5 cm
208 páginas

" Aqui está mais um romance com que a dupla Antônio Carlos, espírito, e a médium Vera nos presenteia. "Ruínas", no dicionário, tem o sentido de destruição, causa de males, perda. Ele nos conta a história de vida de Fabiano, que procurou o espiritismo pelos pesadelos que tinha com as ruínas perto da cidade em que morava. Encontrou ajuda e se maravilhou com a Doutrina Espírita. Fabiano também teve outro pesadelo, e acordado. Familiares e amigos o acusaram de assassino. Como resolver mais essa dificuldade? Você terá de ler o livro para saber. Este romance nos traz muitos ensinamentos! "

boanova@boanova.net
www.boanova.net | 17 3531.4444

Levamos o livro espírita cada vez mais longe!

Av. Porto Ferreira, 1031 | Parque Iracema
CEP 15809-020 | Catanduva-SP

www.petit.com.br
www.boanova.net

petit@petit.com.br
boanova@boanova.net

17 3531.4444

17 99257.5523

Siga-nos em nossas redes sociais.

@boanovaed   boanovaeditora

CURTA, COMENTE, COMPARTILHE E SALVE.
utilize #boanovaeditora

Acesse nossa loja

Fale pelo whatsapp